그대 보았는가, 길가에 버려진 연못을

그대 보았는가, 오래전 꺾어 넘어진 오동나무를

죽은 나무는 백년이 지나도 거문고로 쓰이고

작은 못 썩은 물이 교룡을 품기도 하는 법

장부의 일이란 관이 덮어야 비로소 끝나거늘

그대 다행히도 아직 늦지 않았는데

초췌한 몸, 산골 생활, 어이 한탄하는가

두보杜甫

박원순의 서재

책을 읽기 전에

원서와 국내 번역서의 제목이 다른 경우 국내 번역서의 제목으로 표기하고 원서의 제목을 병기했
습니다. 또한 인용한 부분은 번역서 및 발표된 원 기사를 그대로 사용하되 푸른영토의 교정원칙
등 내부 규정에 의해 일부 수정했습니다.

박원순의 서재

초판 1쇄 발행 | 2013년 01월 10일
초판 2쇄 발행 | 2016년 12월 10일
초판 3쇄 발행 | 2020년 07월 20일

지은이 | 권안
펴낸이 | 원선화
펴낸곳 | 푸른영토

디자인 | 김왕기

주소 | 경기도 고양시 일산동구 장항동 865 코오롱레이크폴리스1차 A동 908호
전화 | (대표)031-925-2327, 070-7477-0386~9·팩스 | 031-925-2328
등록번호 | 제2005-24호.   등록년월일 | 2005. 4. 15
네이버검색 | 푸른영토
전자우편 | book@blueterritory.com
홈페이지 | www.blueterritory.com

ISBN 978-89-97348-13-8   03800

* 잘못된 책은 바꾸어 드립니다.
* 값은 뒤표지에 있습니다.

PARK WON-SOON LIBRARY

박원순의 서재

박원순, 책에서 더불어 사는 삶을 찾다　　| 권안 지음 |

푸른영토

《박원순의 서재》는 박원순이 직접 읽고 추천한 책들을 중심으로 쓰였다. 서울시장으로 국정을 수행하는 행정가이기 이전에, 여러 시민단체를 통해 시민운동의 중심에 서왔던 소셜디자이너이기 이전에, 박원순은 소문난 다독가로서 독서를 장려하는 일에 앞장서 왔다. 읽는 즐거움에 그치지 않고 자신 또한 30여 권 이상의 책을 지어 독서의 기쁨을 선사해 온 저술가이기도 하다.

박원순은 기회가 닿을 때마다 책과의 인연을 밝혀왔다. 박원순에게 독서는 습관이요, 생활이었다. 글을 깨친 이후 집 안에 나뒹구는 책을 일찌감치 섭렵하고 친구들의 책을 빌려 읽었다. 공부를 하다가 쉴 때도 한시 전집을 꺼내 읽으며 머리를 식혔다. 감옥에 갇혀서도 독서삼매경으로 그 지리한 시간을 견뎠으니 수불석권手不釋卷의 삶 그 자체였다. 감옥에서 읽은 수많은 책들은 고비마다 등불처럼 박원순의 인생을 환하게 밝히는데, 마르쿠제의 《이성과 혁명》, 리스먼의 《고독한 군중》, 예링의 《권리를 위한 투쟁》, 헤세의 《싯다르타》가 이때 읽은 책들이다.

서울시장이 된 이후에도 박원순은 시정 운영에 독서를 도입하여 매달 시행해오고 있다. '書路서로함께'라는 독서모임이 그것이다. '書路함께'는 이름에서도 알 수 있듯이 책을 통해 시장과 시민, 공무원이 함께 모여 시정을 토론하는 자리다. 2012년 3월 첫 모임을 가진 이래 해외출장 같은 특별한 일이 없는 한 매달 셋째 주 수요일 아침 모임을 갖는다. 첫 모임에서 참석자들은 '도시개발'을 주제로 박 시장이 추천한 《도시개발, 길을 잃다》, 《꾸리찌바 에필로그》, 《서울은 도시가 아니다》 등 총 세 권의 책을 읽고 토론에 임했다. 이 자리에는 책의 저자들도 종종 초청되곤 한다. 단순한 독서모임이 아니라 서울시의 시정 발전을 위해 대안을 모색하는 자리인 셈이다.

《박원순의 서재》는 박원순의 유년으로부터 시작하여 중요한 고비마다 박원순에게 희망과 용기, 아이디어를 제공했던 책들을 좇는 형식으로 구성되어 있다. 서울시장이 되기 전까지 박원순의 인생은 한 편의 드라마 자체였다. 서울대 합격과 제적, 넉 달의 옥살이, 등기소장 발령과 사표, 검사 임용과 사표, 인권변호사 개업……, 참여연대, 아름다운가게, 희망제작소 등을 설립하여 사회 개혁에 앞장서 온 일이며 틈틈이 시간을 쪼개 미주와 유럽, 일본 등의 선진국을 떠돌며 시민사회를 관찰하던 순간까지, 박원순은 변화의 기회마다 책을 통해 아이디어와 용기를 얻었다. 말하자면 여기 소개하는 열두 권의 책은 오늘날 박원순을 만든 지혜의 샘인 동시에 때론 충고와 질책이 되어준 채찍들이다.

박원순은 물론이거니와 사회 리더들일수록 독서를 통해 길을 찾아왔다. 국민의 신망이 두터운 안철수 교수를 비롯하여 고 김대중 대통령이나 노무현 대통령도 소문난 독서광이었다. 성공한 경영자들일수록 책과 친하다는 연구 결과도 있다.

책을 읽는다는 것은 지혜를 얻는 행위다. 하루 세끼 음식을 통해 인간의 육체가 유지될 수 있듯이, 꾸준히 책을 읽는 습관을 통해 인간은 삶의 고비를 지혜롭게 넘어갈 수가 있다. 사업을 위한 비즈니스 안목은 물론 사랑하는 사람의 마음을 얻는 일까지도, 우리는 책을 통해 그 해답을 찾을 수 있다. 시민운동가에서 서울시장으로, 대한민국 디자인을 위해 꿈을 키워간 박원순의 정신이 더욱 주목되는 이유다.

권안

차례

1장 책으로 꿈을 빚다

2장 가치 있는 삶을 향해 눈을 뜨다

3장 이제는 대한민국 디자인이다

변화의 두려움을 사랑하라

박원순은 몇 가지 중요한 원칙을 인생을 설계하는 무기로 삼는다. 그중의 하나가 타이밍이다. 박원순은 나아가고 후퇴할 때를 정확하게 아는 사람이다. 의도하지 않았든 의도했든 지금껏 박원순의 선택은 매번 긍정적인 방향으로 귀결되었다. 타이밍의 핵심은 세 발짝 전진하면 욕심내지 않고 한 걸음 물러서기다. 세 발짝을 걷고 나면 다섯 걸음 달려가고 싶은 게 사람의 욕심인데, 박원순은 한소끔 쉬며 목표물을 다시 정조준한다. 보다 확실하게 목표에 다다르기 위해서다.

변화를 통해 진화를 꿈꾸다

박원순은 경남 창녕에서 시골 농부의 아들로 태어났다. 대부분의 시골 빈농 출신들이 그러하듯 공부보다는 농사일에 내몰리기 쉬운 환경이었다. 그럼에도 박원순은 학원은커녕 그 흔한 과외 한번 받아보지 않고 당시로서는 최고의 명문이라 일컬어지던 경기고와 서울대에 척 척 합격했다. 뿐만 아니라 법원사무관시험에 합격하여 약관 스물둘의 나이에 등기소장도 해보고 사법시험에도 붙었다. 영어도 혼자 익혀서 대학 1학년 때 벌써 〈타임〉지를 뒤적이고 불어나 중국어, 일본어 같은 것도 어느 정도 독해가 가능한 수준에 이르렀다.

프로필대로 보자면 대단한 수재처럼 보이지만 사실은 그렇지가 않다. 박원순은 지독할 정도로 공부에 매달렸던 노력파 공부벌레였다.

등기소장 시절 박원순은 자신의 인생을 결정할 첫 번째 중요한 선택을 하게 된다. 지금도 마찬가지지만 등기소장은 만만한 직업이 아니다. 군을 관장하는 준사법기관이다. 스물두 살 청년에게 과분한 자리이기도 했다. 대신 지역 유지 행세를 하며 일생을 편안히 살 수 있는 자리였다. 그러나 박원순은 불과 1년여 만에 그 자리를 박차고 나와 사법시험에 도전한다. 다소 무모한 선택처럼 보이지만, 사법시험에 떨어지면 어떻게 할까, 이런 고민을 박원순은 하지 않았다.

고대하던 검사가 된 지 불과 1년도 안 돼 박원순은 또다시 선택의 기로에 놓인다. 쉽게 말해서 검사가 체질에 맞지 않았던 것인데 주변의 만류에도 불구하고 박원순은 사표를 쓰고 변호사를 택한다. 이로 인해 고향마을에서는 박원순이 사고를 쳐 검사에서 쫓겨났다는 소문이 떠돌기도 했다. 그러거나 말거나 박원순은 인권변호사로서 정신없이 청춘을 흘려보낸다. 이때 인생 멘토가 되어준 조영래 변호사를 만나 구로동맹파업사건, 부천서성고문사건, 보도지침사건, 건대사태, 미국문화원사건, 풀빛출판사사건 등 한국 현대사의 굵직굵직한 사건들을 하나씩 처리해 나갔다.

그러나 박원순의 꿈은 인권변호사에 머물지 않았다. 조영래 변호사의 충고를 받아들여 해외를 여행하며 재충전의 시간을 가진 박원순은 귀국 이후 참여형 시민조직인 〈참여연대〉를 조직했다. 시민참여와 시민연대, 시민감시, 시민대안을 모토로 내건 참여연대는 1994년의 국민최저생활최저선확보운동을 비롯하여 사법개혁운동, 소액주주운동, 예산감시정보공개운동, 부적절한국회의원후보자에대한공천반대 및 낙선운동, 이동통신요금인하운동, 대선정치자금감시운동 등 우리 사회에 반향을 불러일으킨 굵직굵직한 일들을 주도하며 대한민국 사회를 뒤흔들었다. 참여연대라는 거대한 조직은 박원순의 인생에 있어 명예의 총체이자 삶 그 자체였다. 그러나 2002년 박원순은 간사들의 적극적인 만류를 뿌리치고 참여연대를 미련 없이 떠난다.

참여연대를 떠나기 전 박원순은 이미 새로운 일을 저질러놓고 있었다. 오늘날 동네마다 하나씩 만날 수 있는 〈아름다운가게〉라는 '헌것 장사'가 그것이다. 처음 이 같은 일을 구상했을 때 사람들은 이구동성으로 그를 말렸다. 누가 헌옷 나눔 같은 것에 관심이 있겠느냐는 것이었다. 하지만 이런 충고는 얼마 가지 않아 기우였음이 드러났다. 아름다운가게는 2012년 현재 124개 매장을 거느린 거대 집단으로 거듭나 있다. 300명 이상의 간사가 상주하며 자원봉사자만도 5천 명이 넘는다.

아름다운가게가 정식으로 발족한 건 2003년 3월이지만 박원순은 이미 1998년부터 이와 같은 사업을 머리에 그리고 있었다. 1998년 박원순은 아이젠하워재단 초청으로 미국을 방문한 일이 있었다. 두 달에 걸친 여행 기간 동안 박원순은 미국의 크고 작은 재단을 두루 유람하고 다녔다. 미국은 재단이 지배하는 사회라고 해도 과언이 아닐 정도인데 이들 재단이 매년 사회적 약자들에게 기부하는 금액만도 500억 달러에 이른다. 미국의 재단 시스템에 깊은 감명을 받은 박원순은 한국에서도 시민이 참여하는 자선재단을 만들 결심을 하고 돌아왔다. 대기업이나 사립학교 재단에서 생색내기로 만든 장학 재단이 아닌 진정한 사회적 재단을 그리고 있었던 것이다.

하지만 아름다운가게 역시 박원순의 목적지는 아니었다. 아름다운가게가 슬슬 자리를 잡아가자 박원순은 이번에도 미련 없이 가게를 걸어 나와 〈희망제작소〉라는 선술집 이름 같은 간판 하나를 떡하니 내걸었다. 희망제작소는 그 이름부터가 범상치 않은 조직이다. 2005년 12월, 종로구 수성동 자그마한 사무실에서 연구원 다섯 명으로 출발한 희망제작소는 우리 사회의 크고 작은 의제들에 대해 정책적 대안을 연구하고 실천하는 싱크탱크 구실을 하고 있다. 정부나 기업의 출연금 없이 설립된 독립적인 민간연구소로서 실사구시의 실학정신으로 연구와 실천을 병행하는 21세기 신新실학운동의 산실이기도 한데, 6년 남짓 희망제작소가 걸어온 길을 보면 그 보폭이 결코 가볍지 않다.

희망제작소는 거대한 담론이나 관념적인 이론이 아닌 구체적인 현실에서 변화를 이끌어내는 조직을 지향한다. 중앙이 아닌 지역에서, 큰 것이 아닌 작은 것에서, 책상이 아닌 현장에서 분석하고 대안을 찾기를 원한다. 특히 희망제작소는 블루오션 지역으로 농촌을 주목한다. 지역과 농촌이 살아나면 식량, 환경, 주택, 교통 문제가 크게 개선될 수 있다는 박원순의 창립철학이 여전히 유지되고 있는 것이다. 또한 희망제작소는 실업자와 중소기업자, 중소상공인들, 고교재학생 등을 대상을 희망프로젝트를 진행하며 퇴직자들이 제2의 인생을 시작할 수 있도록 돕는다. 그리고 시민의 작은 생각과 행동이 구체적인 일상의 변화를 이끌어낼 수 있음을 실천해 보인다. 희망을 찾지 못하는 국민들에게 할 수 있다는 씨앗을 제시하는 것, 그것이 희망제작소의 역할이다.

2011년이 되자 박원순은 또 한 차례 새로운 도전에 나섰다. 바로 서울시장 보궐선거 출마가 그것이었다. 오세훈 시장의 무상급식 논란으로 공석이 된 서울시장 자리에 박원순은 우여곡절을 겪으며 야권 단일화를 일궈낸 끝에 한나라당 나경원 후보를 따돌리고 서울시장이 되었다. 박원순식 도전의 결정체였지만 그 도전은 아직 끝나지 않은 모양새다. 서울시장이 된 뒤 박원순은 스스로를 소셜디자이너라고 부르는 사람답게 부지런히 서울시 디자인에 여념이 없다. 불필요한 보도블록 교체를 금지하고 대중교통요금 체계를 바꾸고 재건축 소형 평형을 확대하고 반값등록금 실현에 앞장서는 등 동에 번쩍 서에 번쩍 하며 친서민 행보를 이어가고 있다.

진실의 힘을 바탕으로 위기를 극복하는 리더십

박원순의 행보가 언제나 순탄했던 것만은 아니다. 시민운동 시절은 물론이고 서울시장 단일화를 이뤄낸 뒤에도 수많은 의혹과 정치공세에 시달려왔다. 그때마다 박원순은 피하지 않고 정면 돌파의 승부를 택해왔다. 자신이 진실하다면 문제될 것이 없다는 믿음 때문이었다. 대표적인 예가 아들의 병역기피 논란이다. 서울시장 후보 시절 박원순은 아들의 군복무 의혹에 대해 "공군에 지원해 훈련소에 입소했으나 고교 시절 축구 시합에서 부상당한 후유증 때문에 사흘 만에 귀가 조치됐다"고 밝혔다. 이후 그의 아들은 재검사를 받았지만 '수핵탈수증' 진단을 받고 공익근무 판정을 받았다.

이에 대해 당시 무소속 강용석 의원은 박원순의 아들이 병무청에 제출한 자기공명영상MRI이 다른 사람의 것과 바뀐 것이라는 의혹을 제기했다. 제출된 MRI 사진은 등쪽 피하지방이 3센티미터를 넘어서는 고도비만환자의 MRI이므로 마른 체형인 박 시장 아들의 것이 아니라는 주장이었다. 박원순 시장이 대꾸할 가치도 없는 논란이라고 밝혔지만 각계각층에서 재검사 요청이 쇄도했고, 결국 재검사가 이루어졌다. 그리고 MRI 사진은 본인 것이 맞는 것으로 확인되었다. 재검사 결과에 자신의 국회의원직을 걸었던 강용석 의원은 잘못을 시인하고 국회의원직을 전격 사퇴했다.

학력위조 논란과 딸의 서울대 법대 전과 의혹, 대기업 사외이사 논란 등 이외에도 박원순과 관련된 수많은 의혹들이 언론에 의해 제기되었다. 그때마다 박원순은 피하지 않고 논란에 대해 직접 해명하거나 증명 자료를 제시했다. 진실의 힘을 믿었기 때문이다. 10·26서울시장 보궐선거에 출마한 박원순 야권단일후보는 유세 때마다 고 지학순 주교의 저서 《정의가 강물처럼》을 인용하며 "정의가 강물처럼, 평화가 들꽃처럼 피어나는 세상을 만들겠다"고 호소했다. 박원순이 만들어가고 싶은 세상은 상식이 통하는 세상이자 부정과 비리보다 바른 것들이 득세하는 지극히 당연한 세상이다. 그런 세상을 만드는 원천의 힘은 정직한 마음이라고 박원순은 굳게 믿는다.

서울시장이 된 뒤에도 박원순의 행보는 거칠 것이 없다. 논란이 되었던 무상급식 전면실시에 사인을 하는 것으로 업무를 시작해서 쪽방촌도 부지런히 돌아다니고 노숙자들을 위해 지하도에 전기온돌도 깔았다. 또 각종 재개발 계획은 유보시켜서 서민들에게 피해가 돌아가지 않도록 조치했다. 서울시립대 학생들과 약속했던 반값 등록금도 실현시켰다. 그리고 재건축 소형 비중을 50퍼센트 이상 확대하는 등 이익이 우선되는 개발보다 인간이 중심이 되는 개발 지향 정책을 펴나가고 있다.

박원순의 행보는 지지와 반대가 팽팽하게 맞선다. 개인의 이익을 국가가 강제할 수 없다는 논리와 개인의 이익보다 공익이 우선해야 한다는 논리 싸움이 그것이다. 그러나 박원순은 개의치 않고 행동한다. 바꿀 수 있다는 굳은 신념이 그를 지탱하고 있기 때문이다.

좋은 독서는 과거의 훌륭한 사람과 대화하는 것이다.
데카르트

CHAPTER
ONE

책으로
꿈을 빚다

책의 유배지에 갇힌 스무 살 《유배지에서 보낸 편지》
지독한 공부벌레, 한시에서 인생을 배우다 《고려고승한시선》
때론 성문을 박차고 나간 싯다르타처럼 《싯다르타》

책의 유배지에 갇힌
스무 살

《유배지에서 보낸 편지》

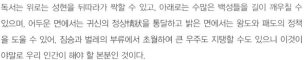

독서는 위로는 성현을 뒤따라가 짝할 수 있고, 아래로는 수많은 백성들을 길이 깨우칠 수 있으며, 어두운 면에서는 귀신의 정상情狀을 통달하고 밝은 면에서는 왕도와 패도의 정책을 도울 수 있어, 짐승과 벌레의 부류에서 초월하여 큰 우주도 지탱할 수도 있으니 이것이 야말로 우리 인간이 해야 할 본분인 것이다.

정약용,《유배지에서 보낸 편지》에서

"어느 책에선가 리영희 선생이 그렇게 얘기한 적이 있죠. '모든 판검사는 0.75평짜리 감옥에서 살아보아야 한다'고 말입니다. 법조인이 수형자 생활을 해보지 않고서는 자신이 선고하는 형량의 의미를 진정으로 알기 어렵다는 얘기겠죠. 행복하게도 나는 그런 체험을 한 적이 있습니다."

- 《네가 있어 다행이다》에서

1. 스무 살 청년의 운명을 바꾼 사건

어느 인생이고 운명의 순간은 있기 마련이다.

관악산을 타고 내려온 봄바람이 부드럽게 도서관 공터를 보듬던 1975년 5월 22일 오전, 서울대 교정을 거닐던 스무 살의 박원순도 그랬다. 여느 날처럼 일찌감치 학교 도서관으로 걸음을 옮긴 박원순은 평소대로 주간지 코너로 가 〈타임Time〉지를 꺼내 들고 창가에 앉았다. 잡지를 첫 장부터 차례로 읽어가며 이따금씩 창밖으로 눈길을 던지기도 했을 것이다. 유리 너머로 비치는 관악산 줄기는 봄이 한창이었다. 새움 돋는 잔디를 밟으며 학생들은 꿈을 꾸듯 오르내렸고, 나비는 평화롭게 건물과 건물 사이를 오갔다. 박원순은 생각에 잠기며 눈을 감았다.

'열심히 공부해서 어머님 아버님을 기쁘게 해드리자.'

박원순은 법관이 된 자신의 미래를 떠올리며 눈을 떴다. 그러다가 싱긋 미소를 지으며 다시 잡지를 뒤적였다. 몇 분 뒤에 벌어질 운명의 순간을 꿈에도 알지 못한 채였다.

경기고등학교를 졸업하고 박원순은 곧장 대학 문을 두드릴 수 없었다. 공부를 게을리해서가 아니라 불시에 찾아온 늑막염 때문이었다. 시골로 내려가 1년 가까이 요양을 한 끝에야 겨우 몸이 회복되었고, 그런 연후에야 서울대 사회학부에 합격할 수 있었다. 크고 작은 어려움 속에 입학한 학교였기에 박원순의 감회는 그만큼 남달랐다. 중학교를 졸업하고 경기고에 입학할 때도 마찬가지였다. 경기고는 당시만 해도 최고의 엘리트 학교였다. 중학교를 졸업한 첫해 박원순은 경기고와 쌍벽을 이루던 경복고에 원서를 넣었고 보기 좋게 떨어졌다. 재수와 병마라는 길고 어두운 터널을 일찌감치 경험한 셈이었다.

박원순은 눈을 뜨고 다시 〈타임〉지를 읽어 내려갔다. 영어 공부에도 도움이 됐지만 세계가 어떻게 돌아가는지 국제정세를 알기에 〈타임〉지만 한 것이 없었다. 좋은 기사는 메모를 해서 옮기고 심화해서 읽고 싶은 자료가 생기면 책을 빌려 와서 꼼꼼히 살폈다. 30분쯤 〈타임〉지에 푹 빠져 있을 때 박원순은 밖에서 들려오는 웅성거림에 문든 정신을 차렸다. 박원순은 읽고 있던 〈타임〉지를 서가에 꽂고 창가로 다가갔다. 수십 명의 학생들이 '김상진 열사를 기억하라'는 깃발을 들고 목청껏 구호를 외치고 있었다. 평화롭던 교정에 불어닥친 억센 바람에 박원순은 눈을 번쩍 떴다. 서울대에 입학하여 법관을 꿈꾸던, 장래가 촉망되던 한 시골 청년의 운명을 가른 사건은 그렇게 불시에 찾아왔다.

'아아, 이런 중차대한 시기에 한가롭게 잡지나 뒤적이고 있었다니.'

김상진은 한 달 전 농대 교정에서 열린 시국 성토대회에서 세 번째 연사로 나와 〈양심선언문〉을 낭독한 뒤 스스로 자결한 학교 선배였다. 순식간에 수백 명으로 불어난 학생들은 김상진 열사의 영정 사진을 선두에 세운 채 '유신헌법 철폐', '민주주의 만세' 같은 구호를 외치기 시작했다. 박원순은 끓어오르는 혈기 속에 행진의 앞으로 달려 나가 학생들과 구호를 외쳐댔다. 시위대의 수는 점점 불어났고, 학생들의 행렬도 교문을 박차고 도로로 쏟아져 나갔다. 그러나 오래가지 못했다. 곧 경찰이 들이닥쳤고, 무자비한 진압 속에 학생들은 경찰을 피해 뿔뿔이 달아나는 신세가 되고 말았다.

'평화로운 시위도 못 한단 말인가?'

진압대를 피해 달리며 박원순은 입술을 깨물었다. 박원순은 곧 경찰에 체포되었고 동료 학생들과 함께 유치장에 갇히고 말았다.

경찰에게 팔을 붙들릴 때만 해도 박원순은 하루나 이틀 유치장 신세면 그만일 거라고 확신했다. 시위에 단순 가담한 수백 명의 학생에 불과했기 때문이다. 그러나 바람과는 달리 박원순은 영등포구치소로 이송되었고 이후 장장 4개월의 억울한 옥살이를 경험해야 했다. 그리고 그 4개월은 청년 박원순의 운명을 바꾸어놓았다. 2012년 6월 8일, 연세대학교 대강당에서 있었던 이한열 열사 25주기 추모제에서 박원순은 당시 상황을 이렇게 증언했다.

> "1975년, 저는 봄꽃이 만발한 서울대학교 관악캠퍼스를 거니는 신입생이었습니다. 배은심 어머니가 이한열 열사에게 '제발 데모는 하지 마라'고 하셨다는데, 저희 어머니도 '제발 세 사람 이상 모인 데는 가지 말라'고 하셨고요. 그런데 5월 22일 김상진 열사 추도식에 갔다가 저도 경찰에 잡혀서 학교 잘리고 영등포 구치소에 수감됐지요. 당시 저는 신입생으로서 아무런 의식이 없었습니다. 그날도 신촌에서 이화여대생과 미팅 약속이 있었고요. (……) (그날의 일로) 1980년 광주항쟁이 끝날 때까지 저는 복학도 못 했습니다."
> - 〈오마이뉴스〉, 2012년 6월 8일

세월은 그날로부터 38년이 흘렀다. 혈기 넘치던 약관 스무 살의 청년 박원순은 강원도 영월의 등기소장과 대구지검 검사, 변호사와 시민운동가, 소셜디자이너, 저술가 등 다양한 이력을 섭렵한 끝에 대한민국의 심장이랄 수 있는 수도 서울의 수장이 되었다. 그날, 서울대학교 관악 캠퍼스 도서관 창가에 앉아 나른히 봄기운에 젖어 있던 박원순의 뇌리에 '서울시장'이란 단어가 들어 있었을까? 훗날 박원순이 여러 매체들과의 인터뷰에서 밝혔듯 당시 그의 꿈은 사법시험에 합격하여 판검사가 되는 것이었고, 그것은 박원순의 꿈이라기보다는 대다수 시골 수재들이 갈망했던 '성공하는 시골 청년의 전형'으로서의 꿈이었다. 애초에 정치인은 꿈 목록에 없었던 셈이다.

다시 시계를 38년 전으로 되돌리자. 38년 전 그날, 박원순은 서울 남부경찰서 유치장에서 첫 밤을 맞았다. 머릿속은 혼란으로 가득 찼다. 시골에 계신 부모님 생각 때문이었다. 당시 자식을 대학에 보낸 어머니들의 한결같은 잔소리는 "제발 데모는 하지 마라"였다. 그녀들인들 왜 데모의 필요성을 느끼지 못했겠는가. 하지만 금이야 옥이야 키운 자식들이 시위 현장에 나가 거짓말처럼 죽고 다치던 시대였다. 김상진이 그랬고, 이한열도 그렇게 죽었다. 오죽했으면 박원순의 어머니가 "사람 셋 이상 모인 데는 절대로 가지 마라"고 신신당부했을까.

그런데 서울대에 입학하여 채 1학기가 지나기도 전에 아들이 옥살이를 하게 된 것이다. 구치소 생활은 한 달 가까이 계속됐다. 잠깐 데모에 참여한 것뿐이니 곧 나올 수 있으리라는 예측은 차츰 빗나갔다. 긴급 조치 9호가 선포된 직후여서 당국의 조치는 엄했다. 학교에서도 제적당했다. 박원순은 마음을 졸이며 풀려나기를 고대했다. 구치소 생활보다 고향의 부모님이 더 걱정되었다. 한 달이면 시골에도 소식이 닿고도 남을 시간이었다. 아니나 다를까, 며칠 뒤 주름 가득한 시골 농부가 구치소에 모습을 드러냈다. 아버지였다. 박원순은 수염이 덥수룩해져 10년은 더 늙어 보이는 얼굴로 교도관을 따라 나갔다. 아버지와 눈이 마주치는 순간 발밑이 아득해지는 현기증을 느꼈다. 형사들 앞에서 취조를 받을 때만 해도 죄의식 없이 당당했던 그였다. 그러나 아버지를 보자 진짜 죄인이 된 것만 같아 고개를 들 수 없었다. 창살을 사이에 둔 부자는 한동안 침묵했다. 눈물을 애써 참던 아버지는 한마디 던져놓고 외롭게 등을 보였다.

"괜찮다. 괜찮으니까 건강이나 유의해라."

"그때 감옥을 가지 않고 정상적으로 학교를 다녔다면 저는 아마도 제 일신상의 안녕을 누리기는 했지만 시민들에게 눈총을 받고 때로는 지탄받는 사람이 됐을 겁니다. 청년의 나이에 결단할 수 있는 것은 안정된 직장이 아니라 정말 이한열 열사가 걸어가고 저도 본의 아니게 그 뒤를 따라 걸어갔던 그런 길처럼, 역사 앞에 떳떳하고 사람들에게 떳떳할 수 있는 삶을 사는 것이 가장 중요한 일이라고 생각했지요."
- 〈오마이뉴스〉, 2012년 6월 28일

면회 후 박원순은 잡범들이 우글거리는 영등포 구치소로 이감되었다. 도합 약 4개월의 구치소 생활은 그러나 박원순에게 일생일대의 전화위복이 되었다. 훗날 박원순의 소회에 의하면 일반인들이 평생을 읽어도 다 못 읽을 책을 그 시기에 읽었기 때문이다. 암행어사에 명판관으로 이름을 날리던 정약용이 모함을 받아 떠난 18년의 유배 기간 중에 수많은 책을 읽고 500여 권의 저서를 남겼듯이, 박원순은 인생의 출발점에 찾아온 불행한 감옥살이 기간 동안 수백 권의 책을 읽고 자신의 남은 인생 반세기를 디자인하게 된다. 삶의 고비 때마다 걸음을 멈추고 자신을 되돌아보는 시간을 갖곤 했던 박원순식 인생관은 이때부터 싹이 트기 시작한 것이다.

무덥고 짜증나는 감옥 생활이었지만 박원순은 정말 미친 듯이 책을 읽었다. 마치 책을 빨아들이는 블랙홀처럼. 가족과 친구들은 책을 넣어주느라고 바빴다. 지독한 책벌레요, 책 중독자였다. 너덜너덜해져 구치소 안을 돌아다니던 책들은 불과 열흘도 안 돼 박원순의 뇌 속에 차곡차곡 저장되었다. 이때 박원순은 본격적으로 헤겔Georg Wilhelm Friedrich Hegel도 만나고 프로이트Sigmund Freud도 만나고 역사학자 카 Edward Hallet Carr도 만났다. 프랑스 사회학자 뒤르켕Emile Durkheim의 사회학 저서들로부터 변기 곁에 놓인 소설책과 풍류 서적들까지, 활자화된 것은 무엇이든 박원순의 손을 피해가지 못했다. 마르쿠제의 《이성과 혁명》, 리스먼의 《고독한 군중》, 예링의 《권리를 위한 투쟁》도 그때 감동으로 읽은 책들 가운데 하나다. 훗날 박원순은 《네가 있어 다행이야》에서 당시를 이렇게 회상했다.

"남부경찰서 유치장의 첫날을 나는 잊지 못한다. 그날 경찰관들이 보다 남은 신문 한 조각을 옆에서 훔쳐보니 독산동에서 강도 살인사건이 일어났다는 보도가 있었다. 그런데 하필이면 그 강도 살해범이 바로 우리 유치장 방에 들어온 것이다. 혹시나 그놈이 내 옆에서 자다가 내 목을 졸라 죽이면 어떡하나 하는 생각이 들어, 나는 내 잠자리를 멀리 일찌감치 잡아놓고 있었다. 이런 생활을 한 달쯤 하다가 다시 영등포구치소로 옮겨갔다. 두어 달쯤 지나가니 적응하기 시작했다. 무엇보다도 행복한 것은 영치되는 책을 읽을 수 있는 일이었다. 한창 상상력이 약동하는 시기에 교도소 안에서 읽는 책의 내용은 그대로 살이 되고 피가 되는 느낌이었다.

이때 읽었던 헤겔의 철학서들, 마르쿠제의 《이성과 혁명》, 리스먼의 《고독한 군중》 등의 책은 지금도 기억에 생생하게 남아 있다. 끙끙대며 읽었지만 사회과학 용어와 문장에 친해지는 기간이기도 했다. 그 외에도 다양한 소설과 수필 등이 큰 감명을 주었다. 성경도 꼼꼼하게 묵상하며 읽었고, 그 시대적 배경을 기반으로 한 김동리의 《사반의 십자가》나 헤세의 《싯다르타》 등은 종교적 열정과 번민을 안겨주었다. 아마도 교도소를 가지 않았더라면 대학 시절 4년 내내 합쳐도 못 읽었을 책들을 그 넉 달 만에 다 읽었다. 교도소는 (독서를 하기에) 그야말로 완벽한 면학 분위기가 조성된 곳이었다."

남들은 인상부터 찡그리게 마련인 교도소 생활을 가리켜 '독서를 하기에 완벽한 분위기를 갖춘 곳'이라고 언급한 부분이 눈길을 끈다. 삶의 1분 1초라도 계획하고 아껴서 써야 한다고 설파하고 다니는 박원순, 그에게는 영어囹圄의 몸이었던 교도소 생활조차도 긍정적인 면학의 시간이었다. 이때 역사와 관련된 책도 수십 권 읽게 되는데, 그중 박원순의 눈길을 끈 사람들은 조선의 대학자 유득공과 정약용, 그리고 박제가였다.

박원순은 스스로 자신을 실증주의자라고 주장한다. 자신이 해온 여러 가지 사회개혁운동을 가리켜 '21세기 실학운동'이라고 표현하기도 한다. 박원순식 사회개혁운동은 조선의 유학자들에게서 영감을 얻은 21세기식 실학운동인 셈이다. 이들 가운데에서도 특히 박원순에게 영감을 준 인물은 《목민심서牧民心書》로 잘 알려진 대학자 정약용이었다.

2. 정약용
- 조선 후기의 대학자

일찍이 조선 후기의 부패한 상황을 목격한 다산 정약용은 친히 《목민심서》를 지어 그 서문에서 한탄했다.

"백성들은 피폐하고 곤궁하여 병에 걸려 서로 줄을 이어 쓰러져서 구덩이를 메우는데 목민관이라는 자들은 좋은 옷과 맛있는 음식으로 제 자신만 살찌우고 있으니 어찌 슬픈 일이 아니겠는가."

오늘 대통령이 되겠다고 나선 후보들은 정당 후원회에서 단 하루 만에 백억 원을 거두고, 창당하면서 수백억 원을 쉬 조달했다는 보도가 앞 다투어 나오고 있다. 게다가 앞으로 이러저러한 선거운동에 조 단위의 돈을 소모할 것으로 추산되고 있다. 나라를 구하는 대통령 선거가 아니라 나라를 망치는 선거가 되고 있는 셈이다.

- 〈샘이 깊은 물〉, 1997, 12월호

변계 유형원과 성호 이익의 학문과 사상을 계승하여 조선 후기 실학을 집대성했다고 평가되는 다산茶山 정약용丁若鏞의 생애는 크게 유배 전과 유배 시절, 유배 후로 나눌 수 있다.

　정약용은 영조 38년인 1762년 음력 6월 16일, 아버지 정재원과 어머니 해남 윤씨 사이에서 태어났다. 태어난 곳은 한강변 마현마을로 오늘날의 행정구역으로는 경기도 남양주시 조안면 능내리다. 해남 윤씨는 정재원의 두 번째 부인으로 약전과 양종, 약용 3형제와 딸 하나를 낳았다. 정씨 집안은 8대 연속 홍문관玉堂 학사를 배출한 유서 깊은 집안이다. 정약용의 아버지는 연천현감, 화순현감, 예천군수 등 고을 수령을 지내다가, 조정에 들어와 호조좌랑과 한성서윤을 두루 역임한 학자로 일찍부터 정약용에게 글을 가르쳤다. 어머니 해남 윤씨 또한 고산 윤선도의 후손이자 윤두서의 손녀였다.

　1770년 어머니가 병으로 세상을 뜨면서 어린 약용에게 첫 번째 시련이 닥쳤다. 약용이 아홉 살 되던 해였다. 3년 뒤 아버지는 한양에서 동지중추부사를 지낸 김의택의 딸을 부인으로 맞아들였고, 서모 김씨가 형제들을 친자식처럼 보살피면서 약용은 심리적으로 안정을 되찾는다.

　다산은 스스로 '어려서부터 영특하여 제법 문자를 알았다'고 회고했다. 비록 어머니를 잃었지만 열 살 때부터 과예課藝를 공부하기 시작하여 각종 경전과 사서, 고문古文을 부지런히 읽었으며, 시간이 나면 시율詩律를 지어 아버지를 기쁘게 해드렸다. 현존하지는 않지만 이 무렵 지은 시문을 모아 스스로《삼미자집三眉子集》을 묶기도 했다. 정약용은 어릴 때 마마를 심하게 앓아 눈썹에 마마 흉터가 짙게 새겨져 있었는데 이로 말미암아 스스로를 '눈썹 셋三眉'으로 칭한 것이다.

정약용은 열다섯 살 되던 해 승지 홍화보의 딸 풍산 홍씨와 결혼했다. 결혼 직후, 벼슬을 쉬던 아버지가 때마침 호조좌랑으로 나가게 됨에 따라 약용은 아버지를 따라 한양에 입성했다. 지방 수재의 서울 나들이는 학문에 대한 새로운 시야를 확장하게 해주었다. 한양에 올라온 정약용은 이가환과 매부 이승훈 등으로부터 귀동냥으로만 들어오던 대학자 이익李瀷의 학문을 직접 접했다. 이익의 학문은 어린 정약용에게 충격 그 자체였다. 정약용은 몸속 깊이 이익과 같은 학자가 될 것을 결심하고 그의 제자인 이중환李重煥과 안정복安鼎福의 저서까지 두루 탐독하며 소양을 넓혔다. 다산연구소가 공개한 '다산의 생애'에 따르면 정약용은 이때의 심정을 글로 남겼다고 한다.

이때 서울에는 이가환 공이 문학으로써 일세에 이름을 떨치고 있었고 자형인 이승훈도 또한 몸을 가다듬고 학문에 힘쓰고 있었는데, 모두가 성호 이익 선생의 학문을 이어받아 펼쳐나가고 있었다. 그래서 약용도 성호 선생이 남기신 글들을 얻어 보게 되자 흔연히 학문을 해야 되겠다고 마음을 먹었다.

정약용이 열여섯 살 되던 해 아버지 정재원은 정조로부터 화순현감을 명받는다. 이때 정약용도 짧은 한양 생활을 접고 아버지를 따라나섰다. 이때부터 스물을 넘기기까지 예천과 진주 등으로 벼슬길을 옮겨

가는 아버지를 따라다니며 과거를 준비하면서 부지런히 독서했다. 그리고 책을 읽은 후에는 거기서 끝나지 않고 반드시 독서기록을 남겼다. 〈동림사 독서기東林寺讀書記〉도 그중 하나다.

정약용은 1783년, 스물두 살 되던 해 경의과 진사시험에 합격하여 성균관에 들 자격을 얻고 다시 한양으로 돌아왔다. 성균관에는 당시 갓 보위에 오른 서른셋의 정조가 운명처럼 그를 기다리고 있었다. 군왕이기 이전에 유학자였던 정조는 성균관 유생들과 학문토론을 즐겼고 이 과정에서 총명했던 정약용은 자연스럽게 정조의 총애를 받게 되었다. 정약용이 서학을 처음 접한 것도 이 시기였다.

1973년 정약용은 유생 이벽과 한강 상류로 뱃놀이를 함께 간 적이 있었다. 이때 이벽은 정약용에게 다수의 서양 서적을 보여주며 의견을 물었다. 정약용은 낯선 이야기들에 내심 당황했으나 표면적으로는 크게 관심을 두지 않았다. 아직 자신을 둘러싼 뿌리조차 제대로 모른다는 판단 때문이었다. 그러나 서학에 대한 관심을 완전히 접지는 못 해 이기경 등과 자주 어울리며 서학을 토론했다. 노론을 비롯한 보수주의자들이 제사 철폐 등을 주장하는 서학을 거칠게 비판했지만, 정약용은 어떤 학문이든 무조건 배척하기보다는 받아들일 건 받아들이자는 실용주의자였다. 정약용의 관심은 백성들을 널리 이롭게 하는 것이었고, 학문은 백성들을 위한 것이라고 생각했기 때문이다.

정약용은 스물여덟 살 되던 해 대과에 합격했다. 첫 직장은 규장각이었다. 규장각은 정조의 개혁야심이 집대성된 곳이었다. 따라서 정약용이 규장각에 배속된 데는 장차 나라를 위해 정약용을 크게 쓰겠다는 정조의 의도가 숨어 있었다. 서른한 살 되던 해 벼슬은 홍문관 수찬修撰에 이르렀다. 그러나 아버지가 돌아가시게 되어 벼슬을 버리고 삼년상을 치르기 위해 낙향한다. 이 기간에도 정약용은 정조를 위해 수원 화성의 설계도를 지어 바치는 등 몸과 마음을 편히 쉬지 못했다. 유네스코가 세계문화유산으로 지정한 수원 화성은 한국적 축성 양식을 잘 계승하면서도 독창적으로 설계되어 실용성과 더불어 아름다운 건축미까지 두루 갖춘 성곽양식으로 꼽힌다. 정약용은 설계뿐만 아니라 성곽 축조를 위한 다양한 기기를 발명하고, 모군募軍 방식을 제안하여 그를 믿고 일을 맡긴 정조를 만족시켰다.

이후에도 정약용은 정조의 총애를 받으며 승승장구한다. 상을 마치자 성균관 직강에 임명되었으며 직후 비변사 낭관을 맡았다. 10월에는 정조의 은밀한 하명을 받고 경기 암행어사가 되어 적성과 마전, 연천, 삭녕을 두루 돌아다녔다. 이때 다산은 수도 한양의 으리번쩍한 관가에 앉아 미처 보지 못했던 백성들의 참혹한 현실을 직접 눈으로 목격한다. 각종 당파가 서로 복잡하게 얽혀 있는 조정에서, 대개의 암행이 형식적인 것에 그쳤지만 정약용은 이를 두려워하지 않고 경기 관찰사 서용보의 비리를 조정에 고발했다. 일개 암행어사가 당시 실세였던 노론의 중심인물 서용보를 고발하는 데는 엄청난 결심이 필요했지만, 정약용이 목숨을 걸고 임무에 충실했던 이유는 수탈당하는 백성들을 외면할 수 없어서였다. 이는 시 〈봉지염찰도적성촌사작奉旨廉察到積城村舍作〉에도 잘 나타나 있다.

냇가의 찌그러진 집 한 채 바리때를 닮았네
북풍에 이엉이 날려 서까래만 앙상하구나
눈이 나려 묵은 재에 덮이니 부엌은 차고
체 눈처럼 뚫린 벽에 별빛만 비쳐드노나
집 안에 있는 물건일랑 쓸쓸하기 짝이 없어
전부 다 팔아도 칠팔 푼이 안 되겠다
개꼬리 같은 조 이삭 세 줄기 걸려 있고
닭 창자 같은 마른 고추 한 꿰미 걸렸네
항아리 금 간 곳엔 헝겊을 발랐고
찌그러진 시렁대는 새끼줄로 지탱하네
놋수저는 지난날 관리에게 빼앗기고
쇠 냄비는 엊그제 옆집 부자가 앗아갔지
닳아 해진 무명이불 오직 한 채뿐이라서
부부유별 그 말은 가당치도 않구나

臨溪破屋如瓷鉢/ 北風捲茅椽齾齾
舊灰和雪竈口冷/ 壞壁透星篩眼豁
室中所有太蕭條/ 變賣不抵錢七八
尨尾三條山粟穎/ 鷄心一串番椒辣
破甖布糊×穿漏/ 庋架索縛防墜脫
銅匙舊遭里正攘/ 鐵鍋新被隣豪奪
靑錦敝衾只一領/ 夫婦有別論非達

암행 임무를 마치고 돌아온 정약용을 정조는 더욱 총애했다. 1795년 사간司諫에 임명하고 이어서 통정대부와 동부승지, 병조참의에 연이어 발탁했다. 그러나 정조의 개혁에 노골적으로 반기를 들며 반전을 노리던 노론 벽파들도 가만히 앉아서 관망하고 있지만은 않았다. 1795년 가을, 청나라 사람 주문모가 한양에 잠입하여 몰래 천주교를 전파하다가 적발되는 일이 벌어지자 노론들은 이 일을 꼬투리 삼아 조정 내 군신들 가운데 서학과 접촉하고 있던 이가환, 정약용, 이승훈 등을 탄핵하기에 이르렀다. 거듭되는 상소를 외면할 수 없었던지 정조는 이가환을 충주목사로, 정약용은 금정찰방으로 각각 좌천시키고, 이승훈은 특별히 예산으로 유배 조치했다. 이후에도 정약용의 시련은 계속됐다. 정조가 곡산부사를 거쳐 형조참의로 다시 불러 올리지만 대사간 신언조가 항소를 올려 정약용과 약종 형제를 함께 처벌하라고 압박했다. 결국 세상사에 지친 정약용이 벼슬을 내놓고 고향으로 돌아가니 서른아홉 되던 1800년의 일이다.

엎친 데 덮친 격으로 이해 정치적 후원자인 정조가 죽는다. 정조가 죽자 기다렸다는 듯 노론 벽파들이 권력을 완전히 장악했다. 어린 순조는 허수아비 왕이었다. 노론 벽파의 눈엣가시였던 이가환, 이승훈은 백성을 현혹했다는 누명을 쓰고 교살되었다. 정약용은 가까스로 죽음을 면한 채 기약 없는 귀양살이에 올랐다. 18년 긴 유배 생활의 시작이었다.

유배살이는 고달프기 그지없었다. 9개월 뒤 서울로 압송되어 또다시 모진 고문을 받았는가 하면 귀양지의 인심도 강팍하여 겨우겨우 입에 풀칠하며 지냈다. 그렇지만 정약용은 좌절하지 않고 틈틈이 학문을 연마하며 독서삼매경에 들었다. 세계사에 유래가 없는 500여 권의 저서 대부분이 이때 기초가 잡히고 쓰였다. 18년간의 유배 생활은 정약용에게 치명적인 고독과 좌절을 안겨준 시기였지만, 또한 학문적 완성을 이루게 만든 소중한 시간이었던 셈이다.

정약용은 마흔일곱이 되던 1808년 강진군 도암면 만덕리로 유배지를 옮겼다. 그곳에서 초가를 한 채 짓고 저술 작업에 몰두했다. 다산초당으로 알려진 이곳은 정약용 사상이 집대성된 자리이자 하나의 작은 소우주였다. 유배 초기 정약용은 자신의 운명을 담담히 받아들이고 예학과 주역부터 하나하나 공부를 시작해 나갔다. 당시의 지배이데올로기였던 주자 성리학을 극복하기 위한 방편이었다. 경학 이외에 경세학과 실용적인 학문들에 두루 관심을 기울였다. 유배 초기에 이미 사서육경에 관한 경학연구서 저술을 끝마쳤고, 내공이 쌓이자 현실로 눈을 놀려 백성의 고초를 덜어주겠다는 마음으로 《경세유표》, 《목민심서》 등의 저술에 매달린다. 《경세유표經世遺表》는 군왕에게 바치는 일종의 정책제안서다. 《목민심서》는 공직을 바로잡아 백성을 살려내려는 취지로 쓰였다. 실증주의를 바탕으로 조선후기의 시대적 모순을 해결하기 위한 정약용의 몸부림이었다.

정약용은 경학을 근본으로 하고 경세학을 그 실현방법으로 보았다. 경학을 통해 수양하고, 경세학으로 천하와 세상에 봉사한다는 생각이었다. 유배지에서 다산은 경학을 본격적으로 연구하며 성리학과 훈고학, 문장학, 과거학, 술수학의 폐단을 비판했다. 그리고 백성들의 실용적인 삶과 거리가 멀어진 사서육경을 새롭게 재해석하여 공맹의 본질로 다가서는 데 힘을 다했다.

정약용이 유배지에서 완성한 저술은 경전과 직접 연관된 것이 232권 정도고, 경세론을 저술한 것이 96권이다. 시문집을 포함한 기타 저술을 모두 합하면 500여 권에 이른다. 양적으로도 어마어마한 분량이지만 사상적 깊이로도 타의 추종을 불허한다. 500권의 저술을 짓기 위해 다산은 수천 권의 책을 읽고 수만 번 생각에 잠겼다. 정약용의 머릿속에는 공자도 맹자도 아닌, 오직 백성만이 들어 있었다.

순조 18년인 1818년, 길고 길었던 귀양살이도 끝이 났다. 9월 14일 정약용을 간단히 짐을 꾸려 나귀 한 필에 얹고 고향으로 길을 떠났다. 유배에서 풀려났다는 기쁨 같은 건 없었다. 그리고 고향으로 돌아와 18년을 더 살다가 일흔다섯의 나이에 숨을 거둔다. 말년은 비교적 평온했던 것으로 보인다. 고향으로 돌아와 《흠흠신서欽欽新書》를 마무리한 뒤 배를 타고 북한강을 오르내리거나 청평산을 유람하며 시를 짓고 책을 읽었다. 회갑연을 맞이하여 자신의 묘지명을 짓기도 했으며 조정의 부름을 받았다가 되돌아온 일도 있었다. 마지막 순간도 평안했다. 자신의 회혼일인 1836년 음력 2월 22일, 가족들이 보는 앞에서 조용히 눈을 감았다. 시신은 뒷산에 안장되었다. 1910년 7월 18일 정이품 정헌대부 규장각제학에 추증되었고 '문도공文度公'이라는 시호를 받았다.

3.《유배지에서 보낸 편지》
-다산에게 시대의 길을 묻다

《유배지에서 보낸 편지》는 정약용의 저술 중 편지글을 따로 떼어내어 묶어놓은 책이다. 다산학의 권위자이자 현 다산연구소 이사장 박석무 선생 번역으로 1979년 시인사에서 초간이 나왔고, 1991년 창작과비평에서 개역·증보판을 낸 이래 계속해서 개정판이 나오고 있다.

당시 30대 후반의 고등학교 교사였던 박석무는 유신정권이 마지막 불꽃을 태워갈 무렵 학생들을 가르치고 돌아온 저녁마다 조금씩 다산 정약용의 책들을 번역하며 원고를 만들었다. 유신은 종말을 고했지만 12·12쿠데타가 일어나고 민주화의 봄은 끝내 오지 않았다. 또다시 전국이 피로 물들고 수많은 사람들이 감옥으로 유배되었다. 울분으로 가득했던 그 시절,《유배지에서 보낸 편지》는 독재에 저항하던 민중들에게 훌륭한 위안거리가 되어주었다. 반대파의 미움을 받아 억울하게 유배를 떠나야 했던 정약용의 삶과 독재에 좌절했던 민중들의 심정이 절묘하게 맞아떨어졌기 때문이다.

민중이 좌절하고 신음하면서 한 오라기의 지푸라기라도 붙들지 않을 수 없을 때 다산의 서간문은 감옥 안에서 모든 양심수들이 즐겨 읽는 등 화제의 책이 되기도 했다. 그렇게 독자들의 사랑을 받던 이 책은 초판 이후 13년째인 1991년 겨울에 허술함과 부족함을 메우려고 다시 번역하고 더 보충하여 '창비교양문고'로 개역, 증보판을 출간하게 되었다.

저자의 증보판 서문에서도 알 수 있듯이 《유배지에서 보낸 편지》는 암울했던 시대에 한 줄기 빛과 같은 역할을 톡톡히 해냈다. 스무 살의 청년 박원순이 그러했듯이, 영문도 모른 채 감옥으로 끌려온 청년들은 희미하게 비쳐 드는 전등불에 기대어 《유배지에서 보낸 편지》를 읽고 또 읽었다. 18년이라는 긴 유배 생활 동안 좌절하지 않고 위대한 학문의 금자탑을 쌓아 올린 다산의 모범적인 생애는 민주화를 위해 투쟁하다가 잡혀 들어온 사람들에게 불꽃 같은 희망과 삶의 의지가 되었다. 그들은 다산을 읽으며 눈물을 흘렸고 다산처럼 독서하며 공부할 것을 맹세했고 형기가 풀려 밖으로 나가서는 다산이 그랬던 것처럼 이 땅의 민주화와 사회개혁을 위해 한 몸들을 던졌다.

《유배지에서 보낸 편지》는 크게 두 아들에게 보낸 편지와 두 아들에게 주는 가훈, 둘째 형님에게 보낸 편지들, 제자들에게 당부하는 말로 나뉘어 있다. 각각의 장 제목과 편지 제목은 역자가 현대의 독자들을 위하여 임의로 붙인 것이며 1934~1938년 사이 신조선사에서 정인보과 안인홍이 교열하여 간행한 《여유당전서與猶堂全書》를 모본으로 삼고 있다. 쉰 통 가까운 이들 편지는 부모에 효도하고 형제간에 우애를 지키며 끝없이 학문을 탐구하라는 내용들이 주를 이룬다. 특히 정약용은 독서를 강조해서 자식들로 하여금 어떤 책을 읽을 것인지 반드시 읽어야 할 책을 추천하는가 하면, 자식들이 책을 읽고 감상을 보내오면 그것을 논평하고 바로잡아 주는 일도 게을리하지 않았다. 또 제목을 정하고 목차를 미리 짜주어 자식들이 직접 책을 편집하고 짓도록 요구하기도 했다.

두 아들은 독서하고 또 독서하라

이제 너희들은 망한 집안의 자손이다. 그러므로 더욱 잘 처신하여 본래보다 훌륭하게 된다면 이것이야말로 기특하고 좋은 일이 되지 않겠느냐? 폐족嬖族으로서 잘 처신하는 방법은 오직 독서 한 가지밖에 없다. 독서라는 것은 사람에게 있어서 가장 중요하고 깨끗한 일일 뿐만 아니라 호사스런 집안 자제들에게 그 맛을 알도록 하는 것도 아니고 또 촌구석 수재들이 그 심오함을 넘겨다볼 수 있는 것이 아니기 때문이다. 반드시 벼슬하는 집안의 자제로서 어려서부터 듣고 본 바도 있는 데다 중년에 재난을 만난 너희들 같은 젊은이들만이 진정한 독서를 하기에 가장 좋은 것이다. 그네들이 책을 읽을 수 없다는 것이 아니라 뜻도 의미도 모르면서 그냥 책을 읽는다고 해서 독서를 한다고 할 수 없기 때문이다. (……) 독서를 하려면 먼저 근본을 확립해야 한다. 근본이란 무엇을 일컬음인가. 오직 효제孝弟가 그것이다. 반드시 먼저 효제를 실천함으로써 근본을 확립해야 하고, 근본이 확립되고 나면 학문은 자연스럽게 몸에 배어들고 넉넉해진다.

정약용은 슬하에 두 아들과 딸 하나를 두었다. 정약용이 귀양길에 오를 당시 두 아들의 나이는 각각 열아홉, 열여섯이었다. 유배지에서 두 아들에게 전한 다산의 첫 가르침은 '효'였다. 유학자인 다산의 가르침은 항상 '효제'를 기반으로 한 셈이었다. 더구나 정약용은 스스로의 처지를 폐족이라 규정하고, 폐족이 할 수 있는 가장 큰 처신이 독서라고 여러 차례 강조한다. 몸은 먼 거리에 떨어져 있었지만 정약용은 수시로 편지를 보내 두 아들에게 효로써 마음을 다지고 독서로써 학문을 가까이할 것을 훈계했다. 아버지의 기대에 걸맞게 두 아들은 각각 훌륭한 시인이자 학자로 성장했다. 아버지보다 문재가 뛰어났다 평가되는 큰아들 학연學淵은 시집《삼창관집三倉館集》을 남겼으며 둘째아들 학유學游는 518구의 국한문 〈농가월령가農家月令歌〉를 지어 농민들의 고단한 삶을 어루만진 것으로 유명하다.

이외에도 편지 곳곳에서 독서에 대한 정약용의 열정을 읽을 수 있다. 1803년 정월 초하루에 두 아들에게 보낸 편지를 보면 '폐족도 문장가가 될 수 있으니 열심히 독서'하길 훈계한다. 무릇 군자는 새해가 되면 1년 동안 공부할 과정을 미리 정해놓고 실천을 해야 하는데, 이는 오늘날 한 해 계획을 미리 짜놓는 것과 크게 다르지 않다. 다만 정약용에게 있어 한 해 계획이란 대부분 독서와 관련된 일이다. 그는 또 이렇게 적고 있다.

학문을 하는 것은 꼭 물 위로 배가 저어 올라가는 일과 같다. 물이 평탄한 곳에서는 그대로 가도 괜찮지만, 세찬 여울의 급류를 만나면 사공은 잠시라도 삿대를 느슨하게 잡아서는 안 된다. 또는 힘을 주어 한 발짝도 늦추어서는 안 되고 조금이라도 물러나면 배는 올라가지 못한다.

《주서여패朱書餘佩》라는 책을 만들기 위해《주자전서朱子全書》를 인용한 부분이지만, 이 역시 두 아들에게 내리는 아비의 바람이었다.

독서를 강조하면서도 두루 세상의 비판에 대하여 수긍하도록 강조한 부분도 눈에 띈다. 1808년 겨울, 신유사옥으로 다산과 같이 귀양길에 올라야 했던 이학규가 정약용의 큰아들 정학연의 시를 이를 비판적으로 논평한 일이 있었다. 이와 같은 사정을 아들이 정약용에게 편지로 써서 알리면서 정약용은 "그가 잘못된 부분을 지적했으니 마땅히 수긍하라"고 다독인다. 그러면서도 그 자신, 다른 책에 대하여 날카로운 비판을 서슴지 않는다. 일례로 영조 때 이만운, 이덕무 등이 지은 《기년아람紀年兒覽》에 대해서는 "자세히 읽어보니 결코 좋은 책이 아니고 너의 안목이 우습기 짝이 없다"고 훈계한다. 이는 큰아들이 아버지에게 책을 보내주고 좋은 책이라 칭찬한 것에 대한 따끔한 반대 의견이다. 직전에 정약용은 귀양살이를 하면서 강진의 민담과 민요를 채집하여 《탐진악부眈津樂府》를 편찬, 이를 아들에게 보내주었는데, 아들이 그것에 대하여 좋은 평가를 내리자 이 역시 "아버지와 아들 사이에는 칭찬하는 법이 아니"라며 큰아들을 나무랐다. 그 대목도 인상적이다.

종 석石이가 2월 초이렛날 되돌아갔으니 헤아려보건대 오늘쯤에나 집에서 편지를 받아 보겠구나. 이달을 맞아 더욱 마음의 갈피를 못 잡겠구나. 내가 너희들의 의중을 짐작컨대 공부를 그만두려는 것 같은데 정말로 무식한 백성이나 천한 사람이 되려느냐? 청족淸族으로 있을 때는 비록 글을 잘하지 못해도 혼인도 할 수 있고 군역도 면할 수 있지만 폐족으로서 글까지 못한다면 어찌 되겠느냐? 글 하는 일이 그렇게 중요하지 않다고 할 수 있을지 몰라도 배우지 않고 예절을 모른다면 새나 짐승과 하등 다를 바 있겠느냐? 폐족 가운데서 왕왕 기재奇才가 많은데 이것은 다른 이유가 아니고 과거 공부에 얽매이지 않기 때문이다. 그러니 과거에 응할 수 없게 됐다고 해서 스스로 꺾이지 말고 경전 읽는 일에 온 마음을 기울여 글 읽는 사람의 종자까지 따라서 끊기게 되는 일이 없기를 간절히 바란다. 지난해 10월 초하룻날 입은 옷을 그대로 입고 있어 몹시 군적스럽구나.

아버지가 귀양살이를 떠난 뒤 두 아들은 심적으로 많이 흔들렸을 것이다. 폐족 소리를 들으며 벼슬길까지 막혔으니, 특히 큰아들 학연은 술로 세월을 보내는 날이 많았다. 편지를 품은 종들이 수시로 오가며 집안 소식을 전했을 것이니 아들의 처신이 아버지의 귀에 어찌 들어가지 않았겠는가. 천 리도 더 떨어진 먼 귀양지에서 아버지는 아들을 훈계하고 때론 어르고 달래길 그치지 않는다. 비록 폐족이라고 해도 과거 공부에 얽매이지 않고 정진할 것을 부탁하는 대목은 애처롭기까지 하다. 아버지의 거듭되는 나무람과 걱정이 있었기에 학문을 포기하고 쉬운 길을 택할 수도 있었겠지만, 두 아들은 아비의 바람을 저버리지 않고 꾸준히 학문 탐구에 매진한다. 아비의 부탁을 받들어 책을 지어 올리기도 하고, 아비의 저작을 책으로 묶는 일도 마다하지 않으니, 오늘날 정약용가가 이름을 떨치게 된 것도 이렇듯 정약용의 끝없는 채찍이 있었기에 가능했다.

둘째 형님께 답합니다

정약용의 둘째 형 정약전 역시 정약용과 마찬가지로 벼슬길로 나아가 부정자, 병조좌랑 등을 차례로 지냈다. 정약용이 서학, 즉 천주교에 대하여 약간의 거리를 두던 것과는 달리 정약전은 적극적으로 천주교

전파에 가담한다. 당시 서학의 대가였던 이벽의 누이동생과 결혼한 탓이기도 하겠는데 정약용과 마찬가지로 1801년 신유박해^{辛酉迫害}로 노론벽파에 끄나풀이 잡혀 흑산도로 유배 조치되었다. 흑산도 인근에 서식하는 어류들을 상세히 기록하여 《자산어보^{玆山魚譜}》를 남긴 것도 이즈음이다. 정약전은 유배지에서도 신앙 전파에 몰두했는데 1816년 병을 얻어 유배지에서 숨을 거두었다. 죽기 전까지 동생 정약용과 17통의 편지를 주고받았으며 그중 13편이 박석무에 의해 번역, 소개되었다. 두 형제가 함께 귀양살이를 하는 기구한 운명임에도 신세한탄보다는 학문에 대한 토론이 주를 이루는, 선비정신이 꼿꼿이 살아 있는 서간 문학의 진수를 보여주는 글들이다.

혜성의 이치는 정말로 이해하지 못하겠습니다만, 조용히 그 빛을 살펴보건대 이것은 얼음덩이가 분명합니다. 생각건대 물의 기운이 곧장 올라가 차가운 하늘에 이르러 응결한 것이 이것인데, 그것이 해를 향한 쪽으로 빛나고 밝은 곳을 머리라 부르고 햇빛이 차단되어 희미한 곳을 꼬리라 부르는 것이니, 유성이 더운 하늘에서 이루어지는 것과 그 이치는 서로 유사합니다.

보내주신 글에서는 이것을 지구가 움직이는 확실한 증거라고 했습니다. 그러나 지금 이 혜성은 지난 7, 8월에는 두병^{斗柄}의 두 번째 별과 서로 밀접히 붙어 있었는데 8월 그믐쯤에는 점점 높이 떠서 서쪽으로 갔습니다. 지금은 초저녁 처음 보일 때에 그 높이가 거의 중천에 가깝고 그 방위는 점점 서쪽에 이르고 있으니 7, 8월경과는 아주 같지 않습니다. 이것으로 본다면 분명히 별이 움직인 것이지 지구가 움직여서 그런 것이 아닙니다. 가령 지구가 운행한다 하더라도 별 역시 옮겨가고 있으니, 이는 별이 한곳에 붙어 있고 지구만 왼쪽으로 돌아가는 것이 아닙니다. 또 땅의 기운이 모여서 맺힌 것이라면 붙박이면 붙박이고 떨어지면 떨어질 일이지 어떻게 돌 수가 있고 옮길 수가 있단 말입니까?

일식과 월식이 일어나는 것은 명백히 그 궤도상 그렇게 되어 있는 것이니 이것은 재앙이 아닙니다. 이 혜성에 이르러서는 이것이 상례를 벗어난 아주 특별한 형상이 아닌가 싶습니다. 그 길흉에 대한 응험은 분명하게 말할 수 없으나 요컨대 무심히 보아 넘길 것은 아닙니다. 전에 외사外史를 보았더니 옛날 어떤 사람이 푸른 하늘을 쳐다보다가 칼刀劍의 형상이 있는 것을 보고는 그 지방에 큰 흉년이 있을 것을 알았었는데 과연 백성들이 다 죽었다고 합니다. 생각건대 그 사람이 보았던 것도 역시 이런 종류로써 백성들이 피해를 일괄적으로 말할 수는 없겠으나 그 규모가 큰 것만도 세 곳이나 되었다니, 어찌 근심할 것이 없다고 할 수 있겠습니까? 무진년1808에도 혜성이 있었는데 기사년1809과 경오년1810에 과연 백성들이 죽는 참상이 일어나 어리석은 백성들이 말할 수 없이 소요스러웠으니 매우 걱정스럽습니다.

돌연 하늘에 나타나 수개월간 사라지지 않는 혜성을 두고 형과 주고받은 편지 내용은 무척이나 흥미롭다. 정약용이 이 편지를 형과 주고받은 시기는 1811년 겨울로, 이때 지구를 스쳐 간 혜성으로는 서양에서 대혜성으로 소개되고 있는 '플로제르그Flaugergus' 혜성이다. 정약용은 혜성을 얼음덩이로 보고 있는데 혜성이 실제로 먼지와 얼음덩이인

점을 감안하면 단순 추측이지만 놀라운 안목이 아닐 수 없다. 하지만 혜성의 출연을 불길한 징조로 보고 있는 것은 고대인들의 세계관과 크게 다르지 않다. 또 형 약전은 혜성을 두고 지구가 움직이는 증거라고 주장한 반면 정약용은 지구의 움직임에 대하여 단정하지 않고 조심스럽게 접근하고 있는 점도 눈길을 끈다.

요사이 《시경詩經》〈소서小序〉를 읽어보았더니 정말 너무 잘못이 많더군요. 그것이 공자 학통의 옛글이 아니란 게 확실합니다. 한나라 학자들 가운데서 좀 나은 사람이라도 이 정도의 잘못을 저지르진 않았을 것입니다. 그것은 위굉衛宏이 지은 것이 분명합니다. 주자의 큰 안목으로써 정확히 꿰뚫어 보고서 당나라 송나라 때의 비루한 습속을 한차례 씻어내긴 했지만, 다만 국풍으로 말한다 해도 주남周南에서 정풍鄭風까지의 95편 안에 부인들의 작품이라고 했던 시가 43편이나 될 정도로 많았습니다. 옛사람이 말하길 "부인들이 글자를 해독할 수 있으면 물의를 일으키는 수가 많다" 했으니 주나라 때 부인들이 이렇게 시를 즐길 수 없었을 것입니다. 어떻게 생각하시는지 묻고 싶습니다.

시경에 대한 해석에 있어서도 서슴없이 자기주장을 펼치고 있다. 삼경三經: 《시경》, 《서경》, 《주역》 중에서도 첫머리에 놓이는 《시경》은 춘추시대의 민요를 모은 중국에서 가장 오래된 시집으로 본래 3천여 수였던 것을 공자가 311편으로 간추려 정리한 것이다. 풍風, 아雅, 송頌, 셋으로 크게 분류되고 다시 아雅가 대아大雅, 소아小雅로 나뉘어 전해지는데 《시경》에 대한 도전은 곧 유학의 뿌리인 공맹에 대한 도전이기도 하다. 그런데 유배지에서 《시경》〈소서〉를 꼼꼼히 읽어본 정약용은 그것이 공자의 학통이 아님을 확신하며 그 예거로써 주남周南에서 정풍鄭風까지의 95편 안에 여인들의 시가 43편이나 삽입되어 있는 것을 들고 있는 것이다. 〈소서〉는 한나라 위굉이 찬한 것으로 시경 각 편의 머리에 붙인 서문을 말한다. 〈소서〉에 대한 논쟁은 전부터 있어왔는데 주자 또한 이에 대해 "몇 사람이 지어 하나로 합한 것"이라고 말한 바 있기도 하다.

나의 제자들에게 당부하노라

유배지로 떨어진 대개의 사대부들이 그러했듯 정약용도 그 인품을 알아듣고 찾아오는 시골 제자들을 지도하며 생계를 꾸렸다. 당시만 해도 서양 문물이 몰려들고 공맹 사상이 퇴조하던 시기여서 제자들이 많지는 않았다. 정약용은 자신을 찾아온 제자들에게 끝없이 학문정진을 독려했지만 대부분 몇 년을 넘기지 못하고 약용의 곁을 떠났다. 그래도 꾸준히 연이 닿는 제자들이 있어 정약용은 아들을 대하듯 일일이 편지를 써주며 격려했다. 다산의 초당에서 학문을 배운 제자들은 훗날 18제자로 회자된다. 면면으로는 윤종문, 유종억, 윤종심, 정수칠 등이 있다. 역자에 의하여 특별히 소개된 편지 대부분은 제자에 대한 스승의 뜨거운 사랑을 엿볼 수 있는 명문들이다.

번쩍번쩍 빛나는 좋은 의복을 입고 겨울에는 갖옷에, 여름에는 발 고운 갈 포옷으로 종신토록 넉넉하게 지내면 어떻겠는가? 그것은 비취나 공작, 여우나 너구리, 담비나 오소리 등속도 모두 그렇게 할 수 있는 것이다. 향기 풍기는 진수성찬을 조석마다 먹으며 풍부한 쇠고기, 양고기로 종신토록 궁하지 않게 지내면 어떻겠는가? 그것은 호랑이나 표범, 여우나 늑대, 매나 독수리 등속도 모두 그렇게 할 수 있는 것이다. 연지분을 바르고 푸른 물감으로 눈썹을 그린 미인과 함께 고대광실 굽이굽이 돌아 들어가는 방에서 춤추고 노래하며 세상을 마친다면 어떻겠는가? 아무리 모장 여희麗姬와 같은 미인이라도 물고기는 그를 보고서 물속으로 깊이 들어가 버린다. 돼지의 즐거움이라 하여 금곡金谷이나 소제蘇堤의 호화스러운 놀이보다 못할 것이 없는 것이다.

제자 윤종문에게 보낸 이 편지는 두 아들에게 적어 보낸 글처럼 독서의 중요함을 일깨우는 내용으로 가득 차 있다. 좋은 의복에 대한 욕망을 아름다운 털을 지닌 동물의 몸에 비유하거나 진수성찬, 고기반찬에 대한 욕망을 육식동물에 비유하는 등 편지 곳곳이 뛰어난 비유로 가득하다. 윤종문은 고산 윤선도의 후손으로 정약용의 외척이기도 하다. 제자에게 쓴 편지에는 독서의 필요성뿐만 아니라 농업의 중요성도 강조하고 있는데, 윤종문에게 보낸 두 번째 편지에는 과일나무를 심거나 채소밭을 가꾸거나 양잠을 하면 해마다 100궤미 정도의 돈을 벌 수 있고 그 돈이면 굶주림과 추의를 면하고 살 수 있다고 적고 있는 부분도 있어 이채롭다. 사대부도 먹어야 산다. 사대부라고 해서 농사를 기피할 이유가 없다는 정약용의 실증주의가 잘 반영된 편지들이라 할 수 있다.

정약용이 제자들에게 내린 당부를 요약하면 다음과 같다.

현실과 대결하면서 살아가라

벼슬에 나아가는 길이란 과거 한 길밖에 없으니 그것을 받아들이고 학문을 연마하라.

과문을 익혀라

글에는 여러 종류가 있는데 과문科文이 가장 어렵고, 이문吏文이 그 다음이고, 고문古文은 그 중 좀 쉬운 편이다. 그러니 고문으로부터 글을 연마하여 이문과 과문에 이르는 방법이 좋다.

가난을 걱정하지 마라

누에가 알에서 나올 만하면 뽕나무 잎이 나오고, 아이가 어머니 뱃속에서 나와 울음소리를 내면 어머니의 젖이 줄줄 아래로 흘러내리니, 양식 또한 어찌 근심할 것이냐.

근검절약하라

집안을 다스리는 요령으로 새겨둘 두 글자가 있으니, 첫째는 근勤자요, 둘째는 검儉자다. 하늘은 게으른 것을 싫어하니 반드시 복을 주지 않으며 하늘은 사치스러운 것을 싫어하니 반드시 도움을 내리지 않는 것이다. 유익한 일은 일각도 멈추지 말고 무익한 꾸밈은 일호도 도모하지 마라.

4. 원순 씨 생각

- 책 속에 세상의 모든 길이 담겼다

　다산 정약용과 박원순의 생애는 묘하게 닮은 구석이 있다. 젊은 임금의 총애를 받던 정약용은 임금이 죽자 노론 벽파의 공세 속에 유배지에서 18년을 보내며 내적 성숙의 시간을 갖는다. 정약용 개인에게는 그 시간에 견딜 수 없도록 고독한 시기였지만 역사적으로 보면 정약용에 의해 조선의 실학이 하나의 궤로 정리되는 시기였다.

　정약용이 가장 중요하게 여긴 것은 오로지 백성이었다. 목숨을 걸고 서학의 사상을 두루 흡수한 것도 그것이 백성들에게 실익을 줄 수 있다는 판단에서였다. 암행어사 시절에도 사대부 권력자의 눈치를 보지 않고 맡은 임무를 완수했으며, 정조의 명이 떨어지자 조금의 망설임도 없이 화성 행궁의 설계도를 그려 바쳤다. 《목민심서》나 《경세유표》, 《흠흠신서》 역시 오로지 백성의 고단한 짐을 덜고 보다 좋은 세상을 만들기 위해 쓰였다. 인권변호사로, 시민운동가로 1인 10역을 하며 틈틈이 서른 권이 넘는 저서를 내고 정치인으로서 제3의 인생을 시작한 박원순도 마찬가지다.

"제가 1975년엔가 추석 무렵에 감옥에서 나왔는데요. 금방 복학이 될 줄 알았는데, 그해가 다 가도록 복학의 조짐이 없더라고요. 그래서 1976년 가을에 예비고사부터 다시 본 거예요."

1975년 9월 어느 날, 4개월의 뜻하지 않은 옥사를 치른 박원순은 덥수룩한 수염을 매만지며 영등포 구치소를 나섰다. 추석을 며칠 앞둔 날이었다. 집을 향해 걸어가는 박원순의 머릿속으로 수많은 생각들이 들끓고 지나갔다.

역사란 무엇일까. 바르게 산다는 것은 무엇일까. 왜 어떤 이는 자신의 야욕을 위해 다른 사람을 짓밟고 달려가고, 또 어떤 이는 젊은 목숨을 초개처럼 버릴 수 있을까. 세상을 움직이는 힘은 무엇일까. 어디로부터 잘못되었으며 무엇으로부터 세상을 바꾸어야 할까.

그날, 집에 도착할 때까지도 박원순은 답을 얻지 못했다. 하지만 한 가지 사실은 분명했다. 세상은 자신을 희생하는 사람들에 의해 아주 조금씩 눈에 보이지 않게 바뀌어간다는 점이었다. 대학 캠퍼스에 앉아 낭만에 젖어 있던 4개월 전의 박원순은 이제 어디에도 없었다.

"지금 생각해보면 1년 정도 (구치소에) 더 있었으면 좋았을 텐데 싶어요. 박정희 대통령이 참 고맙긴 한데, 조금 더 있게 해줬으면 더 좋았겠다, 는 생각이 듭니다. 지금도 나는 자문해봅니다. 젊은 날의 투옥 경험이 없었더라면 내가 과연 지금과 같이 사회적 약자를 위해 일하는 사람이 될 수 있었을까? 나는 그렇다고 단언할 수 없습니다. 어쩌면 지금까지도 계속 변호사로 일하면서 호의호식하고 높은 지위까지 올라가 있었을지 모르는 일이지요. 내가 모든 것을 내려놓고 시민운동에 참여하게 된 원동력은 바로 감옥이라는 고난 덕분입니다."

김상진 열사
할복 자결 사건과
긴급조치 9호

유신의 광풍이 정점으로 치솟던 1975년 4월11일 오전 11시. 서울대 농대 대강당 앞 잔디밭으로 농대생 300여 명이 속속 모여들었다. 이날의 모임은 데모 주동자로 몰려 경찰이 연행된 축산과 4학년 김명섭과 학생회장 황연수의 석방을 촉구하는 자리였다. 유신정권에 저항하는 학생들의 연대 데모가 계속되자 박정희 정권은 경찰을 시내 곳곳으로 진주시켜 시위 집회에 강력히 대응했다. 이에 아랑곳하지 않고 학생들은 잔디밭에 모여 시국성토를 시작했다. 그리고 운명의 순간인 11시 20분, 신사복 바지에 흰 셔츠를 입은 복학생 김상진이 세 번째 연사로 등장했다. 김상진은 학우들을 천천히 둘러본 뒤 침착한 어조로 미리 준비한 〈양심선언문〉을 읽어 내려갔다.

"들으라! 동지여! 우리의 숭고한 피를 흩뿌려 이 땅에 영원한 민주주의의 푸른 잎사귀가 번성하도록 할 용기를 그대들은 주저하고 있는가! 들으라! 우리는 유신헌법의 잔인한 폭력성을, 합법을 가장한 유신헌법의 모든 부조리와 악을 고발한다. 우리는 유신헌법의 비민주적 허위성을 고발한다. 우리는 유신헌법의 자기중심적 이기성을 고발한다. 학우여, 아는가! 민주주의는 지식의 산물이 아니라 투쟁의 결과라는 것을. 이것이 민족과 역사를 위하는 길이고 이것이 우리의 사랑스런 조국의 민주주의를 쟁취하는 길이며 이것이 영원한 사회 정의를 구현하는 길이라면 이 보잘것없는 생명 바치기에 아까움이 없노라. 저 지하에선 내 영혼에 눈이 뜨여 만족스런 웃음 속에 여러분의 진격을 지켜보리라. 그 위대한 승리가 도래하는 날! 나, 소리 없는 뜨거운 갈채를 만천하에 울리게 보낼 것이다. 그러기에 나는 이 보잘것없는 생명 바치기에 아까움이 없노라……."

여기까지 읽었을 때 김상진은 미리 준비한 과도를 꺼내 자신의 배를 그었다. 친구들이 제지했지만 이미 복부에 깊은 자상을 입은 뒤였다. 그는 울먹이는 친구들을 향해 애국가를 불러달라고 중얼거린 뒤 미소를 지으며 눈을 감았다. 앰뷸런스가 도착하고 병원으로 옮겨졌지만 이튿날 아침 숨을 거두었다. 스물다섯 살 되던 해였다. 김상진은 1949년 서울에서 태어나 1968년 서울대 농대 축산과에 입학한 재원이었다. 사망한 지 하루 만에 김상진의 유해는 서둘러 화장되었고 장례식조차 금지되었다. 경찰은 학생들이 장례식을 핑계로 다시 뭉칠 것을 염려하여 긴급조치 9호를 발동하고 모든 집회를 원천 봉쇄했다. 그러나 동료를 잃은 학생들의 분노는 가라앉지 않았다.
일명 오둘둘 사건으로 역사에 기록된 5월 22일, 서울대 문리대 소속의 장만철과 김도연, 사범대의 박연호와 천희상 등이 모여 김상진 장례식을 갖기로 합의하고 기습적으로 장례식을 치렀다. 학교 측의 제지로 한쪽에서 싸움이 벌어진 가운데 김도연이 '장례 선언문'을, 김정환이 '조시'를, 천희상이 '조사'를,

박연호가 '반독재 선언문'을 낭독했다. 이어 수백 명의 학생들이 교문 돌파를 시도했다. 도서관에 앉아 〈타임〉지를 뒤적이던 박원순이 불현듯 시위에 뛰어든 것도 이날이었다. 이날 시위로 학생 56명이 구속되었으며 24명이 재판에 회부되었다. 2001년 5월 21일, 김상진이 목숨을 초개처럼 버려가며 의거한 장소에는 다음과 같은 내용의 기념표석이 설치되었다.

'조국의 민주주의를 쟁취하는 길이라면 이 보잘것없는 생명 바치기에 아까움이 없노라!'
- 〈경향신문〉 기획 〈실록 민주화운동〉 '75년 김상진 열사 할복자결' 인용

지독한 공부벌레,
한시에서 인생을 배우다

《고려고승한시선》

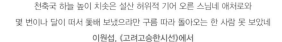

천축국 하늘 높이 치솟은 설산 허위적 기어 오른 스님네 애처로와
몇 번이나 달이 떠서 돛배 보냈으랴만 구름 따라 돌아오는 한 사람 못 보았네
이원섭, 《고려고승한시선》에서

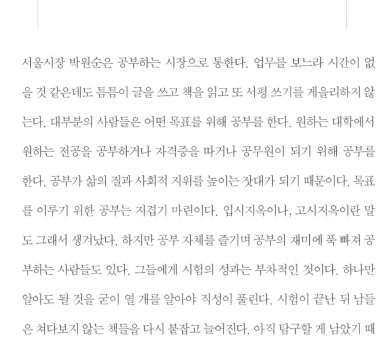

　　서울시장 박원순은 공부하는 시장으로 통한다. 업무를 보느라 시간이 없을 것 같은데도 틈틈이 글을 쓰고 책을 읽고 또 서평 쓰기를 게을리하지 않는다. 대부분의 사람들은 어떤 목표를 위해 공부를 한다. 원하는 대학에서 원하는 전공을 공부하거나 자격증을 따거나 공무원이 되기 위해 공부를 한다. 공부가 삶의 질과 사회적 지위를 높이는 잣대가 되기 때문이다. 목표를 이루기 위한 공부는 지겹기 마련이다. 입시지옥이나, 고시지옥이란 말도 그래서 생겨났다. 하지만 공부 자체를 즐기며 공부의 재미에 푹 빠져 공부하는 사람들도 있다. 그들에게 시험의 성과는 부차적인 것이다. 하나만 알아도 될 것을 굳이 열 개를 알아야 직성이 풀린다. 시험이 끝난 뒤 남들은 쳐다보지 않는 책들을 다시 붙잡고 늘어진다. 아직 탐구할 게 남았기 때

문이다. 유년 시절, 소년 박원순도 그런 학생이었다.

1. 공부벌레, 가난마저 잊다

박원순은 1956년 3월 26일, 경상남도 창녕군 장마면 장가리에서 태어났다. 시골보다 조금 나은 수준이었던 창녕읍이 20여 리 거리에 있었고, 그나마 시의 모양을 갖춘 밀양은 100여 리나 떨어진 곳에 있었다. 대부분의 시골 출신들이 그러하듯 공부보다는 농사일에 내몰리기 쉬운 환경이었다. 그럼에도 박원순은 학원은커녕 그 흔한 과외 한 번 안 받아보고 당시로서는 최고의 명문이라 일컬어지는 경기고와 서울대에 척척 합격했다. 뿐만 아니라 법원사무관시험에 사법시험까지 합격했다. 영어도 혼자 익혔고, 불어나 중국어, 일본어 같은 것도 어느 정도 독해가 가능한 수준에 이르렀다. 프로필대로 보자면 대단한 수재처럼 보이지만 사실은 그렇지가 않다. 박원순은 지독할 정도로 공부에 매달렸던 노력파 공부벌레였다. 공부가 일이자 재미있는 놀이였기에 가능한 일이었다.

초등학교를 졸업할 때까지만 해도 박원순은 공부에 흥미를 느끼지 않았다. 그 일이 아니어도 개구쟁이 박원순에겐 신나는 일들이 많았기 때문이다. 그런데 중학교 1학년이 되면서 생각이 바뀌게 된다. 그해 홍수가 나서 논의 벼들이 몽땅 물에 잠긴 적이 있었다. 박원순은 아버지를 도와서 벼를 일으켜 세우는 작업을 하게 되었다. 뜨거운 햇볕 아래서 땀을 흘리며 일을 할 때였다. 방향을 바꾸던 아버지가 갑자기 중심을 잃고 쓰러졌다. 박원순은 그때 큰 충격을 받았다. 그때까지만 해도 아버지는 박원순에게 있어 산과 같은 듬직한 존재였다. 그러나 박원순은 아버지도 언젠가 쓰러질 수 있는 약한 존재라는 사실을 깨달았다. 그날, 작열하는 태양 아래서 소년 박원순은 어렴풋이 자기의 미래를 그려 보지 않았을까? 또래들보다 일찍 철이 들고 만 것이다.

박원순은 2011년 출간한 자신의 저서 《희망을 심다》에서 공부에 대한 일화를 소개한다.

"저는 공부를 하는 데 얼마나 집중을 하느냐면요. 예를 들어서 수업을 하면 수업시간에 선생님들이 엉뚱한 얘기도 많이 하거든요. 다른 친구들은 얘기를 들으면서 웃잖아요. 저는 얘기를 들으면서 지난 시간에 했던 것, 그 지난 시간에 했던 것을 다시 한 번 리뷰하는 거죠. 수업시간에 복습을 다해버리는 겁니다. 그러니까 남보다 잘할 수밖에 없었어요. 기본적으로 집중의 힘이라는 게 있더라고요."

공부와 관련된 일화가 많지만, 그중 '양말 사건'은 소년 박원순의 진면목을 알 수 있게 해주는 유명한 일화다. 중학교를 졸업하고 경복고에 원서를 넣었지만 떨어지고 박원순은 서울로 올라오게 된다. 절박한 심정에 일시적으로 학원을 다녀보았지만 맞지 않아 그만두고 독서실에 처박혀 기나긴 재수 시절을 견뎌나갔다. 마지막 3개월 동안은 양말도 벗지 않고 잠도 책상에 잠깐씩 누워서만 잤다. 3개월 뒤 시험을 마치고 양말을 벗으려고 했으나 발과 달라붙어 피가 날 지경이었다. 발도 하얗게 떠 있어서 곰팡이가 핀 것 같았다.

하지만 일단 고등학교에 입학하자 공부만 하지는 않았다. 1학년 때 독서부 활동을 하며 마음껏 놀았다. 성적이 떨어졌고, 2학년이 되었을 때에야 다시 머리를 박박 밀고 공부삼매경에 들었다. 서울대에 진학했다가 제적당한 뒤에는 다시 대학 입학시험을 치르기 위해 예비고사를 보기도 했다. 그런 박원순이 본격적으로 고시를 준비한 건 스물두 살 되던 해였다.

> "보통 사람들이 70을 공부하고 100점을 받으면, 저는 200을 공부하고 100점밖에 못 받는 그런 면도 있어요. 그래서 노력하는 데는 자신 있습니다. 뭐든지 푹 빠져서 하는 것에는 자신 있어요. 또 그렇게 해야 직성이 풀리고요. 고시공부 할 때도 그랬어요. 경제학 개론이 객관식인데요. 저는 가격론, 미시경제론, 거시경제론, 국제경제론까지 다 했어요. 그렇게까지 안 해도 되거든요. 국사는 주관식 문제가 나왔는데, 보통 이기백의《한국사신론》정도만 달달 외우거든요. 그런데 저는 온갖 책들을 다 공부했습니다. (……) 저는 그렇게 파고들어야 성에 차는 것 같습니다."

고시공부는 청년 박원순에게 또 다른 도전이자 세계였다. 박원순은 법전을 달달 외우는 미련한(?) 공부 방식을 버리고 일찌감치 자신만의 노하우를 터득했다. 그의 책상에는 언제나 가위와 풀이 놓여 있었다. 법률 잡지나 판례집을 뒤적이다가 관련 대목이 나오면 가위로 오리고 색연필로 표시를 해서 교재에 오려 붙였다. 무작정 암기보다 입체적으로 공부하고 창조적으로 공부하려고 애썼다. 제도의 문제점을 파악하고 어떤 보완책이 필요한지까지도 생각하며 공부했다. 특히 상법과 민사소송이 재미있었는데, 어렵고 재미없는 과목을 공부하다가 스트레스가 쌓이면 재미있는 과목의 책을 펴 들고 머리를 식혔다. 어떤 과목을 하든 어차피 해야 할 공부였다. 그래도 틈틈이 머리를 식혀야 했는데 이때 책꽂이에 꽂아놓고 들여다본 책이 바로 《고려고승한시선》이었다.

"그래서 스트레스 푸는 방법을 개발했죠. 법서만 읽은 것이 아니라 종교나 예술에 관한 책도 읽었습니다. 예를 들어 《고려고승한시선》이라는 책이 있어요. 한문 공부도 할 겸 읽었는데 아주 간단해요. 아침에 시 한 수만 읽으면 하루 종일 마음이 맑아지는 겁니다. 거기 보면 이런 내용도 나와요. 신라 때 우리가 알고 있는 혜초만이 아니라 수많은 구법승들이 인도까지 갔어요. 거기 '저 설산 너머 얼마나 많은 스님들이 고향으로 돌아오지 못했던가', 이런 시가 나와요. 그 시구 하나를 읽으면 교통도 안 좋고, 말도 안 통하는데 도를 구하러 인도까지 그 먼 길을 갔던 스님들의 형극의 길이 보이죠. 그러니까 내가 공부 좀 하는 것이 무슨 대수냐,는 생각이 드는 겁니다."

고시 공부를 하다가 머리를 식히기 위해 종교나 예술에 관한 책을 펴 들고 기왕이면 한문 공부까지 할 수 있는 방법을 찾은 것이다. 어떤 행동도 버리는 법이 없는, 과연 박원순다운 발상이란 생각이 든다. 사법시험에 합격하기 위해서는 1차에서 형법, 민법, 헌법을 필수로 선택해야 하는데 각 과목이 사전에 맞먹는 분량이다. 여기에 선택과목으로 형사정책, 법철학, 국제법, 노동법, 국제거래법, 조세법, 지적재산권법, 경제법 등을 두루 공부해야 하는데 그 분량 또한 만만찮다. 1차 시험을 통과한다고 해도 공부는 시작일 뿐이다. 2차에서 헌법, 행정법, 상법, 민법, 민사소송법, 형법, 형사소송법을 죽도록 공부하고, 극히 소수만이 최종 면접에 나아갈 수 있다. 공부 스트레스로 치자면 이만한 공부가 없을 것인데, 그 와중에도 틈틈이 한시를 외며 하루하루 마음을 다잡았던 것이다.

2. 일연, 충지, 보우, 의천, 나옹
- 고려의 선승

《고려고승한시선》은 고려시대 고승들의 한시를 우리말로 번역하여 추려 모아놓은 책이다. 시인이자 불교학자인 이원섭 선생 편역으로 1978년 동국대학교 역경원에서 초판이 나왔다. 이후 2006년 약간의 손질이 가해져 《고려고승선시선》이란 제목으로 같은 곳에서 개정판이 나왔다. 이 책에는 대각국사 의천을 비롯하여 국사와 선사, 왕사, 무명씨 등 총 13명의 고승이 지은 87편의 시가 묶여 있다. 이들 중 국사를 지낸 고승이 아홉 명으로 가장 많은데 그들은 각각 대감국사, 진각국사, 보각국사, 원감국사, 태고국사, 대각국사, 무애지국사, 정명국사, 진정국사 등으로 한국 불교에 큰 영향을 끼친, 이름만 대면 알 만한 선승들이다. 이외에도 백운선사를 비롯하여 나옹왕사, 만우선사, 석무명釋無名 등이 다양한 정신세계를 아름다운 글로 표현하며 이름을 올렸다.

국사國師란 국가가 고승에게 내린 칭호로 주로 왕의 스승이 될 만한 법력을 지녔던 고승들이 이에 해당된다. 중국 북제北齊에서 550년에 법상法常이 제왕의 국사가 된 것이 시초이며, 한국에서는 신라 32대 왕인 효소왕 때 법승 혜통惠通이 처음으로 국사에 책봉되었다. 당시 승단의 최고 관직은 국통이었다. 국통이 실질적인 행정 책임자라면 국사는 정신적인 지도자로 추앙받았다. 고려시대에는 국사와 왕사 제도가 있었으며 광종이 혜거惠居대사에게 국사의 칭호를 내린 것이 시초다. 974년광종 25에 혜거가 죽자 탄문坦文이 제2대 국사로 추대되었다. 국사 제도는 조선에 이르러 사라지게 되는데 태조가 법승 조구祖丘를 국사로 책봉한 것이 마지막 기록으로 남아 있다. 국사나 왕사의 시가 상대적으로 많이 남아 있는 것은 아마도 국가적인 보존 노력 덕분일 것이다.

그들의 면면은 다음과 같다.

보각국사 일연

보각국사라는 직함보다 《삼국유사三國遺事》 지은이로 더 유명한 일연一然의 본명은 김견명金見明으로 경상북도 경산에서 태어났다. 고려 고종 1년인 1214년 아홉 살 되던 해 남해 무량사에 들어가 학문을 닦다가 1219년 본격적으로 승려가 되었다. 1227년 승과에 급제, 1237년 삼중대사三重大師, 1246년 선사, 1259년 대선사의 지위에 올랐다. 1268년 운해사에서 후원자 100명을 모아 대장경 낙성회大藏經落成會를 조직하고 1277년 충렬왕에게 불법을 강론했다. 1283년 국존으로 추대되고 1289년 인각사에서 입적했다.

선승이기보다 학승이기를 고집했던 일연은《삼국유사》를 비롯하여 《계승잡저界承雜著》,《중편조동오위重編曹洞五》,《조도祖圖》,《대장수지록 大藏須知錄》,《제승법수諸僧法數》,《조정사원祖庭事苑》등의 많은 저작을 남 겼다. 이 중 백제와 고구려, 신라의 유사를 모아 편찬한《삼국유사》는 김부식의《삼국사기三國史記》와 더불어 우리 역사를 기록한 가장 중요 한 사료로 평가 받는다.

원감국사 충지

충지沖止의 본명은 위원개魏元凱로 전남 장흥 출신이다. 머리가 총명 하여 아홉 살에 이미 경서를 통달했으며 열아홉 되던 해 춘위春闈에 나 아가 장원을 하고, 일본을 오가며 사신으로 활약했다. 스물아홉 되던 해 벼슬을 버리고 출가하여 승려가 되었다. 계를 받은 뒤 남쪽의 여러 사찰을 돌며 수행에 몰두했다. 1269년에 삼중三重대사가 되었고, 다시 3년 후에는 감로사를 떠나 순천의 수선사로 옮겼다. 1274년 원나라 세 조에게 〈상대원황제표上大元皇帝表〉라는 글을 올려 원나라에 빼앗겼던 전답田畓을 되돌려 받기도 했다. 그 일 직후, 원나라 세조는 충지의 인 품에 감동하여 그를 원경으로 초대, 스승의 예로 접대했다. 줄곧 수선 사에 머물다가 1292년 법랍 서른아홉에 입적했다.

삼장三藏과 사림詞林에 조예가 깊었고, 문장과 시로 유림儒林의 추앙 을 받았다. 저서로《원감국사집圓鑑國師集》이 남아 있으며《동문선東文

選》에도 시와 글이 많이 수록되어 있다. 입적 뒤 충렬왕에 의해 '원감국 사圓鑑國師'라는 시호와 보명寶明이라는 탑명塔名이 내려졌다.

태고국사 보우

고려 말기, 불교 개혁을 위해 노력한 보우普愚는 해가 어머니 품 안에 들어오는 태몽이 있었다 하며, 어려서부터 총명하고 기골이 준수하여 법왕아法王兒라 불렸다 전한다. 열세 살 되던 해 회암사로 출가했다. 당시 고려는 극심한 혼돈기였다. 원나라가 점차 쇠퇴하자 공민왕은 정치적 자주성을 지키기 위해 과감한 개혁 조치들을 단행했다. 하루는 공민왕이 보우를 불러 세상을 구할 법을 묻게 되었는데 그 자리에서 보우는 '개경은 왕기가 다했으니 한양으로 천도'할 것을 아뢰었다. 공민왕은 보우의 건의를 받아들여 곧 광명사廣明寺에 원융부圓融府를 두고 9산 통합에 착수했으나 일부 신하가 반대하여 무산되었다.

삼각산에 태고사를 지었고, 1346년충목왕 2년 원나라에 건너가 임제종臨濟宗의 시조가 되었다. 잠시 귀국하여 공민왕의 청으로 왕사가 되었으나 신돈의 횡포를 보다 못해 산속으로 되돌아갔다. 신돈이 죽은 후 우왕의 국사가 되었다.

대각국사 의천

대각국사 의천義天은 1055년 고려의 11대 왕 문종의 넷째 아들로 태어났다. 어머니는 인예왕후 이씨다. 1065년 열한 살의 나이로 개성 오관산 영통사에서 출가했다. 아버지 문종이 죽은 뒤에 불법 연구에 매진하기 위해 단신으로 송나라로 건너갔다. 의천은 수도 근처의 계성사에 머물며 화엄종 승려인 유성과 화엄학華嚴學과 천태학天台學에 관해 논의했고 여러 사찰을 돌아다니며 불법을 익혔다. 1086년 1천여 권의 불교 서적을 가지고 고려로 돌아왔으며 개성 홍왕사의 주지가 되어 불법 연구에 더욱 몰두했다. 1091년 홍왕사에 교장도감敎藏都監을 설치하고, 송宋과 요遼, 일본 등에서 수집한 불교 경전을 목판으로 간행했다. 경經·율律·논論의 '삼장三藏'에 관한 주석서인 장소章疏의 목록을 3권의 〈신편제종교장총록新編諸宗敎藏總錄〉으로 정리하고 그 목록에 따라 서적을 간행했는데, 이것이 곧 '고려속장경高麗續藏經'이다. 1097년 국청사가 완공되자 그곳에 머물며 천태교학을 강론하고 해동천태종海東天台宗의 개조가 되었다. 1101년 마흔일곱의 나이로 입적했다. 죽은 뒤에 '대각국사大覺國師'의 시호를 받았다.

의천은 보조국사 지눌과 더불어 고려 불교를 대표하는 사상가였다. 속장경을 편찬하고, 송·요·일본 등과 교류하며 고려 불교의 수준을 끌어올렸으며 화엄종華嚴宗과 법상종法相宗의 '성性'과 '상相'의 대립, 교종敎宗과 선종禪宗의 '관觀'과 '선禪'의 대립을 뛰어넘어 '교관겸수敎觀兼修'와 '교선일치敎禪一致'의 새로운 기풍을 이루려고 했다. 의천이 천태종을 열었을 때, 다양한 종파의 고승들 수천 명이 모여들었다. 한편 당시 천태종에 합류하는 것을 거부한 승려들이 자신들을 조계종曹溪宗이라고 부르기 시작하였는데, 이는 12세기 이후 고려의 불교를 '5교敎 양종兩宗'이라 부르는 계기가 되었다.

나옹

흔히 나옹화상으로 더 많이 알려진 나옹懶翁은 스무 살이 되던 해 죽마고우의 죽음을 보고 인생무상을 깨달아 출가의 길을 택한 독특한 이력을 지니고 있다. 1347년 충목왕 3년 원나라 연경으로 건너가 고려 사찰인 법원사에서 인도 승려 지공과 교유했고, 이후 중국 각지를 편람하며 중국의 선禪을 공부했다. 이후 공민왕 7년 귀국하여 신광사에 머물며 홍건적으로부터 절을 지켜냈고, 1371년 왕사王師가 되어 회암사에 머물다가 밀양 영원사로 가던 중 여주 신륵사에서 입적했다.

말에 거침이 없고 학식이 풍부하여 법문을 열 때마다 사람들이 구름처럼 모여들었다고 한다.《나옹화상어록懶翁和尙語錄》과《나옹집懶翁集》이 유명한데《나옹화상어록》은 공민왕 때 제자 각련이 간행했으며《나옹집》은《나옹화상어록》에 기타 원고들을 보충하여 1940년 월정사에서 간행했다.

3.《고려고승한시선》
- 문장으로 천 년을 넘다

고려 고승들의 게송과 시를 다루면서 내가 느낀 점은, 선인들의 위대함이었다. 그분들의 엄청난 정신세계에 압도되어, 이 일에 종사한 한 달 가까운 동안은 자나 깨나 거기서 관심을 뗄 수가 없었다.

시와 종교는 아주 공통되는 일면을 지니고 있다. 시가 언어를 통해 영원의

미를 추구하는 것이라면 그 영원성으로 해서 종교와 일치하지 않을 수 없게 처음부터 방향이 지워져 있기 때문이다. 또 종교 측에서도 이런 사정은 같다. 종교의 절대적 진리란 일상적인 언어나 논리로 표현되기를 거부하는 면이 있기에, 그 소식을 비교적 생생하게 전하기 위해서는 시적 표현을 안 쓸 수 없는 까닭이다.

그렇다고 시가 곧 종교일 수는 없다. 여기에 수록된 고승들의 그것만을 놓고 보더라도, 이것은 그분들이 어느 순간에 나타나 몸짓, 혹은 저도 모르게 내뱉은 기침소리 이상의 뜻을 지니는 것은 아니다. 왜냐하면 종교적 수도의 길이란 엄숙한 것이어서 예술의 세계에 노닐 여유를 허용하지 않는 까닭이다. 시와 종교의 관계는 벼랑에 꽃을 던지는 것과 같다. 합치하는 순간도 있지만 이내 양자는 갈려야 할 운명에 있다.

엮은이도 강조하고 있듯이 제대로 된 시를 읽어내는 작업은 어렵다. 특히나 시가 단순한 문학 작품이 아니라 구도자들의 내면이 응축된 구도 여정의 파생물이라면 더더욱 그렇다. 시와 종교는 벼랑을 향해 낙화하는 꽃처럼 가는 길이 각자 다르다. 하지만 그 둘은 다르지만 또한 동일성을 지니고 있다. 생로병사를 초탈한 선승의 경지란 말로 표현되는 세계가 아니기에, 언어가 가진 가장 궁극적이고 이상적인 세계인 시詩를 빌릴 때 비로소 조금이나마 표현이 가능한 것이다. 텔레비전이 나오고, 인터넷이 세상을 지배하는 21세기에도 선禪의 경지를 해독하는 데 시가 여전히 유용되는 이유이기도 하다. 표현할 수 있는 것이라고는 오로지 문장밖에 없던 시절, 선승들은 부지런히 붓을 놀려 그들의 마음을 글로 남겼다. 오래오래 씹을 때 음식의 맛과 향을 제대로 느낄 수 있듯이, 일견 평범해 보이는 그들의 문장도 자꾸 음미하다 보면 평범한 글자 속에 감추어진 위대한 세계를 조금이나마 엿볼 수 있게 된다. 세속의 우리가 21세기에도 여전히 선시를 읽는 이유다.

천축국 하늘 높이 치솟은 설산
허위적 기어오른 스님네 애처로와
몇 번이나 달이 떠서 돛배 보냈으랴만
구름 따라 돌아오는 한 사람 못 보았네

天竺天遙萬疊山
可憐遊士力登攀
幾回月送孤帆去
未見雲隨一杖還

일연의 이 시는 인도로 경전을 가지러 떠났다가 돌아오지 못한 스님들을 안타까워하는 작품이다. 비단 고려뿐만 아니라 중국의 여러 나라와 티베트의 승려들은 궂은 날씨와 험한 길을 마다하지 않으며 몇 년이 걸릴지도 모르는 길을 떠났고, 그들 대부분은 돌아오지 못했다. 법을 구하러 가는 길이었기에 돌아올 수 없는 험한 길들을 망설임 없이 떠날 수 있었을 것이다. 현장玄奘이나 혜초慧超 같은 이들은 경전을 가지고 무사히 돌아와 역사에 이름을 남기기도 했지만, 대부분은 흔적도 없이 사라져 갔다. 읽는 이를 숙연하게 만드는 일연의 이 시를 박원순은 인터뷰에서 자주 언급했다. 재수를 하고, 고시 공부를 하며 틈틈이 꺼내 읽는 시였지만 수십 년이 지난 현재까지도 박원순의 뇌리 속에 시구가 남아 있을 정도로 강렬했던 모양이다.

천축국 인도로 가는 길은 강과 바다를 건너고 설산을 건너는 순례길이었다. 특히나 동아시아에서는 결코 볼 수 없었던 눈 덮인 설산들은 순례를 가로막는 크나큰 장벽이었다. 법을 구하러 천축으로 떠나는 승려들에게 설산은 두려움의 대상이자 경배의 대상이었고, 그 결과 숱한 시에 그 흔적을 남겨놓는데, 일연보다 500년 앞서 활동했던 혜초의 시에도 등장한다. 혜초의 시 〈봉한사입번逢漢使入蕃〉에 나오는 '그대는 천축으로 가는 길이 멀다고 한탄하나/ 나는 동쪽으로 가는 길이 멂을 탄식하네/ 길은 거칠고 산마루에는 눈도 많은데/ 험한 골짜기에는 도적들이 길게 날뛸 것이오'의 구절이 그것이다.

800년대 중후반 당나라에서 살았던 관휴貫休 스님의 시 〈송신라납승送新羅衲僧〉의 '인도 천축에서 거룩한 가르침이 나왔으니/ 선인의 말대로 사자의 울부짖음처럼 천하무쌍이라/ 여섯 마디 석장錫杖 가볍게 휘두르니/ 높고 높은 설산도 텅 빈 듯 들쭉날쭉인데/ 베개 맡의 고향 꿈은 사라진 지 오래고/ 주머니엔 석두대사石頭大師 비문만 지녔어라'와 같은 구절도 있다.

봄이라 계수나무 꽃이 피더니

향기도 옴찔 않는 소림의 바람

이제사 감로^{甘露}에 과일 익으매

끝없는 인천^{人天}이 한 맛 맛보리

春日花開桂苑中

暗香不動少林風

今朝果熟霑甘露

無限人天一味同

　원감국사 충지의 이 시는 일종의 즉문즉설^{卽問卽說}이다. 늦은 나이에
출가한 충지는 불혹의 나이가 되어 김해 감로사 주지가 되었다. 그때
한 선객이 찾아와 충지에게 즉석에서 시 한 수를 청했는데 앉은 자리
에서 붓을 들어 써 내려간 시라고 한다. 국사의 문집에는 실리지 않고
비문에 남아 있다.

　첫 행의 '계수나무 꽃'은 과거에 급제하는 것을 달에 올라가 계수나
무 꺾는 것에 비유한 고사에서 인용된 말이다. 중국 신화에 의하면 달
나라에 계수나무가 있으며 나무 밑에는 오강^{吳剛}이 살았다. 오강은 신
선을 따르다가 죄를 범해서 달에서 계수나무 찍는 벌을 받았다. 오강
이 찍는 나무는 찍자마자 금세 다시 이어졌다. 하루는 무제가 옹주자
사에 오른 선^銑을 접견하며 스스로 어떤 사람인가, 물었다. 옹주자사가
대답하기를 자신은 흔하디 흔한 계수나무 한 가지에 불과하다고 대답
했다. 수많은 인재 가운데 하나일 뿐이라는 겸손한 태도였는데, 옹주
자사 선이 본래 뛰어난 사람이었으므로 그때부터 '계수나무 가지를 꺾

는다折桂'는 말은 과거급제를 뜻하게 되었다.

2행의 '향기도 옴찍 않는 소림의 바람'에는 과거에 급제하여 탄탄대로를 달리다가 모든 짐을 벗어놓고 산문에 들어 불법을 익히는 한 수도자의 홀연한 의지가 잘 담겨 있다. 소림사는 중국의 허난성 숭산에 자리한 불교 사찰로 일반인들에겐 소림사 무술로 유명하지만 실상은 달마의 수도지로 더 유서가 깊다. 달마대사는 530년부터 9년간 이곳에서 좌선하여 대각을 이루었다. '소림의 바람'이란 바로 달마의 정신을 이어받은 수도정진을 의미한다.

3행의 '감로'는 이슬인 동시에 또한 하늘의 음료이며, 충지가 머물고 있는 감로사를 뜻하기도 하는 삼중의 의미를 품고 있다. 세속의 욕망을 내려놓고 감로를 음미하는 한 선승의 게송은 마지막 행에 이르러 '인천무애人天無碍'로 나아가는데, 이 경지야말로 모든 수도자들이 도달하고자 하는 선의 최고 경지가 아니겠는가.

목숨은 물거품과 다름없기에

팔십여 년 그 세월 한 바탕의 꿈!

이제 이 가죽 자루 내던지느니

한 덩이 붉은 태양 서산에 지네

人生命若水泡空

八十餘年春夢中

臨終如今放皮偘

一輪紅日下西峰

이 시는 태고국사 보우의 임종게다. 임종게란 죽음을 앞두고 제자들에게 내리는 마지막 가르침이자 일종의 유언장이다. 보우는 1382년 여름 용문산 상원암에 저승 갈 자리를 풀었다. 그해 12월 23일, 제자들을 불러놓고 홀연히 이야기하기를 "내일 유시에 죽을 테니 준비하라"고 통보했다. 24일 새벽에 일어난 보우는 깨끗이 목욕한 뒤 옷을 갈아입고 가부좌를 튼 채 지켜보는 제자들에게 임종게를 설했다. 이윽고 유시가 되자 앉은 그대로 눈을 감았다. 나이 여든둘, 법랍 예순아홉 살이었다. 자신이 죽을 때를 정확히 아는 것도 놀랍거니와 가부좌를 튼 채 죽는다는 것도 속인의 짐작으로는 도무지 헤아려지지가 않는다. 이쯤 되면 죽음이 스님을 데려간 게 아니라 스스로 몸을 떠난 것이라 해야 정확한 표현일 것이다. '가죽 자루를 내려놓겠다'고 이미 선언하지 않았던가.

허공을 쳐부수니 안팎 곧 없고
티끌 하나 없는 자리 그러난 그것!
몸을 뒤쳐 위음의 뒤를 뚫으니
보름달의 찬 빛이 파상 비치네

擊碎虛空無內外
一塵不立露堂堂

翻身直透威音後

滿月寒光照破未

이 시는 나옹 왕사가 공민왕의 빈전에서 한 게송이다.

하루는 공민왕의 부름을 받은 왕사가 향을 집어 들고 말했다.

"손 닿는 대로 집히는 향을 향로에 사르며, 삼가 승하하신 대왕의 넋을 위해 천성의 이목을 활짝 열어젖히고, 스스로의 근원을 속속들이 중득케 해드리나이다."

말을 마친 왕사는 향을 향로에 꽂았다. 그러고는 자리에 앉아 잠깐 침묵하다가 주장자를 잡고 말했다.

"대왕이시여, 깨달으셨나이까? 마흔다섯 해를 이 세상에 노니시며, 삼한의 임금 되사 백성들을 이롭게 하시더니, 오늘 인연이 다하는 곳 풍화 먼저 스러지고 지수 아직 남으셨나이다. 대왕이시여, 똑똑히 들으시옵소서. 일점의 허명한 이것은 지수에도 속하지 않고 화풍에도 속하지 않으며, 고에도 속하지 않고 금에도 속하지 않으며, 거에도 속하지 않고 내에도 속하지 않으며, 생에도 속하지 않고 사에도 속하지 않나이다. 그 무엇에도 속하지 않는 일점의 것이, 이제 어디로 향해 가시려 하나이까?"

대답이 없자 왕사는 주장자를 들고 말했다.

"보시나이까?"

탁자를 세 번 주장자로 치고 말했다.

"들으시나이까?

그러고는 조금 침묵하다가 읊은 것이 이 게송이었다.

4. 원순 씨 생각
- 공부는 놀이다

박원순은 책 읽는 것 말고는 특별한 취미가 없는 것으로 알려져 있다. 남들 다 배우는 골프는커녕 테니스를 치거나 하다못해 수영을 배운다는 얘기조차 들어본 적이 없다. 운동을 싫어해서가 아니라 아마도 시간이 없어서일 것이다. 그 시간에 박원순은 책을 읽고 자료를 수집한다. 하버드대학교에서 1년 동안 객원 연구원으로 지낼 때도 박원순의 놀이터는 하버드대 도서관이었다. 하버드대의 도서관 장서 수는 300만 권이다.

하버드에 입성한 첫 주부터 박원순은 도서관의 책들을 다 읽겠다는 생각으로 달려들었다. 지하에서 7층까지 하루에도 몇 번을 오르내렸으니 자연스레 운동도 되었다. 중요한 자료를 발견하면 그 자리에서 복사를 했는데 하루 종일 잉크 냄새를 맡다 보니 복사를 도와주던 부인이 냄새 때문에 쓰러진 적도 있었다. 심지어 매일 엄청난 분량의 복사를 해 가는 박원순 때문에 무료로 복사를 해주던 대학 측에서 복사비를 받기까지 했다. 공부를 놀이 삼았기에 가능한 일들이다.

중학교 때만 해도 박원순이 공부에 매달리는 걸 부모님은 달가워하지 않았다. 시험을 앞두고 원순이 공부를 위해 두문불출하면 오히려 어머니는 머리 아픈 공부를 그만 내려놓고 쉬라고 잔소리했다. 늑막염에 걸려 누나 집으로 내려가 요양할 때도 가족들은 원순을 책과 떨어뜨려 놓으려고 애썼다. 부모님은 아들 박원순에게 단 한 번도 무엇이 되라 말한 적이 없었다. "탕아, 탕자는 결국 돌아온다. 아무리 잘못된 길로 자식이 가더라도 부모의 사랑이 깊으면 그 자식이 돌아올 수밖에 없다. 왜냐하면 부모님이 제대로 살면 자식이 그것을 보고 배우고 따라갈 수밖에 없다"는 믿음 때문이었다. 원래 잔소리를 늘어놓는 부모님보다 말없이 지켜보는 눈길이 더 무서운 법이다. 그래서 박원순은 다른 사람보다 두 배, 세 배 노력하는 소년이 될 수밖에 없었다.

그렇다고 죽어라고 미련스럽게 공부만 한 것은 아니다. 고등학교 들어가서 독서 모임도 하고 불교 동아리에도 가입했다. 기회가 생기면 미팅도 마다하지 않았다. 집중해서 할 때는 집중하고 놀 때는 놀았던 그런 학생이었다.

어려웠던 시기, 고승들의 한시를 읽으며 아침을 맞았던 박원순. 도를 얻기 위해 험한 길을 마다하지 않았던 스님들의 생애를 더듬으며 그도 때론 구도자의 마음이 되지 않았을까. 당시만 해도 추상적인 이미지였지만 책의 마지막 장을 덮었을 때 박원순은 모호하던 길 하나가 비로소 하나의 모습을 갖춘 채 마음 깊숙이 들어앉는 경험을 했다. 모래사막을 헤치고 설산을 넘으며, 해질녘 바랑 하나를 메고 걸어가던 남루한 옷차림의 뒷모습, 그들의 작은 발걸음이 만들어낸 외길 한 줄기. 그 외길로 아침 이슬이 내리고 태양이 떠오르고 사람들의 왕래가 잦아져 하나의 길이 만들어져 갔던 것이다. 그리고 세월이 한참 더 흘러 어느 날 문득, 박원순은 옛 고승들이 지나갔을 그 길 위에 자신이 서 있음을 발견한다. 책 속에서 만났던 남루한 뒷모습들, 그건 바로 자신의 모습이었다.

때론 성문을 박차고 나간
싯다르타처럼

《싯다르타》
Siddhartha

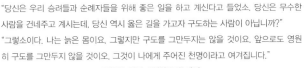

"당신은 우리 승려들과 순례자들을 위해 좋은 일을 하고 계신다고 들었소. 당신은 무수한
사람을 건네주고 계시는데, 당신 역시 옳은 길을 가고자 구도하는 사람이 아닙니까?"
"그렇소이다. 나는 늙은 몸이요. 그렇지만 구도를 그만두지는 않을 것이오. 앞으로도 영원
히 구도를 그만두지 않을 것이오. 그것이 나에게 주어진 천명이라고 여겨집니다."
헤르만 헤세, 《싯다르타》에서

"이보게, 박 소장."

"말씀하시지요."

"자넨 영월을 어떻게 보는가?"

"글쎄요. 공기도 맑고 사람 인심도 좋습니다……."

"잘 보았네. 세상에 무릉도원이란 게 정말로 존재한다면 이곳이 그런 곳이
지."

"공감합니다. 저도 이런 곳이 있다고는 생각하지 못했습니다."

"그래서 하는 말인데……."

"네?"

"어떤가? 이곳에서 세상 시름 다 잊고 한 시절 쉬어 가세."

1978년 사법법무관 시험에 합격한 뒤 그해 12월, 강원도 정선등기소장으로 부임한 박원순은 당시 정선여고의 아무개 교장과 막걸리 사발을 앞에 놓고 이런 대화를 주거니 받거니 하고 있었다. 당시만 해도 첩첩산중에 자리했던 강원도 정선은 고시 공부로 지쳤던 박원순의 몸과 마음을 풀어주기에 적당한 곳이었다. 대학생 딸을 두고 있었던 정선여고 교장은 틈만 나면 박원순 소장을 불러내어 막걸리 파티를 벌였는데, 그는 은연중에 이렇듯 박원순의 마음을 떠보곤 했던 것이다. 만약 박원순이 고시공부를 포기하고 이곳에 눌러 앉았다면 어떻게 되었을까? 등기소장이라면 군내에서 가장 높은 사법기관의 장에 속한다. 월급도 높았고 미래가 보장되어 있었으니 지역에서 유지 행세를 하며 그럭저럭 한 시절을 풍미했을 것이다. 그러나 박원순은 달콤한 현실에 안주하지 않았다. 1년 만에 등기소장을 퇴임하고 이듬해 당당히 사법시험에 합격했으니까.

1. 스물두 살 등기소장 박원순

알렉산드로스나 나폴레옹, 카이사르, 진시황, 이들의 공통점은 무엇일까? 인류 역사상 가장 큰 제국을 건설한 사람들이 아닐까 싶다. 하지만 이들 모두가 건설한 제국보다 더 큰 제국을 건설한 사람이 있다. 바로 몽골의 칭기즈칸이다. 그는 "성을 쌓는 민족은 반드시 망한다. 이동하는 자들만이 살아남는다"는 유명한 말을 남기기도 했다. 현실에 정주하고, 작은 성과에 안주하는 사람보다 움직이고 새롭게 도전하는 사람들만이 경쟁에서 살아남을 수 있음을 비유한 말이다. 이는 한 개인에 있어서도 마찬가지다. 초등학교에 들어가면 담임선생님이 미래의 꿈에 대해 조사한다. 대부분의 학생들이 꿈을 크게 잡는다. 대통령도 있고 과학자도 꿈꾼다. 하지만 취직을 하고 가정을 일구면서 대부분 꿈을 잊고 지낸다. 모험보다는 당장의 현실을 더 중요하게 생각하기 때문이다.

시간을 잠시 현재로 돌려보자. 박원순은 2011년 9월 21일, 서울특별시장 보궐선거에 출마하겠다고 선언하면서 세상을 깜짝 놀라게 했다. 거기서 그치지 않고 강력한 대항마였던 안철수 후보와 후보 단일화를 이뤄내더니 내처 민주통합당, 통합진보당과 단일화한 뒤 범야권 단일후보로 출마, 2011년 10월 26일 치러진 서울시장 보궐선거에서 강력한 여권 후보였던 나경원 후보를 이기고 당선되었다. 누구도 예상 못한 행보였지만 일각에선 준비된 수순이었다고 말하기도 한다. 세상이 하도 어지러우니 박원순이 나섰다고 보는 시각도 있다. 시민운동을 하듯이 경직화된 관료사회를 바꾸어보겠다는 의지가 출마동기였다는 주장이다. 이런 주장들은 일견 타당성이 있어 보인다.

일간의 에피소드에서 볼 수 있듯, 박원순의 인생 행보는 도전의 역사라고 해도 과언이 아니다. 그는 결코 한자리에 정주하는 스타일이 아니다. 모두가 선망하는 변호사를 1년 만에 그만두는가 하면 변호사로 한창 잘나갈 때 과감히 일을 접고 외국으로 배움의 길을 떠나기도 했다. 참여연대를 가장 영향력 있는 시민단체로 키워놓은 뒤에는 미련 없이 조직을 떠나 아름다운재단을 설립하고 참여연대와는 다른 형태의 시민운동에 매달렸다. 아름다운재단이 성공을 거두자 이번에도 미련 없이 아름다운재단과 결별하고 희망제작소를 설립하여 소셜디 자인에 나섰다. 그리고 소셜디자이너 박원순의 가위 끝이 향한 곳은 서울시라는 또 다른 원자재 덩어리였다. 박원순은 이제 시민운동으로 쌓인 노하우의 가위를 들어 한바탕 서울시를 자기 방식대로 디자인하고 있는 셈이다.

머물기보다는 떠나기를 좋아하는 박원순, 그에게 달콤한 정주의 기회가 찾아온 건 스물세 살 무렵이었다. 1978년 8월 보충역 제대와 동시에 제2회 사법법무관 시험에 응시하여 합격 통지서를 받아 들게 된 것이다. 사법법무관 시험을 보기까지는 우여곡절이 많았다. 서울대 복학의 길이 막히자 박원순은 친구와 함께 신림동에 방을 얻고 곧바로 고시 공부에 매달린다.

공부라면 도가 튼 박원순이지만 고시는 만만치가 않았다. 3년째가 되자 박원순은 조급해졌다. 무엇이든 가시적인 성과가 필요했기에 박원순은 자신을 시험해보기로 마음먹었다. 서울대 제적이 인생행로에 놓인 첫 번째 좌절이었다면 법원사무관 시험 합격은 뜻밖의 행운으로 작용하게 된다. 2년 뒤 사법고시에 2차 시험까지 합격한 뒤 마지막 면접을 통과할 당시 등기소장 경력이 크게 플러스가 되었기 때문이다.

1978년 12월, 약 2개월여의 교육을 수료한 뒤 박원순은 정선등기소장으로 정식 발령을 받았다. 발령장을 받아 든 박원순의 마음은 착잡했다. 작은 성과를 이루긴 했지만 그것이 꿈의 종착지는 아니었기 때문이다. 출근 날짜가 다가오자 박원순은 복잡한 마음으로 기차에 오른다. 당시만 해도 정선은 서울에서 꼬박 하루 코스였다. 청량리역을 벗어난 기차가 원주를 지나 정선에 이르기까지 책을 읽거나 잠을 청하며 지루한 시간을 견뎠다. 여벌 옷 두어 벌을 제외하면 가방 속에 든 짐의 대부분은 책이었다. 박원순이 갈아입을 옷과 함께 넣어 간 책들 중에는 감옥에서 감명 깊게 읽은 《고독한 군중》이나 《권리를 위한 투쟁》 같은 책들이 끼어 있었는데, 헤르만 헤세의 《싯다르타》도 그 중 한 권이었다. 박원순은 낯선 땅에서 틈날 때마다 그 책을 꺼내 읽었다.

2. 헤르만 헤세
- 영원한 청년

신은 우리를 죽이기 위하여 절망을 보내지 않는다.
그는 우리의 마음속에 새로운 삶을 일깨우기 위하여 절망을 보낸다.
- 《유리알 유희》에서

헤르만 헤세Hermann Hesse는 독일계 스위스 사람으로 1877년 7월, 독일 남부 소도시 칼프에서 태어났다. 헤세가 불교 사상에 심취하게 된 배경에는 외삼촌 빌헬름 군데르트가 자리하고 있다. 빌헬름 군데르트Wilhelm Gundert는 일본의 근대 교육에 앞장섰던 교육자로 불교 연구의 권위자이기도 했다. 어린 헤세는 삼촌과 편지를 주고받으며 동양의 신비한 문명을 배웠고 불교의 사상에 대해서도 알게 되었다. 젊은 날 인도에서 선교사 생활을 했던 아버지의 영향도 컸다. 이후 불교 사상은 헤르만 헤세의 작품 전반에 커다란 영향을 끼치며 심오한 주제로 자리 잡게 된다. 시인이자 소설가일 뿐만 아니라 헤세는 2천여 점의 그림을 남긴 화가이기도 하다. 작가로서 그는 노벨상을 수상하는 등 거장으로 이름을 남겼지만 개인사에 있어서는 여러 차례 이혼을 반복하고 정신과 치료를 받는 등 불행한 일생을 보낸 것으로 알려져 있다. 대인기피증과 고독은 예술가 헤세의 인생에 평생 드리웠던 검은 그림자였다.

헤세의 부친은 그가 신학교를 나와 목사가 되기를 희망했다. 헤세는 열네 살 때인 1891년 명문 개신교 신학교이자 수도원인 마울브론 기숙신학교에 입학하며 아버지의 뜻을 좇았다. 그러나 1892년 신에 대한 맹목적인 믿음과 엄격한 규율 생활에 실망한 나머지 신학교에서 도망쳐 나오게 된다. 아버지가 불같이 화를 내며 헤세를 책망하자 헤세는 "시인이 되고 싶다"며 아버지를 설득했다. 평생에 걸쳐 줄기차게 헤세를 따라 다니던 사회 부적응과 신경쇠약증이 이때부터 발병한 것으로 알려져 있다. 이후 헤세는 뒤늦게 찾아온 사춘기에 자살시도, 정신과 치료 등을 거쳐 일반 학교에 입학했고, 훗날 이 기간에 겪은 경험을 소설 《수레바퀴 밑에서Unterm Rad》로 훌륭하게 형상화했다.

1993년 헤세는 돌연 학업을 중단하고 서점에 취업했다. 그러나 며칠 만에 서점을 그만두고 시계공장에 들어가 2년을 일했다. 미래를 정하지 못하고 방황하던 이 시기는 헤세가 문학의 길을 걷기 위한 일종의 산고 기간이었다. 2년 뒤 헤세는 다시 튀빙겐의 서점에 취업했고 이곳에서 틈날 때마다 시를 읽으며 습작을 하기 시작했다. 글을 쓰자 안정을 찾지 못했던 마음이 거짓말처럼 평온을 되찾았다. 그 결과 1899년 처녀시집 《낭만의 노래Romantische Lieder》, 산문집 《한밤중의 한 시간Eine Stunde hinter Mitternacht》을 발간하며 습작기를 마무리했고, 1904년 《페터 카멘친트Peter Camenzind》가 크게 성공하면서 독일에서 가장 촉망 받는 작가의 반열에 올랐다. 제1차 세계대전이 시작되자 전쟁에 반대하는 글을 써서 나라 안팎의 비판을 받았지만 굽히지 않았다. 제2차 세계대전 직후인 1946년 《유리알 유희Das Glasperlenspiel》로 마침내 노벨 문학상을 받았다.

헤르만 헤세가 소설 《싯다르타》를 탈고한 해는 마흔여섯 살이 되던 1923년이었다. 《싯다르타》는 1919년 첫 문장을 썼지만 헤세는 한동안 작품을 잇지 못했다. 싯다르타가 크고 작은 스승들을 만나서 사문 생활을 이어가는 부분에서 그만 작품의 진행이 막혔는데, 그 이유는 헤세 스스로 불교에 대한 내적 깨달음이 부족하다는 판단을 내렸기 때문이다. 작품을 절필한 뒤 헤세는 약 2년 동안 치열한 자기체험 기간을 갖는다. 성문을 나선 싯다르타가 되어 시장과 거리를 돌아다니며 인간의 생로병사와 구도에 대해 고민했다. 1921년이 되자 비로소 헤세의 머릿속에 하나의 상이 정립되기 시작했다. 헤세는 오랜만에 비워둔 책상으로 돌아와 앉았고 거침없이 소설을 마무리해 나갔다.

헤세가 가진 글의 매력은 인간에 대한 끝없는 연민과 관심이다. 청춘에 대한 갈망과 자연을 향한 동경, 구속과 속박을 거부하는 자유의지의 표출은 잇단 전쟁으로 신음하던 유럽인들에게 큰 호응을 얻었다. 대부분의 작품이 자전적 경향을 띠고 있는데, 불우했던 유년 시절과 신학교에서의 속박된 생활 등이 큰 영향을 끼쳤다. 헤세에게 글쓰기와 그림은 일종의 자기 치유행위였고 생을 헤쳐 나갈 수 있는 돌파구였다. 이러한 그의 경험과 자기 치유 과정은 오늘날 갖가지 정신 질환으로 고통 받는 현대인들에게 많은 영감과 도움을 주고 있다. 그런 의미에서 인간 내면에 공존하는 어두운 세계와 밝은 세계를 하나의 세계로 통일하기 위한 싸움을 벌여나간 데미안이나 남성과 여성, 속박과 자유, 시민성과 예술성이 끝없는 대립상태로 이어지면서 자유를 얻기 위해 투쟁한 청년 로스할데, 인간의 사회적 정주본능과 원초적인 방랑본능의 대립을 통해 인간적 삶의 길을 모색한 크놀프 등의 주인공들은 바로 현대를 살아가는 우리 자신이기도 한 셈이다.

3.《싯다르타》
- 인간의 아들, 신이 되다

성인 싯다르타와 소설 싯다르타

불교의 교조인 석가모니 싯다르타는 기원전 600여 년 전 샤카족의 중심지인 카필라 왕국현재의 네팔에서 국왕 슈도다나의 장남으로 태어났다. 슈도다나는 아들 싯다르타가 자신의 뒤를 이어 왕국을 다스리기를 원했지만 우연히 왕국 밖으로 나갔던 싯다르타는 인간들이 생로병사의 고통에 시달리는 것을 보고 인간 심연의 고통이 어디에서 기인하는지 깨달음을 얻기 위해 출가한다. 이후 인도 곳곳을 돌며 고행에 힘썼다. 그러다 부다가야의 보리수에서 선정을 수행하여 서른다섯 살 되던 해에 인간의 삶이 인과응보와 윤회의 고통으로 이루어져 있음을 깊이 자각하고 완전한 깨달음을 성취, 부처^{깨우친 존재}가 되었다. 그후 싯다르타는 자신의 깨달음을 바탕으로 인도의 여러 지방을 돌아다니며 대중들을 교화하기에 힘쓰다 여든 살에 쿠시나가라에 이르러 조용히 이승의 껍데기를 내려놓았다.

헤르만 헤세의 《싯다르타Siddhartha》는 이러한 석가모니의 생애를 모티브로 하고 있다. 바로 성직자 계급의 아들 싯다르타가 불교를 창시한 석가모니처럼 깨달음을 얻기 위해 집을 나섰다가 다양한 인생 경험을 거쳐 깨달음에 이른다는 내용을 담고 있다.

브라만 승려들의 행동에 잇단 실망을 하던 중 싯다르타는 깨달음에 이르렀다는 석가모니에 대한 소식을 듣게 되고 그를 만나기 위해 다시 길을 떠나지만 부처를 만나서도 명쾌한 삶의 해답을 얻지는 못 한다. 결국 깨달음은 스스로 쟁취하는 것이라고 느낀 싯다르타는 친구 고빈다와 헤어져 중년의 나이가 될 때까지 기생 카마라와 부자 상인 카미스바미를 통해 세속의 욕망을 경험한다. 카마라에게서는 사랑하는 방법과 그 즐거움을 배우고 카미스바미에게서는 돈에 대해 배우지만 세속에 찌든 자신의 모습에 실망, 가진 것을 모두 버리고 다시 고행의 길을 떠나 강가의 뱃사공이 된다.

실제 석가모니의 생애가 석가모니를 중심으로 펼쳐지는 데 비해 소설 《싯다르타》에는 두 개의 자아가 등장한다. 고빈다와 싯다르타가 그들이다. 즉, 출가를 결심하는 싯다르타의 친구 고빈다는 싯다르타의 또 다른 자아인 셈이다. 소설《싯다르타》는 실제 싯다르타의 삶처럼, 영화를 버리고 떠나는 실제 싯다르타처럼 곧장 고행으로 나아가지 않고 인간의 욕망이 점철된 창녀와 부자 상인을 통해 자신의 본질을 보려고 노력한다. 그리고 헤어졌던 오랜 친구 고빈다와 합일되는 과정을 통해 진짜 깨달음의 경지로 올라선다. 실제 석가모니의 삶에 다분히 신화적인 구석이 존재한다면, 헤세의 소설은 신화적인 요소보다 인간적인 요소가 강조되고 있음이 특히 다르다. 아리따운 여인에게 끌리고 물질을 숭시하는 오늘날 우리들의 삶이 바로 소설 속 싯다르타의 삶과 닿아 있는 것이다.

고빈다와 싯다르타의 갈등

고빈다와 작별하고 천천히 숲을 나오면서 싯다르타는 가만히 생각에 잠겼다.

이미 자신은 단순한 젊은이가 아니라 어른이 되었다는 것을 확신했다. 마치 뱀이 허물을 벗듯이 어떤 한 가지가 곁을 떠났다는 것을 확신했다. 젊은 시절 내내 그를 동반했고, 그에게 속해 있었던 한 가지. 즉 스승을 모시고 가르침을 듣고자 하는 욕구가 이제는 이미 자신의 내부에 존재하지 않음을 확인한 결과였다. 지나온 날 그토록 갈망하던 마지막 성자 불타까지도 그는 외면하고 떠나왔다. 가장 높고 가장 지혜로운 스승인 그분에게서 떠날 수밖에 없었다. 그의 가르침에 귀의할 수 없었기 때문이다.

그는 걸으면서 계속해서 생각해보았다. 도대체 스승의 가르침을 통해서 배우려고 했던 것이 무엇이냐? 무엇인가 한 가지가 부족하지 않느냐? 골똘히 생각하던 그는 마침내 그것을 찾아냈다. 그것은 몸속 깊숙이 숨은 자아였다.

갈망하던 석가모니를 만난 날 싯다르타는 새로운 고민에 빠진다. 석가모니의 입을 통해서는 깨달음에 이르는 길을 들었지만 스스로의 경험이 그것을 부정했던 것이다. 결국 싯다르타는 석가모니의 제자 되기를 거부하고 다시 길을 나선다. 그것은 자아 찾기의 도정이었다. 이때 친구 고빈다는 석가모니 곁에 남게 되는데 양립되는 두 세계는 인간 내면에 자리한 두 개의 자아를 상징한다. 즉, 욕망하는 자아와 깨달음에 순응하는 자아다. 두 개의 자아는 각각의 조각이 되어 하나로 합일되지 못하고 쌍둥이처럼 닮아 있으므로 이때의 결별은 당연한 수순이다. 고빈다와 싯다르타는 하나의 자아이되 또한 다르기 때문이다. 마침내 세월이 흘러 서로 모서리를 갖게 된 두 사람은 다시 해후하게 된다.

싯다르타가 말했다.
"아주 오래전 당신은 이 강가에 온 적이 있습니다. 그때 당신은 강 언덕에서 혼자 자고 있는 한 사람을 발견하여 그가 잠을 자도록 옆에서 지켜준 일이 있지요. 그런데도 이런, 고빈다, 자네는 그가 누구인지 헤아려보지 못했소?"
마치 마술에 걸린 것처럼 승려는 할 말을 잃고 뱃사공을 주시했다.

"그렇다면 자네가 싯다르타인가?"

고빈다가 떨리는 목소리로 물었다. 대답이 없자 고빈다가 말했다.

"이번에도 나는 자네를 몰라보았군. 진심으로 반가워. 싯다르타, 정말이지 자네를 다시 만나게 돼 기쁘네. 자네는 정말 변해도 많이 변했군, 친구여. 그렇다면 자네는 뱃사공이 되었단 말인가?"

싯다르타가 웃으며 대답했다.

"그렇지, 그렇다네. 이봐, 사람은 여러 가지 옷을 입게 마련이야. 그리고 여러 옷을 입지 않으면 안 될 사람도 꽤나 많아. 물론 나도 그런 사람들 중의 하나지. 반갑군, 정말 반가워. 오늘 밤에는 나의 오두막에서 머물다 가게나."

고빈다는 싯다르타의 말에 따라 오두막에서 묵기로 하고 일찍이 바수데바가 쓰던 침상에서 잠을 잤다. 싯다르타는 자신이 살아온 인생에 대한 것을 여러 가지 이야기할 수밖에 없었다.

다음 날 길을 떠나려 할 때 고빈다가 머뭇거리며 물었다.

"길을 떠나기 전 꼭 묻고 싶은 게 있군. 자넨 어떤 가르침을 좇고 있나? 자네가 좇고 자네를 살게 하며 자네로 하여금 올바른 행위를 하도록 도와주는 무슨 신앙이나 지식이 있난 말일세?"

소설 《싯다르타》에 나타난 구도 사상, 진아를 찾다

깨달음에 목말라하는 싯다르타는 사문들에게 염증을 느꼈고 석가모니를 만난 뒤조차 마음을 잡지 못해 결국 길을 떠난다. 그리고 창녀와 상인을 통해 욕망을 경험하고 뱃사공을 만나 진아의 실체를 경험한다.

진아眞我란 중생들이 있다고 집착하는 변하지 않고 소멸하지 않는 자아自我다. 또한 열반의 경지에 이른 진실한 자아를 만날 때 소멸하는 것이기도 하다. 부처의 성품을 깨달아 그것을 유지하는 주체가 바로 진아인 셈이다. 헤세의 소설 《싯다르타》는 다름 아닌 진아 찾기의 여정이며 뱃사공 바수데바는 싯다르타에게 깨달음의 길을 알려주는 또 다른 석가모니였다. 따라서 석가모니의 죽음 이후 불교를 설법하러 다니던 고빈다를 우연히 만나 그에게 자신이 깨달은 것을 가르쳐준 후 고빈다가 옛 친구 싯다르타에게 경의를 표하는 후반부의 장면은 방황하던 싯다르타의 욕망이 모두 제거되고 진아의 상태에 이르렀음을 보여주는 대목이기도 한 것이다.

4. 원순 씨 생각
- 미래를 향해 현재를 박차라

그날 박원순이 탄 기차는 새벽이 되어서야 정선역에 닿았다. 눈발이 희끗거리는 추운 날씨였다. 역에는 사법서사 할아버지 몇 사람이 마중을 나와 있었다. 사법서사란 복잡한 등기 업무를 대리해주고 수수료를 받는 사람들로 현재의 법무사를 가리킨다.

등기소는 관할 지역 내의 주민들이 자기 재산을 등록하는 곳으로 관할 법원의 관리를 받는 곳이다. 하지만 박원순이 부임한 정선등기소는 모르는 시골 노인들이 등기우편을 가지고 방문할 정도로 한미한 곳이었다. 등기소장이 하는 일도 도장을 찍는 일이 대부분이었다.

하지만 박원순은 등기소장이 되어 정선에 머물었던 1년의 시간을 인생에 있어 최고의 즐거운 시간으로 기억하고 있다. 그때처럼 모든 근심 걱정을 내려놓고 마음 편히 쉴 수 있는 시간은 이전에도 없었을 뿐더러 이후에도 다시 오지 않았다고 한다.

인구라고 해봤자 3~4만 명 정도밖에 되지 않는 정선은 박원순이 지금껏 겪어보지 못한 또 하나의 세계였다. 고시 공부로 북적이던 신림동 골목과는 너무도 대조적인 한적한 풍경이 매일같이 펼쳐졌다. 그곳에는 데모도 없었고 경찰들의 사나운 눈길도 찾아볼 수 없었다. 하다못해 파출소 순경들도 하나같이 소처럼 순박해 보이는 사람들뿐이었다. 오후 1~2시만 되면 등기소에는 찾아오는 사람도 없었다. 게다가 초짜인 탓에 복잡한 일들은 춘천 지방법원에서 지원해준 경험 많은 주사가 척척 알아서 처리해주었다.

자연스럽게 박원순의 눈길은 창문만 열면 한가득 쏟아져 들어오는 자연으로 향했다. 정선을 병풍처럼 두르고 있는 해발고도 1천151미터의 고양산과 남한강의 지류인 동강의 넘실거리는 물결은 서울 생활에 찌든 박원순에게 청량제였다. 봄이 오고 여름이 될 때까지 등기소장 박원순은 시골 유지 흉내를 내며 살았다. 관내의 2급 기관장들인 영림서장이나 우체국장, 국도유지관리소장, 농산물검사소장 등과 자주 어울리며 막걸리도 마시고 천렵도 했다.

이 과정에서 박원순은 국정의 중간관리 체계인 군정을 파악하는 중요한 경험을 하게 된다. 실제로 정부에서 내려진 명령이 하부 단위인 면이나 마을로 전달되기 직전의 관공서가 군청이었는데, 박원순은 상부의 명령이 어떻게 처리되고 어떻게 보고되는지 생생하게 현장을 목격했던 것이다. 이때 경험이 훗날 시민 사회운동을 하는 데 영향을 끼친 것은 두말할 나위도 없다.

6개월 가까이 한미한 직책에 있으니 체중도 불고 몸도 많이 회복되었다. 마치 훗날 큰일을 하기 위해 작은 경험을 박원순의 앞길에 예비해놓은 것처럼 그렇게 등기소장 시절이 흘러갔다.

봄이 끝나갈 무렵 박원순은 문득 정신을 차렸다.

'등기소장은 법원 일반직이다. 등기소장을 하다 보면 서기관이나 법원 이사관을 할 수도 있고 대법원 사무국장이 올라갈 수 있는 최고 직책이다. 그대로 흘러간다 해도 어차피 성공한 인생 축에 드는 삶이다. 그러나 이것이 내가 꿈꾸었던 삶이란 말인가?'

박원순은 고개를 저었다. 안정된 부귀영화의 삶을 뒤로하고 성문을 박차고 나간 싯다르타가 떠올랐다. 인간이 처한 괴로움의 근본을 깨닫고 전륜성왕轉輪聖王이 되어 중생구제에 나섰던 인간 싯다르타의 삶이……

그날 저녁 박원순은 책상 한쪽에 처박아 두었던 법학 서적을 다시 꺼내 들어 먼지를 털어냈다. 남는 게 시간이었기 때문에 공부할 수 있는 조건은 충분했다. 등기소장 박원순은 이때부터 다시 밤마다 고시생 신분으로 돌아갔다. 그리고 이듬해 제22회 사법시험에 합격했다.

현실에 안주하지 않고 현실을 박찼기에 얻은 결과였다.

박원순의
주요 발자취

1956년 경상남도 창녕 출생

1974년 경기고등학교를 졸업

1975년 서울대학교 사회계열 1년 제적

1977년 보충역 입대

1978년 보충역 제대

1978년 법원사무관시험 합격과 춘천
　　　지법 영월 등기소장 발령

1979년 단국대학교 사학과 입학

1980년 사법시험 합격

1982년 대구지검 검사

1983년 변호사 개업

1985년 단국대학교 사학과 졸업

1986년 역사문제연구소 설립

1991년 영국 런던정경대 국제법 학
　　　위 취득

1994년 〈참여연대〉 사무처장

1998년 한국여성단체연합 제10회 여
　　　성운동상

2001년 〈아름다운재단〉 상임이사

2002년 〈아름다운가게〉 상임이사

2006년 제10회 만해대상, 필리핀 막
　　　사이사이상

2006년 〈희망제작소〉 상임이사

2007년 단재상 수상

2009년 불교 인권상 수상

2011년 서울특별시장 보궐선거 당선

침묵 당하는 모든 진실은 독이 된다.
니체

CHAPTER TWO

가치 있는
삶을 향해
눈을 뜨다

그녀의 불꽃을 나의 심장으로 《시몬느 베이유 불꽃의 여자》

새 걸음 걷고 때론 한 걸음 후퇴하기 《이성과 혁명》

잘못된 관습과 무너진 양심에 맞서다 《정의가 강물처럼》

우린 선택할 권리가 있다 《권리를 위한 투쟁》

그녀의 불꽃을
나의 심장으로

《시몬느 베이유 불꽃의 여자》
Vida de Simone Weil

"당신은 오늘날 세뇌당하고 있는 이 젊은 세대에게 무엇을 줄 수 있습니까?"
시몬느 페트르망, 《시몬느 베이유 불꽃의 여자》에서

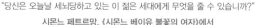
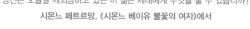

"이게 뭔가, 박 검사?"

"보시다시피 사표입니다."

"뭐? 사표라고? 아니, 이 사람! 검사 된 지 몇 개월이나 됐다고 사표야?"

"검사는 제 생리에 맞지 않는 일입니다. 받아주십시오."

"누군 생리에 맞아서 이 짓 하나? 누군가는 해야 하는 일이야."

"그래도 싫습니다."

"허허, 그러지 말고 1년만 채워보게. 그래도 맞지 않으면 그때 사표를 써도 늦지 않아. 적어도 1년은 해봐야 한 조직의 쓰고 단맛을 다 알 수 있지. 안 그런가?"

1. 검사 박원순과 변호사 박원순

불꽃의 여자로 회자되는 시몬느 베이유. 그녀의 일대기는 1978년 까치출판사에서 강경화 번역으로 처음 출간되었다. 그해는 박원순에 게도 다사다난한 해였다. 연초에는 보충역으로 군 복무를 하며 구슬 땀을 흘렸고, 제대와 동시에 교재를 잡고 씨름하여 법원사무관 시험에 합격했고, 또 연수를 받고 그해의 끝자락에 강원도 정선의 임지로 부 임을 했으니 말이다. 사법고시에 붙기 전까지 목표를 향해 길고 지루 한 인고의 시간을 다듬어가던 어느 날 박원순은 무심코 이 책을 만났 다. 어쩌면 고시에 합격하고 연수원을 향해 걸어가던 박원순의 책가방 속에 이 책이 들어 있었을지도 모르겠다.

예나 지금이나 대한민국에서 '고시 합격'이란 타이틀은 남은 인생을 창창하게 보장해주는 황금증서나 다름없다. 마음만 먹으면 무법자나 다름없는 조직 폭력배들도 일거에 소탕할 수 있고, 비리를 일삼는 공 무원이나 정치인도 굴비처럼 엮어낼 수 있다. 하지만 역설적으로 생각 하면 죄가 없는 사람에게도 얼마든지 죄를 만들어 물을 수 있는 사람 이 검사나 판사라는 얘기가 된다. 더구나 그 시기가 80년대 전후라면 이런 역설은 더욱더 힘을 얻는다.

연수원 생활을 마치고 신임 검사가 되어 대구지검으로 출근했던 청 년 검사 박원순의 딜레마가 바로 여기에서 시작된다. 부모의 바람대 로 '검사'라는 성공한 아들이 되었지만 애초부터 그 길은 박원순이 가 야 할 길이 아니었던 것이다. 그의 저서《세상은 꿈꾸는 사람들의 것이다》에는 박원순의 이러한 고민이 잘 묻어나고 있다.

"제가 대구지검에 있을 땝니다. 한번은 살인범을 기소하면서 느낀 건데, 그 살인범이란 사람이 정말 인간적으로 고뇌한 것이 느껴지는 겁니다. 바람나서 도망간 자기 부인을 죽였는데 살인도 우발적인 사고였습니다. 제가 보기에 살인범이 인간적 고뇌로 몸부림친 흔적이 있어서 제가 그 사람의 심리 상태도 조사해주고 그랬습니다. 제가 징역 10년을 구형했더니 위의 차장 검사가 '당신 말이야, 명색이 검사라는 사람이 사람을 둘이나 죽인 사람에게 어떻게 10년을 구형하느냐, 사형을 구형'하라고 하더군요. 제가 막 싸워서 무기징역을 구형했습니다. 그리고 나서 판사한테 가서 이 사람을 변론하기까지 했습니다. 그랬더니 법원에 소문이 나서 제가 법원에 가면 '검사가 관선변론하러 왔느냐'고 하더라구요. 그래서 이 일이 내 일이 아니구나, 해서 1년 만에 검사를 그만두었습니다."

어쩔 수 없이 시작한 검사 생활은 체질에 맞지 않았다. 검사가 하는 일은 죄인에게 벌을 주는 일이었다. 하지만 검사 박원순은 도리어 범인을 동정했다. 법원에선 관선변호사라는 조롱이 따라 다녔다. 사형집행을 참관해야 하는 것도 크나큰 고역이었다. 검사가 된 지 서너 달도 되지 않아 사형집행을 참관하라는 명령이 떨어졌다. 한 명도 아니고 여덟 명이었다. 박원순은 못 가겠다고 버텼다. 아니 갈 수 없었다. 그들의 죄야 어찌 됐든 인간을 인간이 죽이는 장소에 갈 수 없었다. 결국 다른 사람이 대신 그 일을 맡았다.

또 검사실 지휘를 받는 경찰들 밥값이라도 챙겨주고 일하는 아가씨 챙겨주면 남는 것도 없이 빠듯한 박봉이었다. 물론 스폰서를 두면 간단히 해결될 문제였다. 그러나 스폰서의 도움을 받으면 청탁으로 이어질 터였다. 박원순은 고뇌했다. 그렇게 1년 뒤 그는 사표를 쓰고 변호사의 길로 나섰다.

일반적으로 처음부터 변호사로 나아가는 사람은 극히 드물다. 판검사를 하다가 말년이 되어서야 느긋하게 변호사로 개업하거나 이런저런 사건에 연루되어 어쩔 수 없이 법복을 벗고 변호사로 나서는 게 당시 업계의 생리였다. 하지만 박원순은 눈앞의 명예에 연연하지 않았다.

박원순은 기왕에 법을 배웠으니 가급적이면 힘없는 약자들을 위해 자기 재능을 쓰고 싶었다. 기회는 오래지 않아 찾아왔다. 1984년에 한강이 홍수로 넘쳐 마포구 망원동 일대의 2만 여 가구가 수해를 입었다. 수해 주민들은 한강 일대를 부실하게 관리한 현대건설과 서울시를 상대로 소송에 나섰고 박원순은 조영래 변호사를 도와 사건 변론에 관여하게 된 것이다. 5년의 공방전 끝에 사건은 승소했고, 이 과정에서 박원순은 조영래라는 위대한 거인을 발견한다. 그의 철학과 사회를 바라보는 통찰력에 깊은 감명을 받은 것이다.

"검사 그만두고 서울로 올라오면서 처음에는 조영래 변호사님하고 같이 있으려고 했어요. 그래서 책상까지 거기 갖다놨다가 사무실을 함께 쓰는 것이 부담이 있는 것 같아 따로 개업을 했죠. 조영래 변호사님하고 사법연수원을 같이 다녔어요. 경기고등학교 선후배이기도 하고요. 조 변호사님은 연수원 다닐 때 사귀어보라며 친척 중에 누구를 소개도 해줬어요. 자기 직계 후배고, 감옥도 갔다 오고 해서 이분이 저를 여러 가지로 좋아하셨어요. 그래서 변호사 사무실까지 같이 쓸 뻔했죠. 1984년, 85년 들어서는 제가 조영래 변호사님이 하는 사건에는 거의 같이 변론을 하게 됐어요. 망원동수재사건이라든지, 구로동맹파업사건, 그 다음에 부천서성고문사건, 거의 모든 것을 같이했죠. 그러면서 조영래 변호사님한테 엄청 많이 배웠습니다. 인생의 스승 몇 분 가운데 한 분이지요."

《전태일 평전》의 저자로도 잘 알려진 조영래는 인권변호사의 상징 같은 인물로 통한다. 검사를 벗어던지고 변호사로 나서며 가난하고 힘없는 사람들 돕겠다고 마음먹은 박원순이 조영래를 만났으니 이것도 하늘의 뜻일 것이다. 그와 함께 일하며 박원순은 1985년 발생한 구로동맹파업사건을 시작으로 부천서성고문사건, 보도지침사건, 건대사태, 미국문화원사건, 풀빛출판사사건 등 한국 현대사의 굵직굵직한 사건들을 하나씩 처리해 나갔다. 조영래는 변호사이기 이전에 휴머니스트였다. 그는 해박한 지식과 끈기로 거대한 권력과 당당하게 맞섰을 뿐만 아니라 사회를 읽어내는 통찰력도 대단했다. 조영래는 6·29선언이 있은 지 3년 뒤인 1990년 12월, 폐암으로 세상을 떠났다. 조영래는 떠났지만 그가 남긴 인권변론의 씨앗은 박원순을 비롯하여 많은 이들에게 영향을 끼쳤다.

2. 시몬느 페트르망
- 친구의 전기를 쓰다

시몬느 페트르망Simone Pétrement은 시몬느 베이유의 가장 친한 벗으로 알려져 있다. 두 사람은 고등사범학교 동기로 처음 인연을 맺었다. 시몬느 페트르망은 가까운 거리에서 친구의 활동을 지켜보며 젊을 때부터 남달랐던 시몬느 베이유의 사상과 움직임들을 기록해나갔고, 문학박사이자 철학박사로서 훗날 시몬느 베이유 연구의 최고 권위자가 되었다.

《시몬느 베이유 불꽃의 여자》가 불러일으킨 반향은 엄청났다. 책은 즉각 전 세계로 번역되었고 그녀의 작업은 죽은 시몬느 베이유를 다시 민중 속에 부활시켰다는 찬사로 되돌아왔다.

굳이 구분하자면 이 글은 시몬느 베이유에 대한 일종의 전기다. 당연하게도 줄거리는 시몬느 베이유의 어린 시절로부터 시작하여 죽음에 이르기까지의 생애를 시간의 순서에 따라 기술하고 있다. 여타의 전기 작가들과 달리 시몬느 페트르망이 시몬느 베이유의 친구였다는 점은 이 글의 가장 큰 장점이 된다. 대부분의 전기 작가들이 취재에 의존하는 데 반해 시몬느 페트르망은 자신의 경험과 일관된 거리를 유지하며 관찰해온 친구에 대한 객관화된 시선에 주로 의지해 글을 풀어나갈 수 있었기 때문이다. 하물며 친구의 죽음, 그 죽음의 순간까지도 그녀의 문체는 냉정함을 잃지 않는다.

시몬느 베이유와 친구 관계를 유지하던 고등사범학교 시절, 시몬느 페트르망은 장차 그들의 운명이 어떻게 엇갈릴 것인지 알지 못했다. 학교에서 급진적인 사상을 지닌 인물로 낙인찍혀 시몬느 베이유가 문제학생 소리를 듣긴 했지만 자신이 훗날 그 친구의 전기를 쓰게 되리라고는 생각하지 못했을 것이다. 그녀는 시몬느 베이유의 가족들과도 친분을 맺었으며 시간이 되면 시몬느 베이유의 집에도 자주 놀러갔다. 시몬느 베이유의 오빠 앙드레와도 친했다. 시시콜콜한 시몬느 베이유의 어린 시절 일화를 주워듣게 된 것도 이러한 친분관계 때문이었다. 두 사람이 함께 했던 시간을 시몬느 페트르망은《시몬느 베이유 불꽃의 여자》를 통해 이렇게 술회하고 있다.

(고등사범학교 시절) 우리는 자주 산책을 했다. 때로는 룩상부르그 공원까지 갔다. 어느 날 시몬느는 공원 모퉁이에 있는, 사람들이 거의 다니지 않는 길로 나를 데리고 갔다. 시몬느는 이 길을 무척이나 좋아하여 장 자크 루소의 이름을 따서 불렀다. 우리는 둘 다 루소를 대단히 좋아했다. 때로는 지하철을 타고 드라이브를 가기도 했다. 시몬느는 지하철을 타는 노동자들을 보고 이렇게 말했다.

"내가 노동자들을 좋아하는 건 정의감 때문만은 아니야. 난 본능적으로 그들이 좋아. 노동자들은 부르주아보다 훨씬 아름답거든."

시몬느는 아름다움에 매우 민감했으며 부르주아들이 지나친 미의식 때문에 오히려 우스꽝스럽게 되었다면서 매우 역겨워 했다.

나는 시몬느의 집에도 자주 놀러갔는데 그 식구들의 친절함에 무척이나 감동을 받았고 그 집안의 자유로우면서도 교양 있는 분위기에 감탄을 했다. 시몬느 집에는 수잔느라고 예쁘고 명랑한 하녀가 있었는데 그녀가 이 집안 식구들은 모두 미쳤다고 말해서 우리들은 폭소를 터뜨렸다.

나는 어머니와 함께 시몬느의 어머니를 방문하기도 했다. 시몬느의 어머니는 시몬느가 어렸을 때부터 거짓말하는 것을 들으면 몹시 화를 냈다고 한다. 만나고 싶지 않은 손님이 찾아왔을 때 집에 없다고 하는 정도의 거짓말만 해도 펄쩍 뛰면서 사소한 일에도 거짓말을 해서는 안 된다고 말했다.

반에서 나는 바로 시몬느의 등 뒤에 앉았다. 그래서 나는 시몬느가 천천히 아주 고통스럽게 잉크를 묻혀가며 글씨는 쓰는 것을 볼 수 있었다. 글씨를 쓰다가는 갑자기 머리를 번쩍 들고 안경 너머로 사방을 주의 깊게 관찰하곤 했다. 그러나 때로는 딴 데 정신이 팔려 있기도 했다. 하루는 그녀의 옷자락이 커다란 잉크 자국으로 얼룩진 것을 보고 둘 다 깜짝 놀랐다. 잉크병을, 뚜껑을 덮지 않은 채 호주머니에 넣고 다녔던 것이다…….

3. 《시몬느 베이유 불꽃의 여자》
- 시대의 모순에 저항하다

죽고 없는 한 여인의 이름 앞에 '불꽃'이라는 수식어가 있다. 과연 그런 사람이 얼마나 될까? 실제로 도서 목록을 검색해보면 그런 사람은 많지 않다. 우리나라의 경우에는 일제강점기 화가이자 시인이었던 나혜석이나 현해탄에 몸을 던진 윤심덕 정도다. 조각가 로댕의 연인으로 알려진 여류 조각가 카미유 클로델Camille Clauael 앞에도 이런 수식어가 붙어 있기는 하다. 하지만 '불꽃같은 삶'과 가장 잘 어울리는 생을 살다 간 인물은 단연 프랑스의 철학자이자 위대한 사상가, 행동하는 양심이자 시대의 모순에 대한 저항의 아이콘이었던 시몬느 베이유이지 않을까 싶다.

병약했던 성장기

시몬느 베이유Simone Weil는 1909년 2월, 프랑스 파리의 유대 의사의 집안에서 태어났다. 그녀의 아버지 베르나르 베이유는 의사였으며 그녀의 할머니는 유대인이었다. 9개월 만에 조산으로 세상에 나온 시몬느 베이유가 생후 6개월 되었을 때 어머니가 맹장염에 걸려 젖을 물릴 수가 없게 되면서 덩달아 시몬느도 약해졌다. 두 살 때는 편도선 염증으로 고생을 했고 세 살 때는 심각한 맹장염에 걸렸다. 당시 주치의는 아이가 죽을 것으로 예상했다고 한다. 우여곡절 끝에 몸이 회복되었지만 유아기의 잦은 병고로 인해 시몬느는 평생을 병약한 몸으로 살아야 했다.

어릴 때 시몬느는 지독한 고집쟁이였다. 더구나 여자들보다는 사내아이들과 어울리기를 좋아했다. 지독히 추운 겨울이 다가와도 무릎까지 오는 양말을 신지 않았다. 추운 날씨에 맨다리를 드러낸 시몬느가 거리로 나서면 사람들이 이상한 눈으로 쳐다보곤 했는데 그럴 때마다 시몬느의 어머니는 어찌할 바를 몰라 하며 집으로 돌아와 강제로 양말을 신겨보려 노력했다. 그러나 시몬느는 울고불고 야단법석을 떨며 끝내 자신의 의지를 굽히지 않았다.

시몬느는 다른 여자아이들처럼 인형을 가지고 놀지도 않았다. 그러다 보니 집 안의 장난감이라고는 달랑 하나 있는 축구공이 전부였다. 시몬느는 바느질도 싫어했다. 평생 동안 바느질이라고는 어머니에게 레이스를 붙인 조그마한 손수건 하나를 만들어드린 것뿐이다. 그 대신 시몬느는 열렬한 문학청년이 되어갔다. 책을 좋아해서 웬만한 시는 다 읽었을 뿐만 아니라 줄줄 외울 지경이었다.

시몬느는 초등학교 때부터 노동자들과 인간 평등 문제에 관심이 많았다. 늘 생각을 많이 했기 때문에 무슨 일을 하려면 오빠 앙드레보다 항상 준비시간이 많이 걸렸다. 페트르망에 의하면 오빠 앙드레는 철학 교수였던 알랭과 함께 시몬느의 일생에 큰 영향을 끼친 인물이다. 수학천재였던 오빠로 인해 어려서부터 지적 자극을 많이 받았고, 그런 오빠와 사소한 문제들을 가지고 토론을 자주 했다. 그의 부모 또한 개방적인 정신의 소유자였다.

그녀는 이미 초등학교 때부터 세상과 사물에 대한 왕성한 호기심을 나타냈다. 하고 싶은 일이 너무나 많은 아이였다. 글솜씨도 좋았다. 국어나 글쓰기, 역사 과목은 늘 일등이었다. 정치에 어렸을 때부터 관심이 많았다. 그러나 지도 그리기, 공작, 미술은 낙제였다. 손재주가 없어서 "내 손이 나를 바보로 만든다"고 불평하고 다녔다.

철학자 알랭과의 만남

시몬느는 1925년 앙리4세 고등중학교에 입학했다. 그리고 그곳에서 정신적 스승으로 자리매김하게 되는 철학교수 알랭Alain의 강의를 듣게 된다. 알랭은 제1차 세계대전이 발발하자 마흔이 넘은 나이에 참전하여 부상을 입기도 한 인물로 〈데페슈 드 루앙La Dépêche de Rouen〉지에 〈노르망디인의 어록Propos d'un Normand〉을 연재하여 널리 이름을 알린 인물이었다. 알랭은 인간 양식의 고귀함을 주장하고 실천적인 면을 강조했다. 그는 당시 프랑스 사상계를 지배하던 르낭Renan이나 생트-뵈브Sainte-Beuve의 결정론決定論을 경멸하는 태도를 취하는 반면 아리스토텔레스Aristoteles, 플라톤Platon, 칸트Immanuel Kant, 헤겔Georg Wilhelm Friedrich Hegel, 루소Jean Jacques Rouseau, 몽테뉴Michel Eyquem de Montaigne에 심취하여 그들의 사상을 발전시켰다. 또한 판단의 자유야말로 권력이나 권위에 의한 인간의 부패에 대항할 수 있는 원리임을 주장했는데 향후 전개되는 시몬느의 주요한 사상이 이때 알랭으로부터 영향을 받았음은 두말할 나위가 없다.

알랭의 철학 강의는 한 번에 두 시간씩 일주일에 세 번 있었다. 수업이 시작되면 우선 학생이 일어나 예습해 온 내용을 간단히 설명했다. 그 뒤 강의를 시작했다. 알랭은 중요한 철학자, 수필가, 시인, 소설가의 작품을 가지고 강의했는데 이야기를 할 때면 그 푸른 눈으로 먼 곳을 응시하며 거침없이 이야기를 이끌어 나갔다. 첫해에는 플라톤과 발자크Honore de Balzac의 작품 대부분을 강의했고, 두 번째 해와 세 번째 해에는 칸트의 전 작품과 호메로스Homeros의 《일리아스Ilias》, 아우렐리우스Aurelius의 《명상록Τὰ εἰς ἑαυτόν》을 강의했다. 강의를 듣는 학생들은 자신이 임의로 선택한 주제를 가지고 글을 써내야 했다. 훗날 냉철한 사상가로 철학과 문학 등 다방면에서 박식함을 드러내게 되는 시몬느의 기질과 정확한 문장으로 독자들을 설득하게 되는 위대한 저작들의 바탕은 바로 이때 성립되었다고 보아도 무방하다.

알랭의 강의를 들으며 시몬느는 어린 시절부터 막연하게 자신을 지배하던 노동자에 대한 확고한 관심과 지지를 굳혀가게 되었다. 특히 실천을 강조하는 알랭의 정신, 즉 '자유롭지 않은 의지란 없으며 행동 없는 의지는 존재할 수 없다', '인간해방은 자유로운 회의, 즉 생각과 엄격한 판단에서 비롯된다', '잠자는 사회에 항거하여 생각하는 인간, 거기에 역사가 있다', '옳게 판단하고 의지대로 실천해야 한다', '무엇보다 참된 진리를 발견하려고 노력하는 것이 중요하다'는 알랭의 한 마디 한 마디는 젊은 시몬느의 혈관을 들끓게 만들었다.

시몬느는 인간이란 노동을 통해서 참된 인간이 될 수 있다고 보았다. 정치란 평화로운 사회를 위한 것이어야 하며, 어떤 조직이나 권력 기구도 인간을 불행하게 해선 안 된다는 알랭의 정치적 노선도 무정부적인 시몬느의 정치적 입장과 맞아떨어졌다.

시몬느는 실천에 앞장섰다. 1927년 친구들과 함께 '사회교육 모임'을 만들어 노동자를 위한 교육을 시작하는 한편 '평화에의 의지'라는 소모임을 만들어 제1차 세계대전 후 고양된 반전운동에도 참여했다. 이즈음에 그녀는 철학교수 자격시험에 합격했으며 파리고등사범학교에 들어갔다. 동시에 짧은 글을 써서 계속 발표했는데, 글을 통해 노동자야말로 아름다운 인간이라고 주장했다.

그러나 당시 유럽은 파시즘이 퍼져 가면서 정부와 자본가가 노동자를 탄압하던 시기였다. 시위가 자주 일어나자 심지어 길에서 모자를 쓴 사람은 무조건 노동자로 여겨 체포하기도 했다. 그러나 시몬느는 굴하지 않았다. 그녀는 동료 학생과 교수들에게 기금을 걷기로도 유명했는데, 노조파업 기금을 내라면서 툭하면 상자를 들고 다녀 별명이 '화성인'이었다. 평범한 학생들은 그녀를 기피했다. 그녀가 공공연히 노동자를 옹호하자 빨갱이로 몰아서 '붉은 처녀'라고 부르기도 했다.

그러는 사이 시몬느는 노동을 경험하지 않고 노동자를 옹호하는 자신의 이중성에 회의를 느끼기 시작했다. 그래서 1929년 시간이 나자 농부들이 입는 헐렁한 바지를 입고 이모의 농장으로 떠나버렸다. 노동은 그녀에게 새로운 가치를 눈뜨게 했다. 노동자들이 열악한 환경을 벗어나기 위해서는 알아야 한다고 생각했다. 그래서 그녀가 택한 방법이 강의였다. 그녀는 노동조합을 돌며 틈만 나면 노동자들에게 강연했다. 이 바쁜 와중에도 시몬느는 졸업시험에도 합격하고 철학교수 자격시험에도 합격했다.

이 시기에 시몬느는 사회주의 및 노동운동에 많은 관심을 갖기 시작, 1931년 노동조합 연합회의CGT에 참석하는 것은 물론이고 계급투쟁에 관한 수필을 써서 발표하기를 즐겼다. 고등사범학교를 졸업한 뒤 시몬느에게 배정된 첫 부임지는 르 푸이였다. 시몬느는 전날 잠을 한숨도 못 잔 상태에서 이상한 모자를 쓰고 출근했다. 한 학생은 그날의 기억을 이렇게 기록으로 남겼다.

이 볼품없이 생긴 여선생은 수업이 시작되던 첫날 테가 달린 모자를 쓰고 왔는데, 이 모자는 다음 날에는 베레모로 바뀌더니, 곧 아주 자취를 감추게 되었다. 첫날 우리는 이 모자를 쓴 우스꽝스러운 그녀를 보고 웃지 않을 수 없었다. 그러나 그녀의 강의를 몇 번 듣고 난 뒤에는 아무도 함부로 웃을 수 없었다. 그리고 얼마 되지 않아 우리는 그녀가 옷을 형편없이 입는다는 것에 별로 놀라지 않게 되었다. 시몬느 베이유 선생님의 생각이 평범한 사람들의 생각과는 다른 질서에 속해 있음을 깨닫고 나자 우리는 그녀의 옷에는 아무런 신경도 쓰지 않게 된 것이다.

그녀의 우스꽝스러운 몸짓, 무엇보다도 어린애처럼 작은 두 손과 생각을 집중할 때의 그 특이한 얼굴 표정, 두터운 안경 뒤에서 꿰뚫어보는 듯한 눈, 수줍어하는 듯한 미소, 이 모든 것들은 그녀의 솔직하면서도 자기 자신에게 집착하지 않는 성격을 나타냈으며, 그녀의 정신 속에 깃든 고귀한 정신을 나타내주었다. 그러나 처음에는 조금도 그것을 깨닫지 못했다.

시몬느의 면면을 알게 해주는 또 하나의 에피소드가 있다. 르 푸이 시절, 그녀의 어머니는 시몬느가 밥을 잘 챙겨먹지 않자 요리 잘하는 하녀를 구해주었다. 당시에는 일자리가 많지 않던 시절이므로 시몬느는 그녀를 하녀로 부린다는 생각보다 일자리를 나누는 데 만족했다. 그리고 하녀가 받던 월급 평균치보다 세 배나 많은 급료를 지불해서 시몬느의 어머니를 경악하게 만들었다. 시몬느가 하녀에게 적정 이상의 돈을 지급한 이유는 그것이 노동연맹에서 정한 기준이기 때문이었다. 봉급을 더 받게 된 하녀는 미안한 나머지 그 돈으로 땔감을 더 많이 사 왔다. 그러나 시몬느는 추운 겨울에도 자신의 난로에 일체 불을 지피지 못하게 했다. 수많은 노동자들이 땔감 없이 겨울을 나고 있다는 자괴감 때문이었다. 이런 면면은 시몬느의 건강을 더욱 악화시키는 결과로 이어졌다.

스스로 노동자를 경험하다

시몬느는 평소 기행으로 사람들 입에 자주 오르내렸다. 채석장으로 들어가 돌가루를 뒤집어쓴 노동자들과 거리낌 없이 악수를 나누었다. 여교사가 품위도 없이 노동자들과 악수를 한 이 사건은 세간에 큰 논쟁을 불러일으켰다. 그런데도 그녀는 더 나아가 노동자들과 어울려 저급한 카페를 출입하거나 모임에도 나갔다. 학교에서는 그런 시몬느를 못마땅히 여겨 파면할 기회만을 엿보았다. 결국 학교와의 마찰은 시몬느를 여러 학교를 전전하게 했고, 시몬느로 하여금 학교에 흥미를 잃게 만들었다.

시몬느는 짬을 내 독일로의 여행을 계획했다. 독일 노동자들을 살펴보고 국제정세를 이해하기 위해서였다. 이때 독일에서는 막 히틀러의 세력이 태동하던 시기였다. 거리에 널린 나치 복장의 독일인을 보며 시몬느는 본능적으로 파시즘의 탄생을 예언했다.

1933년 7월 트로츠키와 벌인 논쟁도 세간에 회자되곤 한다. 트로츠키Leon Trotsky는 10월 혁명을 이끈 러시아 혁명 지도자로 시몬느는 전적으로 그의 사상에 동의하지는 않았지만 마음 깊이 그를 존경하고 있었다. 그런데 시몬느가 크리스마스 휴가를 이용하여 파리의 고향 근처로 돌아와 있을 때 공교롭게도 이 기간에 트로츠키가 프랑스 정부의 허가를 얻어 파리를 방문했다. 암살 위협 때문인지 트로츠키는 늘 경호원을 대동하고 다녔고실제로 그는 스탈린에 의해 1940년 암살된다 파리에 와서도 공공연한 집회 참석을 허가 받지 못했다. 그런 사정을 잘 알고 있던 시몬느는 그를 위해 자신의 집을 모임 장소로 제공했다. 이 자리에서 둘은 격렬한 논쟁을 벌였고 트로츠키가 고성을 지르기도 했다. 이 논쟁은 시몬느의 수첩에 자세히 적혀 기록으로 남았다.

"러시아 노동자는 자신이 견딜 수 있는 한에서는 정부를 따른다. 자본주의자들이 다시 일어나는 것보다도 현재의 정부가 더 낫다고 생각하기 때문이다. 이것이 바로 러시아 정부의 지배가 이루어지게 되는 상황이다."

"하지만 노동자들은 참고 있다."

"우리는 1917년 10월 혁명 이전의 레닌보다는 1871년 마르크스를 더 잘 알고 있다. 러시아는 고립되어 있으며 역사는 천천히 흘러간다. 적과 싸우기 위해서는 군대가 필요하다."

"당신이 러시아에 있었다고 해도, 러시아 정부는 역시 고립되었을 것이다."

"그 때문에 내가 러시아를 떠난 것이다."

"당신은 비판적이고 논리적이며 이상주의적이다."

"당신은 이상주의적이다. 당신은 지배계급을 정복된 계급이라고 부르고 있다."

"지배란 당신이 생각하는 것처럼 올림포스 산 위에 높이 앉아 있는 것이 아니다."

"당신은 오늘날 세뇌당하고 있는 이 젊은 세대에게 무엇을 줄 수 있는가?"

"생산의 증진에 관해서……."

"러시아의 프롤레타리아는 아직도 생산기구를 위해 일하고 있다. 이것은 러시아가 자본주의 국가를 따라갈 수 있을 때까지만 불가피한 일이다. 10

월 혁명은 부르주아 혁명과 유사하다."

"나는 몇 가지 정책적인 실수를 제외하고는 스탈린을 나무랄 이유가 거의 없다. 그러나 나로드닉스에 대항해 싸울 당시에 우리는 러시아에서 자본주의가 성장할 것이지만 이를 방치하지 않고 미래를 위해 준비할 것이라고 이야기했다. 바로 지금 이 순간에도……."

두 사람의 언쟁은 주로 러시아가 과연 진정한 노동자 국가냐 하는 문제에 관한 것이었다. 트로츠키는 그렇다고 대답했다. 그러나 시몬느는 그렇지 않다고 주장했다. 시몬느는 데카르트René Descartes를 인용하여 "부서진 시계가 시계를 지배하는 법칙에서 예외가 되는 것은 아니다. 그러나 그것은 이미 그 자체의 법칙에 복종하는 또 하나의 다른 메커니즘이다. 이와 마찬가지로 우리는 스탈린 치하의 러시아가 원리에서 벗어난 노동자의 국가가 아니라 또 하나의 다른 사회 기구라고 말할 수 있다"고 말했다. 결과적으로 이런 시몬느의 예측이 정확했음이 훗날 밝혀진다. 스탈린 치하의 러시아가 자신들이 해방시키고자 했던 인민들을 대상으로 무슨 일을 저질렀는지는 역사가 잘 대변해주고 있으므로.

1034년에서 35년까지 시몬느는 새로운 경험을 향해 발을 내딛는다. 본격적인 공장 생활이 그것이다. 그녀에게 학생들을 가르치는 화려한 직업 따윈 중요하지 않았다. 그녀의 관심은 오로지 노동자였으며 어떻게 하면 부조리한 세계를 바꾸느냐에 있었다. 시몬느는 1934년 알스톰 전기 공장, 르노 자동차 공장 등에서 노동자로 일을 시작했다. 하지만 그녀의 의지와 다르게 병약한 육체는 그녀를 오래 노동자로 머물게 하지 않았다. 어느 공장을 가도 작업량을 못 채워 해고되기 일쑤였다.

시몬느는 병으로 공장을 그만둘 때까지 노동일지를 썼다. 노동자들이 기계처럼 취급되는 현실에 크게 절망하며 혼자 눈물을 흘리기도 했다. 그리고 더욱 시몬느를 괴롭혔던 것은 노동자들의 정신 또한 황폐해져서 동료들 간에 또 다른 지배계급을 형성하고 동료들을 핍박하는 현실이었다. 노동자로 생활하며 그녀는 부지런히 글을 기고했고 글을 통해 노동자들의 열악한 현실을 고발했다. 적당한 휴식과 적당한 임금, 노동시간을 제공하여 노동자들을 일에서 해방시켜야 한다고 주장했다. 2년여 공장 생활에 대한 소회는 그녀가 페랭Perrin 신부에게 보낸 자전적 성격의 편지 속에 잘 드러나 있다.

당시 제 영혼과 육체는 갈가리 찢겨져 있었습니다. 무서운 고통을 맛본 뒤에 제 젊음은 죽어버렸습니다. 그전까지만 해도 저는 정말로 고통을 경험했다고 말할 수 없습니다. 제 자신의 고통은 제 자신만의 것이니까요 그리 중요한 것도 아니고 또 기껏해야 생물학적이거나 사회적인, 부분적인 고통이었을 뿐이지요. 전에도 저는 이 세상에 많은 고통이 있다는 것을 알고 있었으며 그 생각이 머릿속에 가득 차 있었습니다. 그러나 그것은 실제로 경험했던 것은 아닙니다. 그러나 공장에서 일을 하고 있는 동안, 다른 사람들의 고통이 제 영혼과 살 속에 파고들어 왔습니다. 그 어떤 것도 제게서 그 고통을 떼어내지는 못 했습니다. 저는 과거를 완전히 잊었고, 미칠 듯한 피로 때문에 살아날 가능성조차 생각할 수 없었으며, 완전히 미래를 기대할 수도 없었습니다. 제가 공장에서 겪은 일들이 얼마나 치명적이었는지 저는 요즘에도 어떤 사람이든지 어떤 상황을 불문하고 제게 무자비하고 잔인하게 말을 하지 않으면 무언지 잘못됐다는 느낌을 버릴 수가 없습니다. 거기에서 저는 영원한 노예의 낙인을 받았습니다. ……그 이후부터 저는 항상 제 자신을 노예로 여기게 되었습니다.

에스파냐 내전에 병사로 참여하다

1936년 에스파냐에서 내전이 발생하자 시몬느 베이유는 여자의 몸으로 참전한다. 에스파냐 내전은 마누엘 아사냐Manuel Azaña가 이끄는 좌파 인민전선 정부와 프란시스코 프랑코Francisco Franco를 중심으로 한 우파 반란군 사이에 벌어진 전쟁으로 1936년 7월 17일 모로코에서 프랑코 장군이 쿠데타를 일으키며 내전이 시작되었고, 1939년 4월 1일에 공화파 정부가 마드리드에서 항복하며 전쟁이 끝났다. 전쟁은 시작과 함께 반파시즘 진영인 소비에트 연방과 각국에서 모여든 의용군인 국제 여단이 인민전선을 지원하고, 파시스트 진영인 나치 독일과 이탈리아의 무솔리니 정권, 그리고 살라자르가 집권하고 있던 포르투갈이 우파 정권을 지원하며 제2차 세계대전의 전초전 양상을 띠었다. 이 전쟁으로 에스파냐 전 지역이 황폐화되었다.

시몬느는 걱정하는 부모에게 기자 신분으로 취재를 간다고 안심시키고 짐을 꾸렸다. 에스파냐로 건너간 뒤 시몬느는 노동자 연맹인 국민군에 합류했다. 시몬느가 나타나자 지휘관은 그녀를 돌려보내려고 무던히 애를 썼다. 그러나 시몬느는 굴하지 않았다. 1937년 8월 어느 목요일, 시몬느가 속한 부대는 비밀리에 강을 건너가 적군의 식량 공급 철로를 폭파하는 임무를 부여 받았다. 8월 19일 새벽, 시몬느는 스무 명의 남자 대원들 틈에 섞여 장총을 질질 끌며 적이 점령 중인 땅으로 잠입했다. 그러나 그 작전은 적의 항공기에 발견되어 포탄 세례를 받으면서 실패로 돌아갔다. 시몬느는 포탄을 피해 농가로 뛰어들어 숨었지만 숨을 크게 내쉬었을 뿐 두려워하지 않았다.

그러나 예기치 않은 사고로 인해 시몬느의 병사 생활도 끝이 나게 된다. 시몬느는 지독한 근시였다. 그날 아침 취사병이 요리를 할 때 그 옆을 지나던 시몬느가 잘못하여 끓는 기름을 건드리고 말았다. 기름이 쏟아져 시몬느의 발에 깊은 상처를 남겼다. 살이 물러질 만큼 큰 상처였다. 시몬느는 곧 후송되었다. 그러나 며칠 후 동료들은 경악을 하며 소리를 질러야 했다. 붕대로 발을 싸맨 시몬느가 장총을 질질 끌며 다시 나타났기 때문이었다. 결국 시몬느는 지휘관에 의해 강제로 후방으로 후송되었다. 그러나 참으로 역설적이게도, 이날의 사건이 시몬느의 목숨을 구하게 된다. 시몬느가 후송된 뒤 그가 속한 부대가 적의 공격을 받아 전원 전멸하고 말았던 것이다.

노동자의 성녀, 잠들다

에스파냐 내전에 참가했다가 부상을 입어 집으로 돌아왔지만 이후에도 시몬느의 삶은 평안하지 못했다. 독버섯처럼 자라난 나치의 망령이 전 유럽을 공포로 몰아넣으며 제2차 세계대전을 일으켰기 때문이다. 유럽에 전쟁 분위기가 무르익어 갈 무렵 시몬느는 〈제2의 트로이 전쟁 피하자〉라는 글을 잡지에 기고하며 반전운동에 나섰다. 그리고 병원에서 발목 화상 치료가 완치되었다는 얘기를 듣자 마자 시몬느는 이탈리아 여행을 계획했다. 아직 전쟁 전이었지만 시몬느는 밀라노를 거쳐 볼로냐, 듀오모 등지를 여행한 뒤 로마로 갔다. 로마 베드로 성당에 가서 미사도 드리고 시스틴 성당에 가서 성가대의 노래를 함께 따라 부르며 모처럼 지친 몸과 마음을 내려놓기도 했다. 이탈리아 여행에서 돌아온 뒤 시몬느는 여러 차례 이탈리아에서 느낀 아름다움에 대하여 주변사람들에게 이야기하고 글도 썼다.

시몬느는 다시 교직으로 돌아가기 위해 복직신청서를 냈다. 그리고 캉탱이란 곳으로 발령받았다. 생 캉탱 고등여자중학교에서 시몬느는 철학과 그리스어를 가르쳤다. 한편으론 사회 개혁을 추구하는 '새로운 노트'라는 모임에 자주 참석했다. 이 기간에 특히 시몬느는 많은 글을 발표했는데 1937년 전후 〈마르크시즘의 모순〉과 〈혁명과 진보에 대한 비판〉과 같은 글이 대표적이다. 그녀는 마르크시즘에 대하 수정이 불가피하다고 보았는데 그것은 특정 사건 때문이 아니라 이론 자체가 지닌 모순 때문이며 마르크시즘이 국민이 요구하는 수준을 맞추지 못한다고 수정 이유를 밝혔다. 그러면서 세상의 모든 혁명은 혁명이 완전히 성취된 순간 일어난다고 혁명의 연속성을 주장했다.

마침내 제2차 세계 대전이 발발하자 시몬느는 정부당국에 간호부대 파견을 제의했다. 그때는 아직 나치가 프랑스를 침공하기 전이었다. 시몬느는 병사들이 고독하게 전장에서 죽어가는 것을 못 견뎌했다. 간호부대에 섞여 자신도 전쟁의 중앙으로 참가할 생각이었다. 시몬느 가족은 독일이 파리로 밀고 들어오기 전날까지 파리를 지키다가 6월 16일 파리를 떠났다. 시몬느는 파리를 떠나면서도 도중에 내려 파리 방어부대를 찾아가겠다고 고집을 부려 가족들을 힘들게 만들었다. 그들 가족은 느베르에 정착했지만 독일군은 그곳까지 진군해 왔다. 또다시 그들은 몰래 느베르를 빠져나와 마르세유로 피난했다. 이 기간에 시몬느는 아시아에서 강제로 동원된 베트남 노동자들이 열악한 환경의 수용소에 수용되어 일하는 것을 보고 그들을 돕는 활동에 매달리기도 했다.

전쟁이 장기화되자 시몬느의 가족은 미국으로 떠났다. 1942년 7월의 일이었다. 그러나 미국으로 건너간 뒤에도 시몬느는 유럽으로 돌아가길 희망했다. 이 무렵부터 강한 신경쇠약이 그녀를 괴롭혔다. 육체적으로나 정신적으로 시몬느는 이미 병약해 있었다. 그녀는 나치에 점령되지 않은 영국으로 가기를 희망했고, 11월 10일 마침내 뉴욕에서 리버풀로 가는 배에 오를 수 있었다. 장장 보름이나 걸려 영국에 도착한 시몬느는 프랑스 해방운동 자원자들의 숙소에 함께 머물렀다. 그곳에서 시몬느는 거의 미친 듯이 매일 불꽃같은 열정의 장문의 글들을 쏟아내기 시작했다. 의사가 절필명령을 내렸지만 결코 듣지 않았다. 그러면서도 한편으론 편지를 써서 미국에 있던 양친을 안심시켰다.

1943년이 되자 시몬느의 건강은 더욱 악화되었다. 그러나 이 기간에도 시몬느는 운전을 배우거나 낙하산 기술에 관한 책을 구해 읽었다. 국경이 막혔으니 낙하산을 타고라도 조국 프랑스로 투입되고 싶다는 의지의 반영이었다. 이때부터 폐결핵 증세와 신경쇠약, 두통 등이 전방위적으로 그녀를 압박하기 시작했는데 거기에는 음식을 잘 먹지 않는 시몬느의 식습관도 단단히 한몫 거들었다. 그 와중에도 시몬느는 지인들에게 자신을 프랑스에 특사로 보내달라고 졸랐다. 그러다가 4월 15일 마침내 의식을 잃고 쓰러진 뒤 친구에 의해 발견되었다. 곧 병원으로 이송됐지만 시몬느는 식사를 거부했다. 아니, 그녀의 몸은 음식을 받아들일 수 없을 정도로 쇠약해져 있었다.

시몬느는 죽기 직전까지도 미국에 있는 부모에게 자신의 건강 악화 사실을 숨겼다. 병세가 악화된 시몬느는 지인들에 의해 그로스베너 요양소로 옮겨졌다. 그리고 1943년 서른네 살의 젊은 나이로 숨을 거뒀다. 공식적인 사인은 '기아와 폐결핵으로 인한 심장 근육의 마비'였다. 그러나 검시관은 자살이라고 판정을 내렸다. 관련자들의 증언에 의하면 폐결핵으로 인해 그녀는 죽기 직전까지도 음식을 거의 먹지 못했다고 한다.

그녀가 온몸으로 부딪치며 살아야 했던 20세기 초는 지금보다도 더 부조리한 모순의 시대였다. 그 어렵던 시기에 그녀는 그 누구보다도 격렬하게 양심을 실천하며 살았다. 그녀의 일생은 가난한 자의 고통 속에서 신과 진실을 찾는 순례의 길이었다. 그녀는 떠났지만 그녀가 남긴 숱한 저작들은 몇 천 년이 지나도 인류의 가슴 속에서 뜨겁게 타오를 것이다.

4. 원순 씨 생각
- 폼 잡으며 살 것인가, 인간답게 살 것인가

"언젠가 읽었던 책 가운데 《시몬느 베이유 불꽃의 여자》이란 책이 있습니다. 1970년대나 80년대는 아무래도 독재정권하에서 치열한 삶을 살았던 사람들의 전기류를 많이 읽었습니다. 고다드라는 사람이 쓴 '본회퍼Karl Bonhoeffer'의 전기도 그중 하나였습니다. 요즘 풍토로 봐서는 남미 최고의 혁명가라고 할 '체 게바라Che Guevara'의 전기가 잘 팔리고 있다는 것이 좀 신기한 일이긴 합니다. 이렇게 치열하게 산 사람들이 많지만 최고의 지식인으로서 노동자의 삶을 살며 세상을 바꿔보려 했던 '시몬느 베이유'의 삶도 저의 젊은 시절의 고뇌와 방황 속에서 인생의 방향타 노릇을 해주었던 게 틀림이 없습니다. 그래요. 운동의 방식은 많이 달라졌지만 우리 역사 속에는 동서고금을 막론하고 우리의 모델이 되는 삶들이 있습니다. 그분들의 삶을 읽으며 배우며 따라가는 거지요."
- 《세상은 꿈꾸는 사람들의 것이다》에서

시몬느 베이유는 박원순에게 인생의 참된 가치를 알려준 사람이다. 검사라는 명예로운 견장을 과감히 내려놓을 수 있었던 것도 인생의 참 가치를 알았기에 가능했다. 검사를 그만두던 해 박원순의 나이는 스물여덟 살이었다. 사표를 쓰며 박원순의 머릿속엔 수만 가지 생각이 스쳐 갔을 것이다. 아들이 검사가 되었다고 좋아하시던 어머니의 얼굴은 특히 지울 수 없었다. 그러나 박원순은 담담히 받아들인다.

박원순이 사표를 쓰자 고향 마을에선 '나쁜 일에 연루되어 사표를 썼다'는 괴소문이 돌기도 했다. 그렇지 않고는 못 해서 안달인 검사를 자기 손으로 그만둘 리가 없다고 생각했기 때문이다. 박원순은 개의치 않는다. 그는 폼과 거리가 먼 사람이다. 그가 세상을 바라보는 판단 기준은 '가치'에 있었으니까.

가치 있는 선택이라고 느껴지면 박원순은 즉시 행동에 옮긴다. 참여연대나 아름다운재단 같은 풀뿌리 시민운동도, 그것이 가치 있는 일이라는 확신이 없었다면 시작하지 않았을 것이다. 박원순은 《박원순의 아름다운 가치사전》에서 이렇게 소회했다.

"가치는 혼자만의 고민이 아니라 다함께 나누는 고민이어야 합니다. 재미없는 세상에 재미를 불어넣고, 모두가 똑같은 것을 따라하는 세상에 다양함을 심어주며 모든 이의 삶을 즐겁고, 재미있고, 의미 있고, 아름답게 만들어줄 가치를 이야기하고 싶습니다. 아름다운 합의를 가능하게 했던 아름다운 가치들을 좀 더 많은 이들과 나누고 싶습니다. 일상에 치이고 돈에 치여 잊고 지낸 가치를 끄집어내는 일은 제 자신의 삶과 주변의 삶, 우리 세상 전체를 다시 한 번 돌아보는 일이었습니다. 나눔과 돌봄의 가치가 사라져 가는 공동체, 일하는 재미를 느낄 수 없게 된 노동, 진정한 배움을 잊은 교육, 창의성이 사라진 정치, 경제, 사회……. 우리는 지금 무엇을 꿈꾸고 있습니까? 어떤 삶을 지향하고 있습니까? 우리 공동체가 가는 방향은 진정 옳습니까? 질문을 던져보고, 삶을 돌아보고, 마음을 가다듬어야 할 때, 지금이 그때입니다. 그러기 위해서는 삶의 가치에 대하여 생각해보아야 합니다."

세 걸음 걷고 때론
한 걸음 후퇴하기

《이성과 혁명》
Reason and Revolution

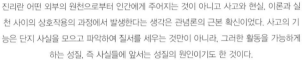

진리란 어떤 외부의 원천으로부터 인간에게 주어지는 것이 아니고 사고와 현실, 이론과 실천 사이의 상호작용의 과정에서 발생한다는 생각은 관념론의 근본 확신이었다. 사고의 기능은 단지 사실을 모으고 파악하여 질서를 세우는 것만이 아니라, 그러한 활동을 가능하게 하는 성질, 즉 사실들에 앞서는 성질의 원인이기도 한 것이다.

헤르베르트 마르쿠제, 《이성과 혁명》에서

"이보게, 박변. 뭘 그렇게 복잡하게 생각하나?"

"네?"

박원순은 속내를 들킨 것 같아 깜짝 놀랐다.

6·29선언은 일시적으로 이 땅에 완전한 민주화가 도래한 것 같은 착각을 불러 일으켰다. 그러나 착시는 오래가지 않았다. 권력에 의한 독재는 여전히 존재했고 인권유린도 계속되었다. 세상에 바뀌리라 기대했던 박원순은 큰 실의에 빠졌다.

결국 이 모든 것이 환상이었던가?

인권변호사로 활동했던 지난 몇 년의 세월이 주마등처럼 흘러갔다. 세상은 바뀌지도 않는데, 나는 무엇을 위해 젊음을 불태웠던가. 회의에 잠기는 날이 늘어갈 무렵 조영래 변호사가 박원순을 불렀던 것이다.

"길이 막히면 돌아가면 되네. 시간이 좀 걸릴 뿐이지만 목표를 향해 전진하는 데는 아무런 문제가 없어. 어떤가? 다른 세상으로 나가서 인식의 틀을 넓혀보는 게?"

조영래 변호사는 박원순에게 필요한 게 무엇인지 알고 있었다.

"그게 무슨 말씀이신지……?"

박원순은 짐짓 놀라는 표정을 지었다.

"이 사람, 미국도 좋고 유럽도 좋고 밖으로 나가서 견문을 넓히란 얘길세. 세 걸음을 위한 일보 후퇴지. 좀 쉬다 보면 더 좋은 아이디어를 얻을 수 있을 게야."

1. 이제는 시민 혁명이다

1991년 8월, 박원순은 런던으로 향하는 비행기 안에 앉아 있었다. 박원순의 머릿속은 여전히 복잡했다. 멘토가 되어주던 조영래 변호사도 이미 세상을 떠난 뒤였다. 이제는 홀로서기를 해야 할 때였다. 하지만 무엇을 할지 딱히 정해진 길도 없었다. 세상을 바꾸고 싶은데 현실은 녹록지 않았다.

박원순은 끝없이 꼬리를 물고 이어지는 실존적인 질문에 답을 찾았다. 아마도 이날, 박원순은 '이성적인 것은 현실적이요, 현실적인 것은 이성적이다Was vernünftig ist, das ist wirklich; und was wirklich ist, das ist vernünftig'라는

《이성과 혁명》의 한 구절을 떠올리고 있었는지도 모른다. 그날은 느끼지 못했지만 그때의 여행은 훗날 박원순의 인생에 있어 중요한 갈림길이 된다. 가난한 시골 농부의 아들로 태어나 검사·변호사의 반열에 오르고 인권변호사로 활약하던 젊은 날이 인생 1막이라면, 서른여섯에 길을 떠난 이날의 행보는 시민운동가로 전환을 알리는 인생 2막의 출사표였기 때문이다.

영국에 도착한 박원순은 부지런히 걸어서 런던을 돌아다녔다. 템스강 주변을 산책하며 한강을 어떻게 바꿀까 고민해보기도 하고, 런던 박물관을 서성이며 우리의 문화재를 어떻게 보존할지 아이디어를 짜보았다. 자동차를 렌트해 타고 다니면서 교통체계를 연구해보기도 했다. 은행이나 시장, 학교를 살피는가 하면 국회나 의회도 빼놓지 않고 관찰했다. 단순히 구경만 하는 게 아니라 사람을 만나 물어보고 책을 구해 읽어도 보았다.

우리나라는 언제부터인지 지자체 장들의 해외연수가 연례 행사로 자리를 잡았다. 국민의 비싼 세금으로 여행을 떠난 위정자들이 하는 일이란 연수 코스를 대충 둘러보고 관광을 하는 게 대부분이다. 이러한 관행이 심심찮게 언론에 보도되는 현실 속에서 박원순은 누가 시키지도 않았는데 자발적으로 시민을 위해 할 수 있는 일들을 구상하고 다녔던 셈이다.

박원순이 영국 사회를 돌아보고 내린 결론은 '혁신'이었다.

"개인이든 사회, 국가든 혁신은 늘 필요한 법이다. 혁신이야말로 개인과 사회, 국가를 과거보다 한 단계 더 발전시키는 원동력이다. 혁신에 늦고 게으른 개인이나 사회, 국가는 뒤처질 수밖에 없다. 그러나 새로운 혁신의 실험을 거듭한 개인이나 사회, 국가는 늘 진보해왔다. 인류의 역사에서 성공한 개인, 사회, 국가와 그렇지 못한 개인, 사회, 국가를 가르는 기준은 바로 혁신이다.

그러나 혁신은 늘 어렵고 부담스럽고 힘든 게 사실이다. 우리나라 관료 사회를 두고 하는 '3불타령'이라는 말도 있다. 규정타령, 선례타령, 예산타령이다. 뭔가 새로운 일을 해보려고 하면 "규정이 없습니다", "선례가 없습니다", "예산이 없습니다"라고 나온다는 것이다. 실제로 우리가 정부나 지방 정부와 일을 해보면 그런 이야기를 많이 듣는다. 담당 공무원과 이야기를 하고 설득하는 데 몇 달이 걸리고 그 공무원의 상급자에게 올라가면 또 몇 달이 걸리고, 그러는 사이에 담당자가 바뀌어버리고……. 그 좋은 제안은 그냥 물거품이 되고 마는 일이 비일비재하다. 그래서 절대로 공무원하고 일하지 않는다고 말하는 사람을 많이 봤다. 이런 관료 사회에서 나라의 비전을 발견하기 어렵다. 일본의 민주당이 집권하면서 내건 구호가 바로 관료주의 혁신이었다. 우리 역시 관료 사회의 혁신이 절박한 상황이다.

(……)

내가 영국에서 잠깐 유학한 것이 1991년의 일이다. 그때의 영국은 과거 대영제국의 명성은 사라지고 조용히 침몰해가는 나라처럼 보였다. 그러나 그 뒤 영국은 다시 활력을 찾아 여전히 성장하고 발전하는 나라가 되었다. 여러 가지 이유가 있겠지만 그 이면에 다양한 사회혁신의 바람이 있는 것 아닐까 싶었다. 영국의 시민사회가 바로 이런 사회혁신을 주도하고, 정부가 그것을 강력히 지원하고 기업과 함께 파트너십을 만들어가고 있는 것이다."

-《올리버는 어떻게 세상을 요리할까?》에서

박원순이 바라보는 공무원 사회의 제도적 모순은 날카롭기 그지없다. 박원순은 제도개선을 통해 불공정한 관행을 바로잡는 것으로부터 혁신의 해법을 제시했다. 아마도 이러한 통찰력이 훗날 그를 서울시장의 반열로 이끌었을 것이다. 2012년 7월 19일 서울 조선호텔에서 개최된 제179회 경총포럼에서 박원순 시장이 밝힌 시정 제시는 박원순의 가치관을 잘 보여주는 좋은 사례라 할 수 있다.

박원순은 다음 행보를 위해 임시로 거치는 서울시장이 되기를 단호히 거부한다. 시정에 몰두하는 시장, 진정으로 시민의 입장에서 시의 문제를 해결하고 싶은, 서울시의 백년지대계百年之大計를 설계하고 싶은, 일하는 서울시장. 그것이 박원순이 서울시장이 된 진짜 목적이었다.

"이제껏 서울시장은 모두 서울시장서 끝내지 않고 임기 중에 그 다음 단계를 보니 문제가 생겼습니다.

저는 정치적 행보보다 시정에 몰두하는 시장이 되겠습니다. 서울시는 무한 가능성을 지닌 곳입니다. 덴마크, 핀란드 등 유럽의 나라보다 인구가 많습니다. 하나의 큰 공화국인데 이를 맡은 사람이 서울에 전념하지 않고 그다음을 생각합니다. 자꾸 큰 걸 보여주려 하고, 그러다 보니 많은 문제들이 쌓이게 됐습니다. 저는 뭔가 보여드리려 하지 않겠습니다. 사실 뭔가 하려

고 해도 채무 상황 때문에 할 수가 없더군요. 고건 시장 시절 채무가 6조였
는데 이명박, 오세훈 시장 때 두 배로 뛰었습니다. 이분들도 뭔가를 하려고
해서일 것입니다. 청계천 복원사업을 예로 들면, 도시의 재생이 세계적인
트렌드고 굉장히 잘한 프로젝트이지만 오랜 시간에 걸쳐 정말 정교하게
옛날 모습을 복원했다면 유네스코 문화유산으로도 등록될 수 있었을 것인
데 너무 급하게 진행하니 제대로 복원하지 못하고 유물 등이 중랑물 재생
센터에 방치되는 등의 문제가 발생했습니다. 또 뉴타운은 어떻습니까? 가
든파이브, 은평 뉴타운의 미분양 사태로 서울시의 채무가 극대화됐습니
다. 뉴타운 및 재개발 사업을 다시 고민해 역사, 생태 환경을 재생하는 도
시 등 새로운 도시 계획을 준비 중입니다."

영국 생활 1년 동안 런던정경대학에서 디플로마 과정을 이수한 박
원순은 이듬해 미국으로 건너갔다. 표면적으로 미국 방문 목적은 한
시민단체에서 인턴으로 활동하는 것이었다. 그 기간 동안 박원순은 미
국의회를 비롯해 미국의 민주주의가 어떻게 움직이는지 샅샅이 훑고
다녔다. 보스턴이나 하버드대학 앞의 책방들, 워싱턴의 책방들도 박
원순의 단골 행선지였다. 하버드대학 중앙도서관을 거의 매일 들락거
리고 법대도서관의 자료를 거의 전부 섭렵하며 필요한 자료를 한가득
복사했다. 심지어는 미국국립문서보관소를 뒤지기도 했다. 거의 매일
책을 복사하다 보니 도와주던 부인이 쓰러진 일도 있었고, 대학도서관
에서 복사비를 청구하는 일도 벌어졌다. 우여곡절 끝에 엄청난 분량의
자료가 쌓였고, 이렇게 수집한 자료는 훗날 시민단체 설립의 정신적

자산이 된다. 하다못해 휴식을 겸한 외국 유람조차 박원순에겐 버릴 수 없는 시간들이었던 셈이다.

"세상이 바뀌지 않으면 시민이 바꾸어야 한다."

돌아오는 비행기 안에서 박원순은 세상을 바꿀 당찬 꿈을 꾸고 있었다. 1993년 8월, 국내로 돌아온 박원순은 이때부터 부지런히 사람을 만나고 다녔다. 머릿속에 구상 중인 어떤 밑그림에 대한 자문을 구하기 위해서였다. 언론인 김중배를 비롯하여 사회학자 조희연, 김동춘 같은 이들이 박원순의 말에 귀를 기울이며 적극적으로 도움을 주기로 약속했다. 이렇게 해서 탄생한 것이 바로 〈참여연대〉다.

귀국 이듬해인 1994년 9월, 변호사 회관에서 창립대회를 열었다. 박원순이 서른아홉 되던 해였다. 참여연대는 기존과 다른 형태의 시민운동을 추구했다. 사회각층의 전문가들이 사회문제점을 끄집어내고 변호사들은 소송과 고발을 통해 법률로 사회적 아젠다를 만들어가는 방식이었다. 1994년 국민취저생활최저선확보운동을 비롯하여 1995년 사법개혁운동, 1998년 소액주주운동, 1999년 예산감시정보공개운동, 2000년 부적절한국회의원후보자에대한공천반대 및 낙선운동, 2001년 이동통신요금인하운동, 2002년 대선정치자금감시운동 등이 이렇게 해서 탄생한 참여연대의 작품이다.

"지금 우리는 시대적 전환기에 서 있습니다.

경제성장이라는 구실을 내걸며 30년이 넘는 긴 세월 동안 국민 위에 군림하던 군부정권은 마침내 국민의 결집된 힘 앞에 굴복했습니다. 소련과 동

유럽 공산권의 붕괴를 계기로 한반도를 둘러싼 국제정세도 시시각각으로 변화하고 있습니다. 뿐만 아니라 국가 간의 경쟁이 가속되면서 세계의 질서를 근본적으로 개편하는 움직임도 일고 있습니다. (……)

80년대까지는 민주주의를 쟁취하기 위한 행동은 최루탄 연기가 자욱한 길거리에서 벌어졌습니다. 그러나 이제는 상황이 다릅니다. 새로운 시대를 맞이하여 참된 민주주의를 건설하기 위한 행동은 사회와 정치무대의 한복판에서, 그리고 국민의 일상생활의 과정에서 일어나야 합니다. 민주주의란 문자 그대로 국민이 나라의 주인이라는 것을 뜻합니다.

그럼에도 불구하고 지금까지는 주인이 머슴처럼 취급 받고 국민의 공복에 불과한 사람들이 주인 위에 군림하는 시대착오적인 현상이 만연해왔습니다. 누가 권력을 잡든 이러한 본말전도적 현상을 스스로 개선하려 하지 않습니다. 따라서 국민 스스로의 참여와 감시가 필요합니다. 몇 년에 한 번씩 투표를 함으로써 나라의 주인의 지위를 확인할 수 있는 것이 아닙니다. 명실상부한 나라의 주인이 되기 위해서는 매일매일 국가권력이 발동되는 과정을 엄정히 감시하는 파수꾼이 되어야 합니다. (……)

오랜 산고 끝에 우리는 새로운 사회의 지향점을 '참여'와 '인권'을 두 개의 축으로 하는 희망의 공동체 건설로 설정했습니다. 우리는 '참여민주사회와 인권을 위한 시민연대^{약칭 참여연대}'가 여러 시민들이 함께 모여, 다 같이 만들어가는 공동체의 조그만 밑거름이 되기를 바라마지 않습니다. 모두가 힘을 합쳐 새로운 시대, 참여와 인권의 시대를 만들어갑시다."

- 〈참여연대〉 창립 선언문에서, 1994년 9월 10일

2. 헤르베르트 마르쿠제
- 신좌익운동의 정신적 지주

마르크스Karl Marx와 프로이트의 결합을 시도한 헤르베르트 마르쿠제Herbert Marcuse는 20세기 중반 이후 가장 빈번하게 인용되는 철학자 중의 한 사람으로 사회경제철학사에 자리 잡고 있다. 고도산업사회에 있어 인간의 사상과 행동이 체제 안에 완전히 내재화하여 변혁력을 상실했음을 예리하게 지적한 《일차원적 인간One Dimentional Man》으로 세계 지성계에 이름을 알린 마르쿠제는 《이성과 혁명》을 위시하여 《에로스와 문명Eros and Civilization》, 《소비에트 마르크스주의Soviet Marxism》 등의 저작을 연이어 펴내며 급진좌익운동의 정신적 지주로 추앙 받게 된다. 마르쿠제는 칼날 같은 문장을 통해 선진산업사회를 비판하고 '정치적 급진주의'를 옹호했으며, 그의 주장은 세계 각국에 커다란 영향을 준 것으로 회자된다.

마르쿠제는 19세기가 저물어갈 무렵인 1898년 7월, 독일 베를린에서 부유한 유대인의 아들로 태어났다. 유년 시절부터 총명했던 마르쿠제는 베를린대학과 프라이부르크대학에서 철학과 사회학을 전공하고 1922년 철학학위를 받았다. 후설Edmund Husserl과 하이데거Martin Heidegger 밑에서 철학을 연구했으며, 1930년 호르크하이머Max Horkheimer가 프랑크푸르트대학에 '사회연구소'를 설립하자 아도르노, 프롬 등과 함께 참가, 사회철학을 연구했다. 이후 전쟁이 거듭되자 1933년 스위스로 망명했으며 1934년 다시 미국으로 이주했다.

이때부터 마르쿠제는 프로이트를 방법론으로 삼아 1936년 에리히 프롬Erich Fromm, 호르크하이머와 함께 나치스가 대두하게 된 사회 심리학적 기초인 권위주의를 연구한 《권위와 가족Autorit□t und Familie》을 발표했다. 1941년부터 9년 동안 미국 국무성에 근무했고, 1952년 대학으로 자리를 옮겨 컬럼비아대학에서 러시아 연구에 종사했다. 1954년 브랜다이스대학의 교수가 되었고, 1965년에는 캘리포니아대학 철학교수로 자리를 옮겼다.

학생운동을 '자유를 향한 항해'로 규정한 마르쿠제는 운동가가 아니라 이론가였다. 하지만 그가 지나온 사상적 행로는 매우 다양하고 복잡하다. 마르쿠제는 과학적 마르크스주의, 하이데거의 현상학적 실존주의, 헤겔 철학, 프로이트 심리학, 휴머니즘적 마르크스주의, 프랑크푸르트학파의 비판이론, 기타 사회주의 이론 등 다양한 사상과 이론을 수용하거나 비판하면서 자신의 사상을 발전시켰다. 그러나 중심은 언제나 마르크스주의였다. 자유와 진보, 급진적 좌익운동을 지지했지만 자신의 이론과 달리 미국의 정보기관에 오랫동안 협력했기 때문에 그에 대한 비판도 잇달았다. 하지만 이러한 비판과는 별개로, 그의 이론이 혼란스럽던 20세기에 하나의 좌표처럼 젊은이들을 사로잡았던 것도 사실이다. 21세기를 맞이한 지금까지 그의 저작들이 여전히 읽히고 있는 이유다.

3. 《이성과 혁명》

- 혁명은 냉철한 이성으로부터

1933년 히틀러가 집권하자 일부 미국 학자들은 헤겔을 신랄하게 비난했다. 나치즘의 정신적 뿌리가 헤겔에 있다고 보았기 때문이다. 마침 나치를 피해 미국으로 건너온 독일 철학자 마르쿠제가 그 사실을 접하고 헤겔 옹호에 나선다. 마르쿠제의 대표작 《이성과 혁명Reason and Revolution》은 1941년 영어로 뉴욕에서 출판되었는데, 이 책에서 마르쿠제는 '헤겔의 정치이론은 본질적으로 합리적인 반면 나치는 비합리적이어서 헤겔을 전체주의와 결부시키는 건 부당하다'는 의견으로 미국 학자들의 비판을 잠재웠다.

마르쿠제는 헤겔의 철학을 프랑스혁명의 이념을 계승한 혁명적 철학으로 파악하고, 그에 있어서의 '이성'은 자유를 향한 도정인 역사를 지배하는, 현실변혁적인 '부정의 힘'으로 규정, 모순 개념을 역사를 추진하는 원동력으로 파악했다. 이러한 전제하에서 마르쿠제는 인간의 진정한 욕구를 억압하고, 인간의 노동을 소외시키는 현대 고도산업사회의 비인간적인 불합리성을 고발해 나간다.

《이성과 혁명》은 1편 헤겔 철학의 기초, 2편 사회이론의 발전, 그리고 결론으로 구성되어 있다. 마르쿠제가 파악한 헤겔의 본질은 부정의 철학이다. 마르쿠제는 '이성적인 것이 현실적이요, 현실적인 것은 이성적'이라는 헤겔의 유명한 명제를 통해 이성과 현실의 변증법적 통일을 시도한다. 이성은 부정을 낳고 부정은 비판을 낳고 비판은 혁명을 낳는다. 나아가 마르쿠제는 헤겔 철학에 대한 기존의 해석을 뒤엎고 헤겔의 이성의 철학이 마르크스의 혁명의 사회이론으로 발전할 수밖에 없었던 내적 필연성을 밝히는 데 집중한다. 따라서 프랑스혁명은 이성이 궁극적으로 현실을 지배한다는 것을 입증한 사례라고 역설한다. 마르쿠제는 "이성은 그 자신의 힘에 의해 사회의 비합리성을 배제하고 인류의 모든 억압자들을 타도할 것"이라고 주장했고, 이런 주장은 세계 젊은이들로부터 큰 호응을 얻었다.

헤겔주의의 종언

마르쿠제는 헤겔 철학의 의미를 서구 합리주의의 진보적 관념들을 고수하고, 그 관념들의 역사적인 운명들을 해명했으며, 근대사회의 적대관계들이 진행되는 가운데서 이성의 권리와 그 힘을 밝히려고 한 것으로 해석했다. 그러나 이러한 헤겔 철학에는 한 가지 위험 요소가 도사리고 있었는데, 그것은 헤겔 철학이 국가의 형태를 분석하기 위해 이성의 기준을 사용한 데서 비롯된다. 헤겔은 국가가 합리적일 경우에만, 즉 국가가 개인의 자유와 인간의 사회적 잠재능력을 보호하고 촉진시키는 경우에만 국가의 기능을 제대로 하는 국가로 인정했던 것이다. 하지만 당시의 사회현실 속에서는 이러한 기준을 충족시키는 국가의 탄생이 요원할 수밖에 없었다. 헤겔의 고민은 여기에 있었다.

초기 헤겔은 이성의 실현을 하나의 질서, 즉 프랑스혁명이 타파된 후 유럽에 나타났던 주권, 민족국가에 결부시켰다. 이 과정을 통해 헤겔은 자신의 주장을 역사적인 시험대 위에 올려놓았다. 그러나 이러한 생각은 그 출발부터 삐걱거렸다. 이것을 증명하는 궁극적인 사례가 있는데 이탈리아의 파시즘과 독일의 국가사회주의가 헤겔이 취한 태도에서 일견 보였기 때문이다. 그러나 사실 파시즘과 독일의 국가사회주의는 헤겔의 주장과 정면으로 위배되는 것들이다. 헤겔이 제시한 개인의 자유가 보장되지도 않았을 뿐더러, 인간의 사회적 잠재력이 철저히 무시되고 국가가 우선시되는 사회가 독일과 이탈리아 위정자들이 구축한 질서였기 때문이다. 그럼에도 불구하고 제1, 2차 세계대전을 거치며 자유주의 체제가 권위주의로 변화하는 과정에서 헤겔의 철학은 그 뿌리를 의심받게 되었다. 마르쿠제가 헤겔주의와의 단절을 시도하는 이유가 여기에 있다.

파시즘의 '헤겔주의'

마르쿠제는 헤겔 철학의 유산과 변증법이 마르크스주의자들 가운데 급진파에 의해서만 옹호되는 반면, 이와 정반대되는 정치사상 진영에서는 파시즘으로 연결될 가능성이 높은 헤겔주의가 부활하고 있었다고 보았다. 마르쿠제는 진원지를 독일과 함께 제2차 세계대전을 일으킨 이탈리아로 보았다.

이탈리아의 신 관념론은 처음부터 민족통일운동과 연결되어 있었으며 나중에는 제국주의 경쟁자들에 대항하여 민족주의 국가를 강화하려는 경향으로 연결되었다. 신생 민족국가의 이데올로기가 헤겔 철학에서 그 지지기반을 찾았다는 사실은 이탈리아의 특수한 역사적 발전에 의해 설명되어야 한다. 그 최초의 단계에서 이탈리아의 민족주의는 이탈리아 민족의 통일에의 열망을 바티칸의 이익에 해로운 것으로 간주하는 가톨릭교회와 싸워야만 했다. 이때 독일 관념론의 프로테스 탄트적 경향이 가톨릭교회와의 싸움에서 세속적 권위를 정당화시킬 수 있는 무기를 제공해준 것이다.

그러나 이탈리아의 관념론은 그것이 헤겔 철학을 설명하고 있는 한에서만 헤겔적이었다. 스파벤타Bertrando Spaventa와 크로체Benedetto Croce 가 헤겔의 체계를 새롭게 이해하는 데 공헌했지만, 크로체의 논리학과 미학은 헤겔주의를 부활시키려는 의도였다. 그러나 이탈리아의 관념 론이 파시즘으로 접근하면 할수록 그것은 헤겔주의로부터 멀어져 갈 뿐이었다. 이 과정에서 마르쿠제는 이탈리아 철학자인 젠틸레Giovanni Gentile의 주장을 강하게 공박한다. 젠틸레의 저작들과 파시즘 철학의 후기의 발언 모두에 적용되는 하나의 중요한 진리가 있는데, 그것은 둘 다 철학적인 차원으로 취급될 수 없다는 점이라고 마르쿠제는 주장 한다. 젠틸레의 모든 관념론의 근본 원리, 즉 진리와 사실 사이에는 혹 은 정신과 현실 사이에는 적대관계와 긴장이 존재한다는 주장을 포기 한 것이다. 이런 주장으로 마르쿠제는 파시즘과 헤겔주의의 과감한 단 절을 시도한 셈이다.

젠틸레는 자신의 저서인 《파시즘의 기초Philosopher Of Fascism》에서 모 든 강령들의 폐지가 바로 파시즘의 철학, 그 자체라고 선언한 바 있다. 파시즘은 어떤 원리에 의해서도 속박되지 않으며, 변화하는 힘의 배치 와 보조를 맞추는 경로의 변화만이 파시즘의 유일한 강령이라는 선언 이었다. 마르쿠제는 특히 이 구절을 강조하며 이런 주장이 권위주의 국가의 하나의 본질적 속성, 즉 그 이데올로기의 모순을 드러낸다고 보았다. 파시즘 정치의 실천적 목적의 외부에, 또는 그것을 넘어 존재하는 어떤 진리에 충성한다는 것은 무의미하며, 이론 그 자체와 모든 지적 활동은 변화하는 정치의 요구에 이바지하는 것이라고 보았다. 이런 주장을 통해 마르쿠제는 파시즘과 헤겔주의를 별개의 것으로 보려고 노력했다.

마르크스의 '소외된 노동'

① 소외

소외란 어떤 대상이 그것에 의해 움직이는 주체에 의해서 소원한 존재로 나타나는 사태를 말한다. 진보적인 사회적 상황에서 소외로 인한 노동자의 몰락과 궁핍은 그 자신의 노동의 산물이며, 그 자신이 생산한 부의 산물이다. 이처럼 빈궁은 현존 생산양식의 본성에서 생기며, 그것은 근대사회의 본질 그 자체에 뿌리박고 있는 것이다.

② 노동

노동은 단순한 경제적 활동Erwerbstatigkeit이 아니라 인간의 실존적 활동이며, 인간의 자유롭고 의식적인 활동이다. 인간의 생활을 유지하기 위한 수단이 아니라 인간의 보편적 본성을 발전시키기 위한 수단인 것이다. 따라서 새로운 범주들은 인간, 즉 그의 재능, 능력, 욕구를 무엇으로 만드는가를 알아보기 위해서 경제적 현실을 평가할 것이다.

③ 노동의 소외

마르크스는 첫째 노동자와 그의 노동의 산물과의 관계를, 둘째 노동자와 그 자신의 활동과의 관계를 예로 들면서 노동의 소외를 설명하고 있다. 즉, 자본주의 사회에 있어서 노동자는 상품을 생산한다. 대규모의 상품 생산은 자본, 즉 오로지 상품생산을 촉진시키기 위해 사용되는 부의 거대한 집적을 요구한다. 따라서 노동은 자신이 창조한 힘의 희생물이 되는 것이다.

④ 노동의 대상화

노동의 대상화는 대상의 상실과 대상에 의한 예속으로 나타나고, 소외와 수탈로서의 전유로 나타난다. 노동자는 그의 생산물로부터 소외되는 동시에 그 자신으로부터도 소외된다.

⑤ 강제노동

노동하지 않을 때는 자기이고, 노동하고 있을 때는 본래의 자기가 아니다. 노동은 자발적으로 행해지는 것이 아니라 강제적으로 행해지는 것이다. 그것은 강제노동인 것이다. 그러므로 그의 노동은 욕구의 충족이 아니며, 노동의 외부에 있는 욕구의 충족을 위한 하나의 수단일 따름이다.

⑥ 노동 분업

노동의 소외는 모든 계급사회의 형태에 특징적인 노동의 분업으로 이끌어간다. 개인은 특수하고 전문적인 활동 영역을 가지고 있으며 그 것은 각 개인에게 강제되어진 것이고, 아무도 거기에서 빠져나올 수 없다. 이와 같은 분업은 부르주아 사회에 있어서 개인의 추상적인 자유가 선언되었을 때라도 결코 극복되는 것이 아니다. 노동이 그 대상으로 분리되는 것은 결국 '인간이 인간으로부터 소외되는 것'이다. 즉, 개인은 서로 고립되어 대립하게 된다.

⑦ 사물화

사물화는 인간들 사이의 현실적인 사회적 관계들을 물질적 관계들의 총체로써 제시하고 그럼으로써 이 사회적 관계의 기원과 그 영속성의 메커니즘, 그리고 이 관계의 변혁 가능성을 은폐시킨다.

⑧ 노동양식

노동양식은 모든 인간적인 능력을 왜곡시키고, 부의 축적은 빈곤을 중대시키며 기술적 진보는 죽은 사물에 의한 인간세계의 지배를 이끈다. 객관적인 사실들이 생생하게 살아서 사회의 고발에 참여한다. 즉, 경제적 현실들이 그들 자신의 본래적 부정성을 발휘하는 것이다.

⑨ 소외된 노동의 지양

인간의 사회적 실천은 부정성과 더불어 그 극복도 구체화한다. 자본주의 사회의 부정성은 노동의 소외에 있다. 따라서 이 부정성의 부정은 소외된 노동의 지양에서 발생할 것이다. 소외는 사유 재산에 있어서 가장 보편적인 형태를 취했으며 그것은 사유재산제의 폐지에 의해서 치유될 것이다. 가장 주목해야 할 것은 마르크스가 사유재산제의 폐지를 단지 소외된 노동의 지양을 위한 수단으로 생각했지 그 자체를 목적으로는 보지 않았다는 점이다.

⑩ 사회 분열

노동의 소외는 대립된 계급으로 분열된 사회를 조장한다. 개인의 능력과 욕구를 고려하지 않고 분업을 행하여 개개인에게 각기의 역할을 할당하는 사회조직은 개인의 활동을 외적인 경제력에 구속하는 경향이 있다.

4. 원순 씨 생각
- 시민의 힘으로 세상을 바꿀 수 있습니다

박원순은 움직일 타이밍을 잘 아는 사람이다.

그는 검사로 임용되어 잠깐 권력의 맛을 향유했지만 이내 자신의 길을 찾아 인권변호사로 돌아섰고, 인권변호사로서 정점에 올랐을 때 더 큰 비전을 위해 시민단체인 참여연대를 설립했다. 그리고 마르크스가 사유재산제 폐지 주장을 통해 썩은 자본주의를 향해 칼날을 겨누었듯이 박원순은 시민을 위한 시민운동을 통해 우리 사회 깊숙이 자리 잡은 부정부패를 향해 칼을 겨누었다.

그간 참여연대가 보여준 화려한 이력에서도 알 수 있듯이 박원순의 계획은 애초의 목표를 훌쩍 뛰어넘어 우리 사회의 건강한 기둥으로 시민운동이 자리를 잡게 했다. 마르크스가 노동자의 힘을 믿었듯이, 박원순은 개인의 힘이 아닌 시민의 힘을 믿었고 그것이 세상을 바꿀 수 있다고 확신한다.

2003년 이화여대 학생들을 대상으로 한 특강 자리에서 박원순은 참여연대가 만들어질 당시의 상황을 이렇게 기억했다.

"제가 가진 신념 중의 하나가 세상은 하루아침에 바뀌지 않는다는 겁니다. 사실 제가 1980년대 인권변론을 할 때는 지금의 신념과는 반대로 하루아침에 세상이 바뀔 거라는 기대를 가지기도 했습니다. 어둠이 깊을수록 새벽이 가깝다는 말을 믿었습니다. (……) 세상에 혁명은 필요합니다. 우리 사회에 얼마나 절망적이고 엉망진창인 부분이 많습니까? 점점 좋아지고 있기는 합니다만 여성의 인권만 하더라도 정말 혁명이 필요하다고 생각합니다. (……) 그러나 혁명이 옳니까? 어디 총 들고 나간다고 세상이 바뀝니까? 결국은 점진적인 변화밖에 없겠다, 하는 생각이 들었습니다. (……) 처음 참여연대 같은 조직이 필요하지 않느냐고 이런저런 사람이 모여서 이런저런 회의를 시작할 때만 해도 그게 무슨 운동이 되겠느냐고 회의하는 사람이 많았습니다. 그래도 그걸 준비하는 우리들은 굉장히 의욕이 넘쳤습니다. 밤마다 모여 온갖 논쟁과 회의를 거듭했지요.
제일 먼저 이름이 문제였습니다. 그 당시 '인권운동사랑방'이라는 기존의 단체도 함께 합치자고 이야기가 되었는데, 그러다 보니 우리 모임의 이론

가격인 조희연 교수를 비롯한 사회과학자 그룹이 주창한 '참여민주주의연대'와 더불어 '인권'이라는 단어가 안 들어갈 수가 없게 되었습니다. 그래서 인권과 참여민주사회를 위한 시민연대, 인권과 참여를 위한 시민연대, 참여민주사회 시민연대 등 다양한 이름이 나왔고, 처음에는 인권과 참여민주사회를 위한 시민연대라는 이름이 채택되었습니다. 그런데 이걸 누가 기억합니까? 기자는커녕 우리 자신도 다 기억하지 못할 정도였습니다. 장고 끝에 악수였죠. (……) 이렇게 하나의 이름이 만들어질 때까지 오랜 세월이 걸렸습니다."

시위의 대명사가 된 1인시위도 참여연대의 간판 히트 상품이다. 재벌의 상속세 문제가 불거지고 국세청이 눈치를 보며 관망할 때 박원순은 피켓을 들고 국세청 앞으로 매일같이 출근해서 시위를 벌였다. 국세청 건물 안에는 외국 공관이 입주해 있어서 시위가 불가능했다. 하지만 법률상 시위는 '2인 이상'이기 때문에 1인시위는 합법이었다. 즉, 1인시위는 법의 저촉을 받지 않는 합당한 시위수단이었던 것이다.

혼자 땀을 흘리며 시위를 계속하자 언론이 주목했고 여론이 들끓기 시작했다. 결국 3개월 뒤 국세청이 손을 들었고, 해당 기업은 막대한 양의 세금을 물었다. 박원순으로부터 시작된 1인시위는 오늘날까지 이어져 시민들의 자발적인 자기표현 수단으로 자리하고 있다.

잘못된 관습과
무너진 양심에 맞서다

《정의가 강물처럼》

민주주의라는 간판을 들고 있는 사람들이라도 공산주의자들처럼 백성을 억압하며 가난하게 하고 비천하게 하는 독재자의 행세를 할 때에는 교회가 그들을 반대할 수밖에 없다.
지학순, 《정의가 강물처럼》에서

"더는 못 하겠어요. 그만두고 싶습니다."

2심 재판부가 판결을 뒤집자 우 조교는 한숨을 내쉬며 손을 내저었다. 1심에서 이겼던 재판을 성희롱의 범위가 모호하다며 원고 패소 결정을 내린 것이다.

"힘이 들겠지만 포기하면 안 됩니다. 이건 우 조교와 신 교수의 싸움이 아니에요. 이번 판결에 따라 우리 사회 전체가 바뀔 수 있습니다. 여기서 포기하면 제2, 제3의 우 조교들이 사무실의 어두운 구석에서 아무도 모르게 숱한 눈물을 흘려야 할 겁니다. 꼭 이기도록 하겠습니다."

박원순은 착잡한 심정으로 우 조교를 달랬다.

'과연 재판에 이길 수 있을까?'

우 조교를 돌려보낸 뒤에도 마음이 답답하기는 마찬가지였다.

'이 재판은 절대로 질 수 없는 싸움이야. 아니 져서는 안 되는 싸움이지. 반드시 이겨야 하는 싸움이라고. 반드시 이길 거야.'

박원순은 멀어지는 우 조교의 뒷모습을 바라보며 주먹을 불끈 쥐었다.

1. 세상을 바꾸기 위한 의미 있는 싸움

"어떻게 이런 일이?"

참여연대 설립으로 바쁜 나날을 보내고 있던 박원순의 눈이 번쩍 떠졌다. 신문에 보도된 '지도교수로부터 성적인 괴롭힘을 당했다'는 한 대학교 조교에 관한 이야기 때문이었다. 성적인 괴롭힘이라……. 박원순은 본능적으로 자리를 차고 일어났다. 조영래 변호사로부터 배운 동물적인 감각으로, 이번 사건이 한국 사회의 한 흐름을 바꿀 수 있는 역사적인 이슈임을 단박에 알아보았던 것이다. 성희롱이라는 단어는 물론이고 성차별이라는 말조차 생소하던 1990년대 초반의 일이었다.

외부에 알려진 사건의 개요는 이랬다.

시간은 1년 전인 1992년으로 거슬러 올라간다. 당시 서울대학교 화학과 실험실에서 조교로 일하던 우모 씨는 조교 재임용에서 탈락하자 '지도교수인 신모 교수가 불필요한 신체 접촉과 발언을 지속했고, 거부의사를 밝히자 불이익을 주었던 것'이라는 내용의 대자보를 학내에 게시했다. 이에 발끈한 신모 교수가 명예훼손으로 우 조교를 고소하면서 사건이 외부로 알려졌다. 이 사건은 패소와 승소를 오가며 자그마치 6년 동안이나 세상을 떠들썩하게 했다. 바로 '우 조교 성희롱사건'이다.

'이대로 두면 패소할 게 뻔해. 누군가는 나서야 한다.'

박원순은 이때부터 일명 '우 조교 사건'에 적극 개입, 변호인이 되기를 자처했다. 우 조교는 소장에서 '실험기기의 관리책임자이며 직속상관인 신 교수로부터 업무상 불필요한 신체 접촉과 성적 언동을 수차례 받아온 상태였고 둘만의 산책을 제의 받거나 입방식신 교수는 재임용됐으니 밥을 사라는 으레적인 농담이었다고 주장했다.을 하라'는 이야기를 들었고, 이에 심한 스트레스를 받다가 재임용에 탈락하자 '보복 차원의 불이익을 당했으며 교수의 이런 행동은 인간의 존엄과 근로여성의 부당한 차별금지와 보호, 근로권 등을 규정한 헌법, 근로기준법, 남녀고용평등법을 위반하여 원고의 인격권을 침해하고 실직을 초래했다'고 주장했다. 서울대학교 또한 '피고 신 교수에 대한 감독 의무를 소홀히 해 원고에게 손해를 입혔으므로 책임을 져야 한다'고 주장했다.

1심에서부터 불꽃 튀는 공방이 이어졌다. 1994년 4월, 서울민사지방법원은 신 교수의 행동을 '성적 접근 및 언동'이라고 표현하며 우 조교가 주장한 사실관계를 모두 인정했다. 재판부는 성적 자유 및 인간의 존엄성이 보장되는 근로조건에서 일할 권리를 침해했다며 신 교수에게 총 3천만 원을 배상하라고 판결했다. 신 교수는 억울함을 호소하며 즉각 항소했고, 1995년 7월 서울고법에서 열린 항소심에서 1심과 달리 승소 판결을 이끌어냈다. 2심 재판부는 성적인 희롱의 범위가 모호하기 때문에 신 교수의 행동에 법적 책임을 묻기 어렵다고 밝혔다. 신 교수를 옹호하는 측은 재판결과에 환호했고, 여성단체와 인권 단체들은 이번 판결이 시대착오적이라며 강력하게 반발했다.

주사위는 이제 대법원으로 넘어갔다. 1998년 2월, 대법원은 성희롱의 위법성 문제는 종전에는 법적 문제로 노출되지 아니한 채 묵인되거나 당사자 간에 해결되어 왔으나 앞으로는 빈번히 문제될 소지가 많다고 판시하고, "상대방의 인격권과 존엄성을 훼손하고 정신적 고통을 주는 정도라면 위법에 해당된다"며 사건을 서울고법으로 되돌려 보냈다. 이에 따라 1999년 6월 서울고법은 우 조교의 주장 중 일부를 인정, "피고가 재임용 추천권한을 이용, 지속적으로 성적 의도를 드러낸 언동을 했으며, 이는 사회통념상 허용되는 단순한 농담이나 호의적 언동의 수준을 넘어섰다"고 성희롱 책임을 인정하고 "신 교수는 원고에게 500만 원을 지급하라"는 일부 승소 판결을 내렸다.

훗날 《나는 성희롱 교수인가》라는 책을 펴내기도 했던 신 교수는 자신의 행동은 기기 다루는 법을 교육하는 과정에서 불가피하게 발생한 것으로 순수한 친밀감의 표시였으며, 재임용 추천을 하지 않은 것은 원고의 불성실하고 원만치 않은 업무처리 때문이라고 주장했다. 나아가 자신은 원고의 임용에 관한 실질적인 결정권을 가지지 않는다고 주장했다. 하지만 신 교수의 가족들을 비롯하여 제자들 일부가 신 교수의 무고를 주장했으나 받아들여지지 않은 것은 이전까지 관행처럼 여겨지던 직장 내 성희롱 문제를 짚고 넘어가려는 재판부의 의지가 반영된 것으로 판단된다.

당사자 신 교수로서는 다소 억울할지도 모르지만 우 조교 사건이 나은 파장은 이후 여성발전기본법1996.7.1 시행, 남녀고용평등법1999.1, 남녀차별금지법1999.7의 시행 등의 긍정적인 변화로 이어졌다. 이로 인해 이전까지 쉬쉬하며 넘어갔던 성희롱에 대한 처벌이나 민사적 배상, 고용주의 직원 교육의무 등이 새롭게 가능해졌다. 박원순의 예리한 직감대로 우리 사회가 한 발 진보한 것이다.

2. 지학순
- 인권의 아버지

생전 김수환 추기경은 지학순 주교를 이렇게 평한 바 있다.

이 땅에서 사회정의와 인권문제에 대하여 관심을 가지고 있는 사람치고 지학순 주교님을 모르는 이는 없을 것입니다. 그만큼 지학순 주교님은 우리 교회에서뿐 아니라 일반 사회의 많은 사람들에게 친숙해 있습니다. 이러한 친숙함의 밑바닥에는 우리 시대의 고뇌와 아픔이 깔려 있고, 또한 시대가 주는 고난을 같이 나누고 있는 사람들끼리의 깊은 사랑과 이해가 자리하고 있습니다. (……)
많은 사람들이 인간의 존엄이 유린되어 힘없고 가난한 사람들의 울부짖음이 있는 현장에서 그들과 같이 계신 지학순 주교를 발견할 수 있었고, 정의와 양심이 외롭게 외쳐지는 법정에서 그분을 볼 수 있었습니다. 그분은 이 시대가 갖는 아픔과 고통의 현장, 그 한가운데 당신 스스로를 던져오고 있습니다. 참으로 어려운 일은 그분은 해내고 있는 것입니다.

대한민국 인권의 아버지로 불리는 지학순 주교는 일제강점기였던 1921년 평안남도 중화군 청학리에서 태어났다. 어릴 때부터 강직했던 지학순은 열여섯이 되던 해 성직자가 되기를 결심하고 소신학교에 입학했지만 병을 얻어 집으로 돌아와야 왔다. 병이 낫자 3년 뒤 덕원신학교에 입학했다. 하지만 이번에는 소련군 진주로 학교가 폐교되는 아픔을 겪었다. 북한이 공산정권에 들어가자 남하를 시도하다가 잡혀 스파이 혐의로 취조를 받았다.

남쪽으로 내려와 성신대학에 입학했으나 전쟁이 발발하자 자원입대, 횡성전투에서 발이 부러지는 중상을 입기도 했다. 전쟁 와중에 군화를 신고 신부 서품을 받았고 전쟁이 끝난 뒤 거제도에 포로수용소가 개설되자 포로수용소 교회로 부임하여 사제를 역임했다. 최인훈의 소설《광장》의 주인공 이명준처럼, 이처럼 그는 남과 북을 모두 경험했던 탓에 살아생전 분열을 봉합하고 화해와 사랑을 실천하기 위해 고행하듯 살았던 것이 아닐까 싶다.

전쟁이 끝난 뒤 청주 북문로 성당에서 본당 신부로 일하다가 1956년 로마 프로파간다Propaganda대학에 유학, 이곳에서 교회법 석사·박사 학위를 취득하고 1959년 귀국했다. 제2차 바티칸 공의회가 끝나던 1965년 원주교구가 서울대교구로부터 분리되어 창설되면서 주교 서품을 받고 천주교 원주교구의 초대 교구장이 되었다. 1968년에는 원주에 가톨릭센터를 세우고 민주화운동에 앞장서는 동시에, 1970년 원주 문화방송 설립에 참여하여 방송을 통한 복음 전파에 앞장섰다. 1971년 10월 원주시 원동 성당에서 사회정의 구현과 부정부패 규탄대회를 사흘에 걸쳐 교구 내 사제, 수도자, 평신도와 함께 열기도 했는데, 이날의 사건은 한국 천주교회가 처음으로 주교의 지도 아래 공개적·대중적으로 사회악과 부정부패에 저항하고 나선 역사적 행보로 회자된다.

교회는 인간의 기본권과 또 인간의 구원이 요구한다면 사회적, 국가적, 국제적 차원에서 정의를 선포하고 불의의 사례들을 규탄할 권리가 있고, 그뿐 아니라 의무도 있다.

본격적으로 인권문제에 눈을 뜬 지학순은 1972년 9월 국제사면위원회 한국위원회 이사장으로 추대되었다. 계속해서 박정희의 유신정권을 비판하던 중 1974년 7월 6일 해외여행에서 돌아오다가 김포공항에서 중앙정보부에 체포되어 수녀원에 연금되었고, 이어서 7월 23일 '유신법은 무효'라는 양심선언을 내외신 기자 앞에서 발표함에 따라 다시 체포되어 징역 15년을 선고받는 우여곡절을 겪는다. 이를 계기로 천주교 정의구현 전국사제단이 출범했다. 8개월 가까이 옥고를 치르고 1975년 2월 18일 석방되었다.

1985년 남북한 정부의 합의에 따른 남북 이산가족 상봉 때 북한을 방문하여 35년 만에 누이동생 지용화를 만났으며, 분단 40년 만에 북한 땅에서 한국 천주교 신부로서는 처음으로 미사를 드렸다. 1993년 3

월 12일 지병인 당뇨병이 악화되어 선종했다. 지은 책으로는《내가 겪은 공산주의》,《정의가 강물처럼》등이 있다.

3.《정의가 강물처럼》
- 정의가 강물처럼 흐르게 하라

김수환 추기경은 책의 서문에서 이렇게 덧붙였다.

지 주교님을 얘기할 때 결코 빼놓을 수 없는 것이 양심선언입니다. 자신의 양심과 진실을 얘기할 수 없는 상황, 설사 얘기한다 하더라도 그 양심과 진실이 밝혀지거나 알려지지 않은 상황에서 자신의 양심과 진실을 지킬 수 있는 방법의 제시가 바로 그것입니다. 폭력에 의해 무너져 내려야 하는 양심과 조작된 진실에 대항할 수 있는 무저항의 길, 동시에 양심을 수호할 수 있는 길을 제시한 것입니다. 이로 인해 많은 사람들이 양심의 괴로움으로부터 해방되게 하셨습니다. 그렇게밖에 지켜질 수 없는 양심, 그렇게라도 지켜야 하는 양심, 그것은 눈물겹도록 고귀한 양심인 것입니다.

《정의가 강물처럼》은 총 여섯 개 장으로 구성된 지학순 주교의 강론집으로 1983년 형성사에서 초판이 나왔다. 1장 〈교회와 사회〉는 한국사회에 종교가 필요한 이유와 지학순 주교가 교회 지도자들에게 드리는 글, 한국교회의 위기와 반성 등의 내용으로 이루어져 있다. 2장 〈사회정의와 인권〉에서는 본격적으로 인간의 존엄성과 교회의 역할, 사회정의와 인권, 법률과 인권 등의 테마를 바탕으로 민주주의에 대한 열망과 후진적인 인권 문제를 거론하고 있다. 3장 〈교회와 쇄신〉에서는 교회사의 반성과 교회의 사명과 쇄신, 교도권과 한국 교회 등, 사회개역을 위해 개선되어야 할 교회의 자기반성을, 4장 〈정치와 사회〉에서는 민중의 생활과 한국 정치, 경제 현실 제반, 우리 민족이 나아갈 길을, 5장 〈노동자 문제와 농민문제〉에서는 노동자와 농민 문제로 눈을 돌려 노동자의 인권과 농민의 권익을 위한 사안을 다루고 있다. 마지막 6장 〈성월강론, 메시지, 축사〉는 단상과 짧은 수필을 모아놓은 글로 주로 참된 용기에 대하여 말하고 있다.

우리에게 종교가 필요한 이유

지학순 주교는 우리에게 종교가 필요한 이유를 사회 제반 현상에서 찾고 있다. 자고 일어나면 매일같이 신문지상을 장식하는 사기와 강도, 살인, 자살 등의 사건 사고를 막기 위해서는 먼저 국민들 스스로 도의를 바로 세워야 한다고 주장한다. 제대로 된 교육을 통해 도의가 바로 서고 양심이 바로잡혀서 각 사람마다 자기 스스로 잘하려고 노력할 때에 비로소 사회 정의가 실현되는 것이다.

그러나 사람의 양심 문제나 도의 문제는 교육의 강화만으로써 해결될 수 있는 문제가 아니기도 하다. 지학순 주교는 우리에게 종교가 필요한 이유가 여기에 있다고 주장한다. 바른 종교의 올바른 교육과 수양을 통하여 사람의 양심을 바로 도야시켰을 때 사람은 자율적으로 의리와

법을 지키게 될 것이고, 또한 인간 본연의 도의생활이 이룩되는 것이며, 이렇게 되어야만 모든 것이 제대로 자리를 갖추게 된다는 것이다.

종교를 믿으려면 목적을 취하지 말고 진실로 믿어서 종교의 원리가 그 사람의 생활에 직접 반영이 될 때 비로소 참된 종교인이 될 수 있다. 꼭 종교의 경우에만 해당되는 게 아니라 모든 것이 그렇다. 현대 인들의 가장 큰 문제는 인간의 교양을 물질문명에만 두고 있다는 점이다. 돈 많고 권력 많은 사람이 훌륭한 사람 취급을 받지만 이건 크게 잘못되었다. 물질문명을 우선에 둔 현대의 병이 고쳐져야 세계적인 불안과 공포에서 비로소 인류가 참된 안정을 찾을 수 있다는 이야기다.

교회와 정치

종교의 정치 참여는 예나 지금이나 논쟁거리인 모양이다. 실상은 종교와 정치가 분리되어야 하는데 종교인들은 교회 안에서 기도나 하지 왜 정치에 참견을 하느냐며 종교의 사회참여 자체를 부인하는 사람이 있는가 하면, 종교의 사회참여 자체는 인정하나 참여방법에 대하여 왈가불가하는 사람도 있다. 지학순 주교는 종교인의 정치 참여를 사회적 필요 차원에서 해석한다.

누구나 자기가 사는 사회 안에서 일어나는 문제에 대하여 말할 수 있지만 적어도 지성인이라면 객관적 진리에 근거를 두고 자기주장을 내세워야지 무조건 자기주장이 옳다고 강변해서는 안 된다는 게 그의 주장이다. 이야기를 하다가 자기의 주장이 진리와 부합되지 아니하고 다른 사람이 주장하는 것이 옳을 때는 그 사람이 어떠한 사람이건 자기의 주장을 버리고 진리에 맞는 주장을 받아들일 수 있는 사람이 되어야 한다는 이야기다.

현대는 옛날과 달리 백성들이 집권자들에 의하여 지배당하는 시대가 아니라 소위 주권재민의 정신에 따른 민중이 국가사회에 있어서 주인노릇을 하는 시대다. 그래서 국민은 누구나가 자기 나라의 정치문제에 대하여 깊은 관심을 가져야 할 뿐만 아니라 자기나라 정치문제에 대하여 시시비비를 논할 수 있는 당연한 권리와 의무를 지니고 있다. 이것은 국가가 위정자들만의 것이 아니고 국민 전체의 것이며, 국가의 흥망은 위정자들만의 생존권에 관계되는 것이 아니라 국민 전체의 생존권에 관계되는 문제이기 때문이다. 그래서 나라의 일이 어떻게 되든지 정치는 정치인에게 맡기고 다른 사람들은 보고만 있고 참고만 있어야 한다는 이론은 성립될 수가 없다. 출간된 지 30년이 지난 오늘까지도 지학순 주교의 이런 가르침은 여전히 유효하다.

사회정의와 인권

정부는 공산주의와 대치하고 있다는 현실을 인권탄압의 정당성과 명분으로 삼고 있다. 그에 반대하는 사람들은 이제는 또 반공법으로 몰고 있다. 공산주의의 덕을 톡톡히 보고 있는 셈이다. 공산주의를 내세워 이 사회를 공산주의 통치상황과 접근시켜 비슷하게 몰고 나간다. 결국 북한 공산집단이 없으면 현 정권은 존립할 명분도 능력도 없는 것이다. 이런 억지와 아이러니가 우리의 현실이다. 사회정의를 주장하고 외치는 사람들에 대한 보복과 박해가 이렇듯 심각한 인권문제를 야기하고 있음에 반하여 그들에 의하여 자행되는 불의는 더욱 확대되고 있다. 우리는 그런 문제들을 정확히 인식할 필요가 있다. 사회정의는 권력이 인간을 한갓 생산수단으로 평가하거나 그들의 특수선의 유지에 필요한 한 가지 품목으로 간주할 때 파괴되기 시작한다. 따라서 사회정의와 인권은 둘이면서 하나다. 그러므로 인권운동이 곧 정의구현인 셈이다. 나아가 민주, 민생운동이다.

국가보안법에 대한 지학순 주교의 지적은 현재에도 여전히 날카롭다. 지학순 주교는 이념 논쟁보다는 예수의 사랑을 더 강조한다. 사랑 가운데 진리대로 사는 것이 예수그리스도의 가르침이다. 그리고 사랑 안에서만 내적 충족에 다다른다. 우리가 특수선 아닌 동등선과 사회정의와 인간의 존엄성을 이야기할 때 설혹 우리는 박해를 받을지 모르나 결코 우리는 외롭지는 않다. 역사가, 하느님이, 양심이, 진리가 우리들의 편이기 때문이다. 인간 활동의 최고기준으로 삼아야 할 것은 정의와 사회적 애덕인데, 그것은 곧 하느님의 진리요, 양심의 명령이기도 하다. 하느님의 명령엔 따를지언정, 부당한 국가의 명령에는 따를 수 없다는 의지가 드러나 있기도 하다.

법률과 인권

정부에서는 걸핏하면 법을 내세운다. 그런데 정부가 말하는 법이란 무언가? 히틀러의 나치 치하에서도 법률에 의해서만 사람을 잡아 가두었다. 일본 군국주의 식민통치 아래서도 일본 제국주의는 법에 의하여 독립운동가를 체포하고 처형했다. 현재의 공산주의 국가들도 그들 나름대로 법에 의하여 정권에 저항하는 사람들을 잡아 가두고 유형을 보낸다. 그렇다고 해서 히틀러의 나치즘 하에서 인권이 충분히 보장되었다고 말할 수 있는가? 일제의 식민통치하에서 식민지 국민인 우리 민족의 인권이 충분히 발양되었던가? 공산독재 치하에서 시민들이 기본적 인권을 향유하고 있다고 볼 수 있는가?

지학순 주교는 법률전문가들의 말을 인용하여 국민의 대표에 의하여 올바른 절차를 거쳐 제정되지 않은 법률은 이미 법률이 아니라고 말한다. 국민적 동의가 없는 법률은 법률이 아닌 것이다. 예를 들어 시인 김지하의 경우를 보자. 당시 김지하는 북괴의 선전활동에 동조한 작품을 썼다는 죄로 재판을 받았다. 물론 그 작품은 아직 쓰지도 않은 상태였다. 근로자들 또한 긴급조치 위반이나 엉뚱한 죄목을 만들어 투옥시켰다. 전태일의 어머니 이소선 여사의 경우처럼 사람을 잡아넣을 것을 미리 계획하고 그 사람의 죄를 만들어내기도 했다.

지학순 주교는 한국의 인권 문제를 논하는 국제여론에 정부가 "우리는 법을 어긴 사람을 법 절차에 의해 처벌한 적은 있어도 인권탄압 같은 것은 없었다"고 딱 잡아떼었음을 지적하며 법률과 인권이 국민을 위해 제 구실을 할 때 비로소 제대로 된 법률과 인권이 바로 설 것이라고 주장한다.

지학순 주교의 주장대로 정부가 가져다주는 은혜로서의 인권을 마냥 기대할 수는 없다. 그러기 전에 우리 스스로 인권을 제약하는 근본적 원인이 어디에 있는지 냉철히 분석하고 파악하지 않으면 안 되는 것이다. 인권은 찾기 위하여, 지키기 위하여 노력하는 사람에게만 주어지는 것이니까.

박정희 정권에 대한 나의 태도

당시 박정희 정권에 대해서도 지학순 주교는 두려움 없이 분명히 자기 소신을 밝혔다. 그는 자신의 투쟁을 가리켜 우리의 투쟁은 정권 투쟁이 아니라 인권·민권의 투쟁이라고 정의하고, 정권이 무너지면 사회의 혼란이 온다는 것도 당시 정부가 퍼뜨린 유언비어로 못 박았다. 악은 악 그 자체로서 소멸될 이유가 충분할 것이며, 또 그 혼란이 역사적 필연이라면 그것을 두려워할 이유가 없다는 생각이었다.

그는 '구더기 무서워 장 못 담그랴'라는 속담을 인용하며 "거듭 말하거니와 내가 희구하는 것은 민중 자신이 민중 자신의 운명의 주인공이 되게 하는 것이다. 내가 지향하는 것은 타도가 아니라 화해다. 정의로운 화해, 정의에 입각한 화해, 바로 그것이다"고 천명했다.

다만 정의가 강물처럼 흐르게 하라

요즈음 사회정의니 정의사회구현이니 하는 구호를 자주 접하게 된다. 강물처럼 조용히 오지 않고 폭포처럼 퍼부어진다. 그러나 정의라는 말이 너무 쉽게 쓰이지 않나 반성해본다. 정의라는 말을 들을 때의 그 감동, 그 말을 할 때의 벅찬 호흡을 생각하면 이 말이 분명 너무 쉽게 말하여지고 너무 쉽게 들리는 것이 아닌가 여겨진다. 정화도 마찬가지다. 사회를 정화한다고 해서 정화된다면 얼마나 좋겠는가. 오염된 하천을 정화하자면 상류로부터 오염물질을 점차적으로 제거하는 길고 긴 작업이 필요하다. 하물며 복잡한 인간사회야 더 긴 시간과 노력이 필요함은 물론이다.

만약 우리가 정화되어야 할 사회를 가지고 있다면 그 사회는 그 사회를 구성하고 있는 모든 사람의 책임이다. 책임을 공동으로 져야 할 사람 가운데 혹은 정화 대상자가 되어야 한다는 것은 그 개인의 아픔은 물론이요, 사회 전체의 아픔이다. 얼마만큼의 아픔을 가지고 정화를 했는지 깊이 생각해볼 필요가 있다.

정의를 실현하는 사람은 그 방법 자체도 정의로운 방법을 채택해야 한다. 정의의 방법이 과연 정의로웠으며 충분히 법적 근거와 정화될 사람의 인격과 인권이 충분히 보장되었는지에 대해서도 생각을 해야 한다. 척결해야 할 것은 부정과 부패요, 추구해야 할 것은 사회정의의 실현일 뿐, 사실상 그릇된 사회의 희생물이라 할 수 있는 개인에 대한 미움이나 보복이 있어서는 안 되겠다.

양심선언을 하기까지

작년1974년 7월 23일 내가 양심선언이라는 것을 한 이래 민주회복국민회의가 양심선언운동을 제창하고 그에 따라 권력의 공포에 더는 국민들의 호응을 받게 되기에 이르렀다. 사실 내가 양심선언을 하게 된 동기는 그리 별나거나 대단스럽지 못하다. (……) 나의 양심선언은 이렇게 시작된다.

1) 소위 유신헌법이라는 것은 1972년 1월 17일에 민주헌정을 배신적으로 파괴하고 국민의 의도와는 아무런 상관없이 폭력과 공갈과 국민투표라는

사기극에 의하여 조작된 것이기 때문에 무효이고 진리에 반대되는 것이다.

2) 소위 유신헌법이라는 것은 국민의 불가양도의 기본인권과 기본적인 인간적 품위를 집권자 한 사람의 긴급명령이라는 단순한 형식만 가지고 짓밟는 것이다. 이래서는 인간의 양심이 여지없이 파괴될 것이다. (……)

서슬 시퍼랬던 군사정권의 총칼 앞에서 양심선언을 할 수 있었던 사람이 과연 몇이나 될까. 수많은 사람들이 그 대가를 치르고 모진 고문 속에 불구가 되거나 사형장의 이슬로 사라져 갔다. 그러나 지학순은 두려워하지 않았다. 그가 맞서 싸우는 상대는 정의롭지 않았고 정의롭지 않은 것들은 반드시 쇠하게 될 것이라는 강력한 종교적 신념 때문이었다. 결과적으로 그런 그의 신념은 사실로 증명되었다.

4. 원순 씨 생각
- 세상은 투쟁을 통해 변화한다

'우 조교 사건'은 우리나라에서 최초로 법적으로 제기된 성희롱 소송이다. 이를 계기로 여성단체를 중심으로 성희롱의 개념과 적용범위에 대한 논의가 계속되었고, 결국 실정법이 관심을 가지면서 법 제정, 개정으로까지 이어졌다. 뭐니 뭐니 해도 우 조교 사건으로 성희롱에 대한 우리 사회의 인식이 변화한 것이 가장 큰 수확이었다고 박원순은 여러 차례 밝혔다. 한마디로 우 조교의 용기와 여성단체들의 적극적인 합류, 박원순을 비롯한 변호인단의 헌신적인 무료 변론으로 만 6년 만에 성희롱 사건은 원고의 승리로 이어졌고, 성희롱을 음지에서 양지로 끌어내어 법정에 세우게 된 것이다. 또한 남성적 편견 없이 건전한 상식에 따라 여성의 입장을 존중하여 판결을 내렸다는 점, 특히 신체 접촉뿐 아니라 언어 성희롱과 시각적 성희롱까지도 인정한 점은 큰 성과였다. 투쟁을 통해 세상을 변화시킨 것이다.

최근에도 박원순은《희망을 심다》를 통해 '우 조교 사건'을 이렇게 정의했다.

"성희롱 사건은 소송을 한번 해볼 만한 사건이고, 직장 문화가 걸려 있는 문제로 한국 사회의 인식을 바꿀 수 있는 아주 중요한 안건이라는 것을 깨달았어요. 우리가 이름을 무엇으로 쓰느냐에 따라 세상이 바뀔 거라고 생각했어요. 그래서 '성적 괴롭힘'이라는 용어를 쓰기로 한 거죠. 지금은 성희롱이라는 말을 보편적으로 쓰잖아요. 7년 동안 소송을 해서 우리 사회에 큰 변화를 이룩한 사건이죠."

우린 선택할 권리가 있다

《권리를 위한 투쟁》
Kampf ums Recht

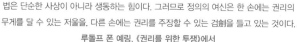

법은 단순한 사상이 아니라 생동하는 힘이다. 그러므로 정의의 여신은 한 손에는 권리의 무게를 달 수 있는 저울을, 다른 손에는 권리를 주장할 수 있는 검劍을 들고 있는 것이다.
루돌프 폰 예링, 《권리를 위한 투쟁》에서

"개인적으로 총선연대 활동을 하는 것은 매우 고통스러운 일이었습니다. 저는 그 당시 호랑이 등에 올라탄 기분이었다고 함께 일하는 사람들에게 자주 말했습니다. 여기서 호랑이란 국민들을 지칭하는 말이었습니다. 총선연대 활동을 하면서 낙선운동을 제안했던 실무자들을 원망한 적도, 그만두고 싶었던 적도 많았습니다. 한국처럼 인간적 관계를 중요시하는 사회에서 특정 사람을 낙선시켜야 한다고 지목하는 것은 너무 힘든 일이었습니다. 낙선운동 대상에는 개인적으로 친밀하게 지내왔던 사람들도, 연고가 있었던 사람들도 있었습니다. 실제로 낙선운동 대상에서 제외시켜달라고 청탁을 받은 적도 있었습니다. 검사님께서는 낙선운동 대상 선정이 몇몇 시민운동 지도부의 자의적인 결정이었다고 주장했지만, 이러한 개인적 청탁이 영향을 미친 적은 단 한 번도 없었습니다."

- 총선부패청산시민연대 최후변론에서, 2000년

1. 썩은 물결에 대항하다

대한민국만큼 국회의원 배지가 막강한 힘을 발휘하는 나라도 드물다. 헌법에 의해 그들은 자유 위임적 대의代議의무, 불체포특권, 면책특권, 청렴의무, 지위남용금지의무, 겸직금지의무, 법률안 제출권 등의 지위를 지니며 상임위원회소속 활동권, 의사진행발언과 동의권, 대정부 질의권, 의제에 대한 찬반토론권과 표결권, 수당과 여비를 지급받을 권리, 교통편익권 등을 갖는다. 또한 국회의원 4분의 1 이상의 찬성에 의한 임시국회소집요구권, 국회의원 20인 이상의 찬성에 의한 법률안 및 정부관계자 출석요구안 제출권, 재적의원 3분의 1 이상의 찬성에 의한 국무총리 또는 국무위원의 해임건의안 및 탄핵소추안의 제출권, 재적의원 과반수 이상의 찬성에 의한 헌법개정안 및 대통령탄핵소추안 같은 의안발의권도 지닌다. 부정을 저질러서라도 당선되고자 하는 이유가, 부정으로 당선되고도 국회의원 배지를 반납하지 않으려 드는 이유도 이런 특권을 쉽게 포기할 수 없기 때문이다.

옛 자유당 시절부터 국회의원들은 사실상 무소불위의 권력을 휘둘러왔다. 민의보다는 철저히 당리당략에 따라 움직였고, 지역감정으로 인해 특정 당 간판만 달면 당선되는 사례도 허다했다. 당연히 부정부패가 싹틀 수밖에 없는 구조였고, 행여 자기 당 국회의원이 비리라도 저지르면 불체포특권을 이용한 이른바 방탄국회를 통해 제 식구를 감쌌다. 그러나 이보다 더 문제는 국회의원 자격이 없는 전과자나 부자격자들도 특정 정당이나 인맥, 재력을 이용해 국회의원이 될 수 있다는 데 있었다. 이는 노블레스 오블리주 측면에서 심각한 사회문제다.

바로 이런 문제들, 누구도 건드릴 수 없으리라 여겼던 문제에 향해 메스를 빼 든 이가 있었으니 바로 박원순이다. 16대 총선을 앞두었던 2000년 벽두, 박원순은 참여연대와 '환경연합' 등 420개 시민단체와 함께 〈2000년 총선 부패정지 청산 시민연대〉를 구성, 상임집행의원장 자격으로 국회의원 낙천·낙선운동을 이끌며 커다란 파장을 남겼다.

그해 4월 15일 〈오마이뉴스〉와의 인터뷰에서 박원순은 당시 심정을 이렇게 밝혔다.

"이번 낙선운동의 목적은 정치개혁이다. 정치개혁에는 여러 가지가 있을 것이다. 첫째로 정당민주화일 텐데. 이것은 제대로 안 됐다고 평가한다. 다음으로 진보정당의 진출을 통한 국민 대표성의 강화와 기존 보수정치 일색인 정치판의 재편인데, 이것은 가능성은 보였지만 외형적으로는 실패했다. 젊은 유권자들의 참여문제도 성공했다고 보기 힘들 것이다. 지역감정 문제는 이렇게 생각한다. 이것이 하루아침에 바뀌겠는가. 지난번 지역을 돌면서 느낀 것은 서서히 지역주의가 균열되고 있다는 것이다. 영남지역은 강화된 측면이 많다. 하지만 충청, 전라, 강원지역에서는 조금씩 지역감정의 균열이 보이고 있다. 낙선율이라는 기준으로 보면 기대 이상의 성공을 거두었다고 생각한다. 부족한 부분이 많고 절망적인 것이 많이 있지만 운동하는 사람은 그중에서 희망적인 부분을 찾고 잘 활용해야 한다.

앞으로 정치권은 시민사회단체들의 여론에 큰 영향을 받을 것이다. 이전에는 아무리 옳은 소리를 해도 쳐다보지도 않던 사람들이 이제는 좀 쳐다보지 않겠는가. 낙선운동이라는 매개를 통해 다른 정치개혁 목표들의 가능성도 열렸다고 생각한다."

낙선운동은 사실상 대성공이었다. 〈2000년 총선 부패정치 청산 시민연대〉가 부적격자로 분류한 후보자들의 낙선율은 70퍼센트 가까이로 잠정 집계되었다. 대상자 132명 중에서 102명이 낙선한 것이다. 수도권에서는 거의 100퍼센트 수준이었다. 국민들의 열화와 같은 호응이 투표로 이어졌음을 반증하는 것이기도 하다.

박원순 진영의 낙선운동은 사실상 선거법 위반이었다. 선거법 87조가 선거일 20일 전부터 시작된 공식 선거운동 기간 중 시민단체가 특정 후보를 지지하거나 반대하는 행위를 할 수 없도록 규정해놓았기 때문이다. 그러나 박원순은 아랑곳하지 않았다. '악법은 법이 아니라'는 평소의 소신대로, 자신에게 닥칠 위험을 감수했다. 떨어진 후보들로부터 무수히 고소고발을 당했음은 물론이다. 이에 대하여 서울지방법원 민사 13부는 "총선연대가 낙선운동을 벌이며 허위사실을 유포하고 참정권을 침해했다"는 손해배상 청구소송에서 "피고는 연대해서 원고에게 1천만 원을 지급하라"고 판시했다. 대법원 역시 "선거에서 공정한 경쟁을 통해 유권자들에게 평가받게 될 것이라는 기대를 침해한 것이므로 정신적 고통을 보상하는 위자료를 지급할 의무가 있다"고 밝혔다.

이에 대에 박원순은 최후 변론에서 다음과 같이 답변했다.

"오늘 이 자리에서 검사님의 총선연대에 대한 비판적 평가를 들었습니다. 저는 그 평가를 듣고 징역 10년 정도가 구형될 줄 알았습니다. 그런데 검사님은 겨우 징역 1년을 구형했습니다. 검사님이 말씀했듯이 총선연대의 낙천·낙선운동에 대해 비판적 평가가 없었던 것은 아닙니다. 그러나 그것은 일부 부패한 정치권의 목소리였습니다. 저는 검찰은 공익의 목소리를 대변해야 한다고 생각합니다. 이 사건의 본질은 부패·무능 정치인을 국민들에게 찍지 말라고 호소한 것이었습니다. 저희는 그 과정에서 돌멩이 하나 건지지 않았습니다. 하등의 불법적 행위도 하지 않고 지극히 평화적인 방법으로 국민들에게 호소하였습니다. 저는 이 자리에서 검사님에게 과연 그것이 위법적인 행위였는지 묻고 싶습니다.

헌법은 국가의 근본 법규이자 가장 상위 법규입니다. 총선연대 활동은 헌법에서 보장하고 있는 표현의 자유, 국민의 참정권과 연관된 것입니다. 표현의 자유는 헌법 중 가장 중핵적인 지위를 가지며 우월한 지위를 가지고 있습니다. 자유민주주의 기본질서를 파괴하지 않는 한 표현의 자유는 보장되어야 합니다. 참정권 또한 대의민주주의에서 각별한 의미를 갖습니다. 대의민주주의에서 선거는 국민의 의사를 직접적으로 표명할 수 있는 유일한 공간입니다. 검사님께서는 총선연대 활동이 정치에 대한 혐오를 부추겼다고 했습니다. 그러나 우리 사회에서 정치에 대한 불신은 돈만 있으면 아무리 부패한 사람도 국회의원이 되는 정치현실에 기인한 것입니다. 1년 동안 국회 출석률이 10퍼센트 이하이고 4년 동안 제대로 된 법안 하나 만들지 못하는 국회의원들이 수다하다는 현실에서 정치에 대한 혐오감이 싹텄습니다. 따라서 이러한 정치적 상황은 총선연대에서 낙선운동을 시작할 수밖에 없도록 만들었습니다. (……)

낙선운동은 유권자운동으로서 핵심적 절차이며 정당한 권리입니다. 미국의 경우 의회 주변의 허름한 건물 수백 개에 수천 개의 시민단체들이 포진해 의정활동을 일상적으로 모니터하고 있습니다. 이를 기반으로 때로는 낙선운동을, 때로는 당선운동을 벌이고 있습니다. 이처럼 의정활동을 모니터하며 특정 의원에 대한 낙선·당선운동을 벌이는 것은 의회민주주의에 필수적인 요소입니다.

저는 이 자리에서 총선연대를 기소했던 검찰에게 묻고 싶습니다. 도대체 어느 나라에서 낙선운동을 실정법 위반으로 기소하는지요. 물론 현 선거법에 따르면 총선연대 활동은 위법이라고 볼 수 있습니다. 그러나 후보자와 그 운동원이 벌이는 선거운동과 공익적 차원에서 국민들의 의사를 대변해 시민단체에서 벌이는 선거운동은 차원이 다른 것입니다. 저희 활동의 정당성은 총선연대 활동에 경고조치를 취했던 선거관리위원회에서도 인정하고 있습니다. 선거관리위원회는 시민단체의 선거운동에 더 많은 권한을 주도록 선거법 개정안을 내놓았습니다.

검사님은 몇몇 국회의원들이 시민단체의 눈 밖에 나면 당선되기 힘들다는 말을 했다는 사실을 들어 총선연대 활동이 문제가 있다고 지적했습니다. 저는 총선연대 활동을 68퍼센트의 국민이 지지했다는 점을 들어 그것이

왜 문제냐, 고 묻고 싶습니다. 시민운동은 국민들의 지지에 기반하여 존립하고 있습니다. 국민의 지지를 받지 못하는 시민운동은 스스로 자멸할 수밖에 없습니다. 그런 의미에서 시민단체의 눈 밖에 난다는 것은 국민적 지지를 잃은 것입니다. 검사님은 또한 총선연대가 운동 과정에서 정의를 독점했다고 문제제기 했습니다. 정의는 정의로운 사람이 규정하는 것이라고 생각합니다. 총선연대가 정의를 독점할 수 있었다면 그 활동이 정의로웠기 때문입니다. (……)"

2. 루돌프 폰 예링
- 법학계의 프로메테우스

유럽 전체가 대공황에 빠져 있던 1872년 어느 봄날, 오랫동안 법학자로 명성을 쌓아온 루돌프 폰 예링Rudolf von Jhering은 희끗해진 머리를 뒤로 쓸어 넘기며 강당으로 들어섰다. 그동안 재직하던 빈 대학을 떠나면서 고별 강연을 하게 된 자리였다.

자리가 정돈되자 예링은 차분히 단상으로 올라가 굵고 또렷한 발음으로 법과 권리에 대하여 강연했다. 이날 강연의 핵심은 법을 바라보는 개인의 자세에 관한 것이었다. 예링은 오늘날 우리가 필요로 하는 중요한 법규는 이에 대항했던 누군가로부터 싸워서 빼앗은 것이며, 우리가 법의 보호를 제대로 받기 위해서는 끝없이 투쟁해야 한다고 역설, 참석자들의 박수를 받았다. 예링은 그해 강연 내용을 보완하여 책으로 출간하게 되는데, 그 책이 바로 오늘날 법학서적의 고전으로 불리며 전 세계 독자들에게 읽히고 있는《권리를 위한 투쟁》이다.

이날 강연에서 예링은 복잡한 법률 이론과 사상을 쉽게 전달하기 위해 구체적인 사건을 즐겨 인용하고, 대중에게 인기가 높은 셰익스피어나 클라이스트의 문학작품을 소재로 삼기도 했다.《베니스의 상인The Merchant of Venice》을 예로 들며 샤일록의 권리는 법으로 보호 받았어야 했다며 판결 과정의 문제를 지적하는가 하면, 법에 불복한《미하엘 콜하스Michael Kohlhaas》의 주인공에 대해서는 윤리적 이념에 따라 움직였다며 잘못된 법집행에 맞선 투쟁의 의미를 높이 평가했다.

예링은 책 전반에 걸쳐 법의 이론보다는 윤리적이고 실천적인 면을 강조했는데, 권리에 대한 학문적 인식보다는 권리를 위해 투쟁하려는 개인과 사회의 자각을 이끌어내고자 노력했다. 또 유명한 법률속담인 '권리 위에 잠자는 사람은 법의 보호를 받을 수 없다'는 격언을 여러 차례 강조하며 권리를 위한 전투적 투쟁을 촉구했다.

예링은 1818년 독일의 서북단 동 프리슬란트의 유복한 법률가 집안에서 태어났다. 어려서부터 두뇌가 명석하여 피아노와 문학에도 수준급의 실력을 보여주었다고 한다. 1936년 김나지움을 졸업하고 하이델베르크, 괴팅겐, 뮌헨대학 등지에서 법학을 공부했다. 대학 졸업 후 공무원이 되기를 원했으나 형이 공무원이었던 관계로 규정에 묶여 시험을 보지 못했다. 좌절한 그는 1840년 베를린대학으로 가서 법학을 공부, 1842년 법학박사 학위를 취득했다. 1845년 바젤대학의 교수로 임용된 이래 로스톡, 킬, 기센, 빈대학에 재직하는 동안 많은 저작을 썼다. 특히 기센대학에 재직하던 1852년에는 로마법의 현대적 의의와 연구 목적을 밝힌 대저작 《로마법의 정신Geist des römischen Rechts》 제1권을 발표한 이후 13년간 전 4권을 출간해 법학계에 서서히 자신의 이름을 알렸다. 빈대학에서 그의 강의는 특히 인기가 높았는데, 수강생 중 하나였던 러시아 황태자 레오 갈리친Leo Galligin이 예링을 일컬어 "인류에게 법학의 불을 가져다준 프로메테우스"라고 극찬한 일화는 아직도 널리 대중에 회자된다.

살아생전 예링은 당시 독일 법학에 지배적이던 형이상학적 추상성과 개념의 유희를 비판하고 대안을 모색한 것으로도 유명하다. 당시 독일 법학의 주류를 이루던 역사법학과 개념법학은 추상적 법규의 체계로서 법의 논리적 측면만을 강조했다. 그러나 예링은 법을 '사회적 목적을 위해 창조된 것', 권리를 '법적으로 보호되는 이익'이라 정의함으로써 목적법학 또는 이익법학으로 명명되는 그의 법학의 단초를 마련하는 한편 기존의 법률관을 극복하고 인식의 지평을 넓혔다.

예링은 철학자 헤겔의 영향을 받은 것으로 알려졌으나 헤겔의 사회관과 국가관, 법사상을 그대로 수용하지는 않았다. 그는 로마법에 정통하여 실증적 자료를 많이 수집했으며 로마법을 연구하는 데 단순히 역사적·실증적 연구에 그치지 않고 목적론적인 관점과 법 기술적, 문화적 견지에서 새로운 역사법학파의 입장을 취했다. 예링은 전통적인 법학에 비판적인 견해를 갖게 되었고 개념 위주의 전통 법학에서 벗어나 사회적 실용성을 중시한 목적법학에 관심을 가졌다.

《권리를 위한 투쟁》은 이러한 예링의 철학이 집대성된 것으로 21세기를 맞은 전 세계 지성인들에게 하나의 길잡이가 되어주었다.

3. 《권리를 위한 투쟁》
- 권리는 그냥 주어지는 것이 아니다

《권리를 위한 투쟁Kampf ums Recht》은 1950년대 처음 국내에 소개된 이래 삼성출판사와 박영사, 범우사, 책세상 등에서 꾸준히 번역본이 나왔다. 법학을 전공하는 학생들과 법학자, 민법학자들에게 교과서 같은 책으로 예우되는 이 책 《권리를 위한 투쟁》은 제1장에선 법과 권리의 생성과 목적을, 제2장에선 법과 권리를 위한 개인적 투쟁을, 제3장에선 국민의 법감정을, 제4장에선 독일 보통법에서 권리를 위한 투쟁의 문제를 각각 다루고 있다. 특히 책세상에서 2007년 초판을 찍은 윤철홍 번역본의 경우 책 후반부에 역자 해제를 통해 이 책의 저자인 예링의 출생과 교육관, 세계관, 법학계의 프로메테우스로 불리는 예링이 후학들에게 끼친 영향 등을 자세히 분석하여 독자의 이해를 도왔다.

총 4장으로 이루어진 《권리를 위한 투쟁》의 1장 〈법과 권리의 생성과 목적〉에서 예링은 법과 권리는 생성 과정에서 필연적으로 투쟁을 수반한다고 보고, 법의 목적은 평화이며, 평화를 얻는 수단, 즉 실질적인 법을 얻는 수단은 투쟁이라고 못 박고 있다. 또한 모든 권리는 그 권리를 행사하기 위해 끊임없이 투쟁할 준비를 전제로 한다고 보고, 권리는 단순한 사상이 아니라 살아 있는 힘이라고 주장했다.

2장 〈법과 권리를 위한 개인의 투쟁〉에서 예링은 개인의 권리 주장을 가리켜 생존의무와 같은 도덕적 자기보존의 의무라고 강조한다. 권리침해에 대해서는 적극적으로 저항해야만 하며 이는 개인적으로든 사회적으로든 모두 해당된다는 것이다. 그리고 그렇게 저항함으로써 권리자의 인격 그 자체와 인격적 법감정을 옹호하게 된다고 주장한다.

3장 〈국민의 법감정〉에서는 개인이 권리를 위한 투쟁을 야기하는 동기가 단계별로 존재하며 그것은 순수한 이해타산이라고 하는 최하위 단계에서 출발하여 인격의 주장과 인격의 도덕적 생존이라고 하는 이상적 동기에 이르게 되고, 마침내 정의의 이념이 실현되는 관점에까지 이르게 된다고 말하고 있다. 그리고 이런 권리를 위한 투쟁들은 사법의 영역, 즉 현실적인 영역에서부터 철저히 자신의 권리를 찾을 줄 알아야 한다고 강조한다.

마지막으로 4장 〈독일 보통법에서 권리를 위한 투쟁의 문제〉에서는 독일법이 로마법 전문가들에 의해 세워진 탓에 로마법 말기의 문제점을 그대로 가지고 있다고 전제하고, 그 이유를 법이 무미건조하고 평범한 물질주의를 바탕으로 세워졌다는 점에서 찾고 있다. 따라서 이럴 경우 법은 국민의 법감정을 대변해주지 못한다고 분석했다.

예링은 책을 지은 목적을 윤리적이고 실제적인 면과 법의 감정을 주장하는 용감하고 확고부동한 태도를 촉진하는 데 두고 '권리란 싸워서 얻는 것'이라는 그의 사상을 책 전반에 걸쳐 끝없이 강조한다.

법은 평화를 위해서 존재하며 평화를 유지하기 위해서는 투쟁이 따라야 한다. 왜냐하면 투쟁 없이는 법이 존재하지 않기 때문이다. 우리가 가지고 있는 모든 법은 이미 있던 사람들에 의해서 쟁취된 것이며, 중요한 모든 법규는 이에 대항했던 누군가로부터 싸워 얻은 것이라는 분석은 시종일관 읽는 이로 하여금 예링의 날카로움을 느끼게 한다.

예링에게 투쟁은 선택이 아닌 필연이다. 한 개인이든, 민족이든 자기들의 권리를 주장하기 위해서는 끊임없이 투쟁해야 한다. 법은 단순히 우리들의 머릿속에 잠재된 사상이 아니라 밖으로 끄집어내어 숨 쉬게 하는 행동하는 양식이다.

- 법의 목적은 평화며 그것을 위한 수단은 투쟁이다.
- 권리 추구자의 권리주장은 그 자신의 인격의 주장이다.
- 권리를 위한 투쟁은 자기 자신에 대한 권리자의 의무다.
- 권리의 주장은 사회공동체에 대한 의무다.
- 투쟁의 이익은 사법 또는 사적 일반 생활뿐만 아니라 국법 또는 국민생활에까지 미친다.

법의 목적은 평화이며 그것을 위한 수단은 투쟁이다

예링은 법의 최종 목적을 평화에 두고 투쟁을 통해 쟁취해야 하는 것으로 보았다. 예링에 의하면 법은 단순한 사상이 아니라 생동하는 힘이다. 그러므로 정의의 여신은 한 손에는 권리의 무게를 달 수 있는 저울을, 다른 손에는 권리를 주장할 수 있는 검(劍)을 들고 있는 것이다. 절제를 모르는 검은 폭력이며, 검을 갖지 못한 절제는 법의 무력함이다. 완전한 법의 실현이란, 검을 찬 정의의 여신이 검을 사용하는 힘의 저울을 잘 조절하는 숙련에 의해서만 가능하다. 법은 국가 권력에 의해서만이 아니라 국민 전체에 의해서 지향되는 영원의 과업이다. 법의 일생은 경제적이고 정신적인 생산 영역에 종사하는 전 국민의 투쟁과 노동을 상기시킨다.

자신의 권리를 주장해야 할 상황에 이르게 되는 자는 이와 같은 국민적 과업에 참가하게 되고, 결국 그의 기여는 지상에서 권리라는 이념의 실현을 촉진하는 것이다. 물론 이와 같은 요구는 모든 사람에게 똑같은 정도로 해당되지는 않는다. 수많은 사람들의 생활은 아무런 충돌 없이 규제된 법의 길 위에서 진행된다. 이때 우리들이 그들에게 '법은 투쟁'이라고 말한다. 그러나 그들은 전혀 우리의 말을 이해하지 못할 것이다. 그들은 법이란 것을 다만 질서와 평화의 상태에서만 알고 있기 때문이다. 그것은 마치 노력의 결실을 아무런 수고도 없이 취득할 수 있었던 부유한 상속인이 '소유권은 노동의 대가'라는 일반율을 부인하게 되는 것과 흡사하다.

권리를 위한 투쟁은 개성의 시詩다

법은 순수한 물적 영역에서는 산문이 되지만 인격 영역, 즉 인격의 주장을 목적으로 하는 권리를 위한 투쟁에서는 시詩가 된다. 지식이나 교양이 아니라 고통에 대한 단순한 감정, 모든 권리의 심리적 원천을 법감정이라는 말로 표현하는 것은 타당하다. 법의 힘은 사랑의 힘과 마찬가지로 감정 속에 깃들어 있다. 행위가 이루어지지 않는 곳에서 법감정은 위축되며 점점 둔화되고, 종국에는 고통을 전혀 느끼지 못하게 된다. 용기와 결단이 바로 건전한 법감정을 판단하는 두 가지 표준이다. 말다툼을 해야 하는 불쾌감, 사람들의 이목, 그들이 받게 될 오해의 가능성을 두려워한다.

권리 주장은 사회 공동체에 대한 의무

예링은 권리 주장을 사회 공동체에 대한 당연한 의무로 해석했다. 이를 위해 전쟁의 한 상황을 제시한다. 수백 명의 군인이 군기를 내던지고 도망친다면 충실하게 진지를 지키고 있는 군사들의 상황은 점차 악화되어 저항의 모든 부담이 도망가지 않은 자들에게 부가된다. 사법 영역에도 불법에 대한 권리 투쟁은, 모두가 확고하게 단결해야만 하는 전체 국민의 공동 투쟁에도 그대로 적용된다. 여기서 도망치는 자는 공동 사건에서 반역죄를 범한 것과 같으며, 법률을 적용하려는 용기를 가진 소수자들의 운명은 진정한 순교로 나타난다. 소수자들은 본래 동료였을 모든 사람들에게 버림받아서 보편화된 무관심과 비겁함에 의해 만연해진 무법 상태에 홀로 맞서고, 커다란 희생을 치른 후 최소한 자신에게는 충실했다는 만족감을 갖게 되었을 때 언제나 칭찬 대신 조소와 경멸만을 받게 된다.

개인의 법감정과 사회적 법감정

개인의 법감정이 개인이 아니라 민족 전체를 해치는 권리침해, 즉 정치적 자유에 대한 박해, 헌법의 파괴나 전복, 외적의 침략 등이 발생했을 때 돌연히 생기는 감각과 강력한 반응을 일으킨다는 것을 믿을 수 있겠는가? 하지만 자기 자신의 권리조차도 용감하게 방어하려 하지 않는 자가 전체를 위해서 자신의 생명과 재산을 기꺼이 바치지는 않을 것이다.

예링에 의하면 국법과 국제법을 위해서 싸우는 투사는 사법을 위해서 싸우는 투사 바로 그 사람인 것이다. 사법 속에 뿌려진 씨앗이 국법과 국제법 속에서 열매를 맺는 것이다. 법은 환상의 이상주의가 아닌 성격의 이상주의, 즉 스스로를 자기목적의 대상으로 느끼며 자기의 가장 핵심적인 성역을 공격받았을 때 다른 모든 것을 경시할 수 있는 사람의 이상주의인 것이다. 한 사람이 공격에 대해 전향할 것을 결정케 하는 요인은 법감정의 힘, 즉 그가 자기 자신을 주장하기 위하여 늘 필요로 하는 정신력에 있는 것이다. 그러므로 대내적, 대외적인 한 민족의 정치적 지위는 언제나 그 민족의 정신적 힘에 상응한다는 원칙은 하나의 영원한 진리다. 한 민족의 힘이란 그 민족이 갖는 법감정의 힘과 동일한 뜻을 가지며 국민적 법감정의 보호는 국가의 건강과 힘의 보호인 것이다.

법과 본질, 그리고 투쟁

예링에 의하면 미학뿐만이 아니라 윤리학 또한 무엇이 법의 본질에 부합하고 혹은 모순되는지 그 해답을 우리에게 준다. 헤르바르트 Herbart가 법개념에서 제거하려고 한 투쟁의 요소는 법개념의 가장 본질적이며 그 안에 영원토록 내재하는 요소다. 즉, 투쟁은 법의 영원한 노동이다. 노동 없이 소유권이 존재할 수 없듯이 투쟁 없이 법은 없다.

이마에 땀을 흘리지 않고서는 빵을 먹을 수 없다고 하는 원칙에는 투쟁하는 가운데 스스로의 권리를 찾아야 한다는 원칙이 동일한 진리로 서로 대응하고 있다. 권리가 자기의 투쟁 준비를 포기하는 순간부터 권리는 스스로 포기한다. 거듭해서 예링은 이렇게 썼다.

현명함의 마지막 결론은

날마다 자유와 생명을 쟁취하는 자만이

그것을 향유한다는 점이다.

4. 원순 씨 생각
- 권리는 저절로 주어지는 게 아니다

"세상에서 가장 중요한 것은 참여입니다. 참여가 세상 모든 문제를 해결하는 근거라고 생각합니다. 랄프 네이더Ralph Nader라는 사람이 '일상의 민주주의가 일상의 참여로부터 온다'고 하지 않았습니까? 일상적으로 참여를 해야 한다, 투표할 때만 참여해서는 안 된다, 는 말입니다. 어떤 정치학자가 그러지 않았습니까? '투표소에서 나오는 순간 노예 신분으로 되돌아간다'고 말입니다. 투표할 때만 주권자이지 투표소 나오면 노예가 된다는 말입니다."

-《세상은 꿈꾸는 사람들의 것이다》에서

박원순은 국민이 주권을 지키는 방법으로 참여를 강조한다. 참여연대를 설립한 이유도 국민의 참여를 유도하기 위해서였다. 박원순은 참여연대를 통해 시민의 힘으로 사회를 바꿀 수 있다는 의식을 국민들에게 심어준 것을 최대의 성과로 꼽는다. 4·19혁명이나 5·18광주민주화운동처럼 국민들은 정치권력에 대항하여 목숨을 걸고 투쟁했음에도 불구하고 정치권력은 국민의 위에서 국민을 하인 부리듯 부려왔다. 그러나 낙선운동을 통해 국민을 두려워하기 시작했고, 국민의 눈치를 보았으며, 국민의 눈높이에서 자신들을 낮추고 의정활동에 매진하는 일하는 국회의원들의 등장을 불렀다.

낙선운동은 이웃나라 일본에도 큰 파장을 불러일으켜 일본 시민운동의 벤치마킹 대상이 되기도 했다. 그러나 박원순은 여전히 성에 차지 않는 모양이다. 국민들에게 계속해서 권리를 찾으라고 소리친다.

"여러분들 씨름을 가만히 보면 샅바가 핵심입니다. 샅바가 없으면 힘을 어떻게 씁니까? 샅바를 잘 잡아야 힘을 쓸 수 있고, 기술을 쓸 수 있습니다. 다시 말해서 싸움에 근거를 만들어야 합니다.

(……)

우리가 바로 주주 아닙니까? 소비자 아닙니까? 유권자 아닙니까? 따질 권리가 있는 겁니다. 아니 의무가 있는 겁니다. 아까 제가 말씀드렸듯이 투표할 때만 주권행사를 하는 것이 아닙니다."

T / I / P **〈참여연대〉 창립 선언문**

참여와 인권의 시대를 열다

지금 우리는 시대적 전환기에 서 있습니다.

경제성장이라는 구실을 내걸며 30년이 넘는 긴 세월 동안 국민 위에 군림하던 군부정권은 마침내 국민의 결집된 힘 앞에 굴복했습니다.

소련과 동유럽 공산권의 붕괴를 계기로 한반도를 둘러싼 국제정세도 시시각각으로 변화하고 있습니다. 뿐만 아니라 국가 간의 경쟁이 가속되면서 세계의 질서를 근본적으로 개편하는 움직임도 일고 있습니다. (……)

80년대까지는 민주주의를 쟁취하기 위한 행동은 최루탄 연기가 자욱한 길거리에서 벌어졌습니다. 그러나 이제는 상황이 다릅니다. 새로운 시대를 맞이하여 참된 민주주의를 건설하기 위한 행동은 사회와 정치무대의 한복판에서, 그리고 국민의 일상생활의 과정에서 일어나야 합니다.

민주주의란 문자 그대로 국민이 나라의 주인이라는 것을 뜻합니다. 그럼에도 불구하고 지금까지는 주인이 머슴처럼 취급 받고 국민의 공복에 불과한 사람들이 주인 위에 군림하는 시대착오적인 현상이 만연해왔습니다. 누가 권력을 잡든 이러한 본말전도적 현상을 스스로 개선하려 하지 않습니다.

따라서 국민 스스로의 참여와 감시가 필요합니다. 몇 년에 한 번씩 투표를 함으로써 나라의 주인의 지위를 확인할 수 있는 것이 아닙니다. 명실상부한 나라의 주인이 되기 위해서는 매일매일 국가권력이 발동되는 과정을 엄정히 감시하는 파수꾼이 되어야 합니다. (……)

오랜 산고 끝에 우리는 새로운 사회의 지향점을 '참여'와 '인권'을 두 개의 축으로 하는 희망의 공동체 건설로 설정했습니다. 우리는 '참여민주사회와 인권을 위한 시민연대(약칭 '참여연대')'가 여러 시민들이 함께 모여, 다 같이 만들어가는 공동체의 조그만 밑거름이 되기를 바라마지 않습니다. 모두가 힘을 합쳐 새로운 시대, 참여와 인권의 시대를 만들어갑시다.

- 〈참여연대〉 창립 선언문에서, 1994년 9월 10일

마음 먹는 순간 이미 준비는 완료된다.

셰익스피어

CHAPTER
THREE

이제는
대한민국
디자인이다

인간만이 인간을
구원할 수 있다

《고독한 군중》
The Lonely Crowd

인간은 태어날 때부터 자유이며 평등한 존재라는 사고방식은 어떤 의미에서는 정당하지만,
또 다른 의미에서는 오해를 야기할 수도 있다. 사실상 인간은 제각기 상이한 존재로서 창
조되었다. 그리고 인간은 사회적 자유를 상실함에 따라서 개인적인 자율성을 추구하기 마
련인 것이다.

데이비드 리스먼, 《고독한 군중》에서

"저는 이 순간부터 정든 참여연대를 떠나기로 했습니다."

"뭐라고요? 참여연대를 그만둔다고요? 그럼 우린 어떡합니까?"

"어떡하다니요? 주변을 둘러보십시오. 여러분들이 있지 않습니까? 동료들
이 있지 않습니까? 이제 참여연대는 새로운 10년을 준비해야 할 때입니다.
고인 물은 반드시 썩는다는 말도 있습니다. 박원순이 떠난 자리는 다른 누
군가가 메우게 될 것입니다. 그러니 걱정하지 않아도 됩니다."

1. 자신이 떠날 때를 아는 사람

'가야 할 때가 언제인가를 분명히 알고 가는 이의 뒷모습은 얼마나 아름다운가.'

한국인치고 이형기 시인의 〈낙화〉를 모르는 사람은 드물 것이다. 〈낙화〉의 한 구절처럼 박원순은 떠날 순간을 정확히 아는 사람이다. 검사에서 변호사로 변신할 때도, 변호사를 그만두고 영국과 미국으로 유학을 떠날 때도, 참여연대를 설립할 때도, 한번 결심이 서면 망설임도 없이 결정을 내리고 짐을 꾸렸다. 2002년 참여연대에서 손을 뗄 때도 마찬가지였다.

박원순의 행보에는 비범인다운 데가 있다. 사람들은 대부분 권력과 명예에 집착하기 마련이다. 박원순에게 참여연대는 인생의 전부라고 해도 과언이 아닌 존재였다. 그러나 박원순은 8년 가까이 공을 들여왔던 참여연대를 스스로 걸어 나왔다. 부정을 저지르거나 활동에 한계를 느껴서가 아니었다. 반대로 더욱더 박원순이 필요하던 시기였다. 그러나 그는 잃음으로서 얻는 길을 택한다.

떠남에는 이유가 있다

박원순은 참여연대를 그만둔 이유로 두 가지를 꼽곤 한다. 첫째는 후배들에게 길을 터주기 위해서다. 그는 권력을 취한 독재자가 후배로 하여금 독재를 잇게 하는 것과는 다르다고 말한다. 자신이 그만두면 나라가 돌아가지 않을 것이라는 걱정이 독재자를 만든다고. 이 말은 참여연대에도 적용되었다. 참여연대에는 우수한 간사들이 많았다. 자신이 아니어도 조직을 잘 이끌 것이라는 판단을 하게 되었을 때 박원순은 이미 조직을 떠나 다른 일을 하는 자신을 그리고 있었다. 실제로 박원순이 떠난 뒤에도 참여연대는 건실하다. '박원순식 참여연대'에서 벗어나 다른 색깔을 찾아가고 있기도 하다.

둘째는 참여연대가 아니어도 할 일이 너무 많기 때문이다. 모두가 알다시피 박원순은 워커홀릭이다. 일을 하다가 과로사로 죽는 게 소원이라고 공공연히 말하고 다닐 정도다.

"세월 가는 것도 모르고 열심히 일하다 보니까 어느새 저도 나이가 40대 후반에 이르고, 후배들도 간사로 들어왔던 사람이 30대들을 넘기고, 어떤 사람은 흰 머리까지 났더군요. 문득 빨리 내려놔야 되겠다는 생각이 들었습니다. 하지만 쉽지 않았지요. 국회의원들 보면 한자리하려고 얼마나 집착합니까? 그거 보면 마음이 편지 않았지요. 시민 권력도 권력은 권력입니다. 정상에 올랐을 때 과감히 떠나는 용기가 리더의 용기라고 생각합니다."

박원순이 그만둔다고 했을 때 한바탕 난리가 났다고 한다. 간사들의 적극적인 붙잡기가 시작되었다. 떠나겠다는 사람에 대한 으레적 붙잡기가 아니었다. 간사들은 집으로 몰려와 시위를 하기도 하고, 이대로 떠나면 참여연대가 어디로 흘러갈지 모른다고 위협(?)을 하기도 했다. 박원순의 마음도 흔들렸다. 그대로 눌러앉고 싶은 유혹이 매 순간 따라다녔다. 그러나 박원순은 떠나야 했다. 아니, 떠날 수밖에 없었다.

이미 머릿속에는 향후 10년간 자신이 매달릴 새로운 일을 시작해놓고 있었다. 박원순은 의자를 뺐고, 책을 옮겼고, 몸도 옮겼다. 2002년 3월의 일이었다.

뾰족한 창을 내려놓고 실천 시민운동으로

참여연대를 떠나기 전 박원순은 이미 새로운 일을 저질러놓은 상태였다. 오늘날 동네마다 하나씩 만날 수 있는 〈아름다운가게〉라는 '헌 것 장사'가 그것이었다. 장사라는 표현을 썼지만 사실은 일종의 교환소나 마찬가지였다. 자신이 가지고 있던 헌 물건들, 혹은 안 쓰는 물건들을 기부하거나 가지고 나가서 필요한 물건으로 바꾸어 올 수 있는 시스템이었다.

처음 이 같은 일을 구상했을 때 사람들은 이구동성으로 말렸다고 한다. 참여연대만으로도 충분히 할 일이 많다고 생각했기 때문이다. 더구나 누가 헌 옷 나눔 같은 것에 관심이 있겠느냐, 는 충고가 이어졌다. 이런 충고는 얼마 가지 않아 기우였음이 드러났다. 아름다운가게는 2012년 현재 124개 매장을 거느린 거대 집단으로 거듭나 있다. 300명 이상의 간사가 상주하며 자원봉사자만도 5천 명이 넘는다.

아름다운가게가 정식으로 발족한 건 2003년 3월이지만 박원순은 이미 1998년부터 이와 같은 사업을 머리에 그리고 있었다. 1998년 박원순은 아이젠하워재단 초정으로 미국을 방문했다. 두 달여의 여행 기간 동안 박원순은 미국의 크고 작은 재단을 두루 유람하고 다녔다. 미국은 재단이 지배하는 사회라고 해도 과언이 아닐 정도다. 2008년 기준 미국의 자선재단은 총 7만5천595개이며, 매출 총액만도 5천650억 달러에 달한다. 또 이들 재단이 매년 사회적 약자들에게 기부하는 금액은 500억 달러에 이른다. 미국의 재단 시스템에 깊은 감명을 받은 박원순은 한국에서도 시민이 참여하는 자선재단을 만들 결심을 하고 돌아왔다. 그의 머릿속은 이미 대기업이나 사립학교 재단에서 생색내기로 만든 장학재단이 아닌 진정한 사회적재단을 그리고 있었다.

널리 알려진 대로 아름다운가게의 가장 핵심적인 주제이자 사명은 대안 무역과 시민의 참여라 할 수 있다. 아름다운가게는 영리를 추구하지 않는다. 수익금을 제3세계 사람들과 사회적 약자를 위해 사용하는 것을 목표로 한다. 아름다운가게의 활력소이자 원동력은 시민의 참여. 낡거나 오래된 물건을 사람들이 기증하면 아름다운가게는 다시 이 물건에 생명을 불어넣어 시장으로 보내는 정거장이자 재생소 역할을 한다. 사람들은 자신에게 더 이상 쓸모없는 물건을 기증하고 다른 사람들은 기증된 물건을 다시 교환해 가는 것이다. 당연히 환경에도 긍정적이다. 이 외에도 아름다운재단은 아름다운 아파트 운동, 아름다운 나눔 학교, 움직이는 가게 등 재사용과 나눔 문화를 확산하기 위한 운동을 벌이고 있다. 또 매월 서울시와 함께 '아름다운 나눔장터'를 마련하고, 자선과 공익을 실천하기 위한 수익 나눔 사업과 공정무역 정착에도 적극 나서고 있기도 하다.

"내가 안 쓰는 물건이라도 남에게는 필요할 수 있다는 생각을 가지면 환경도 살리고 이웃도 도울 수 있습니다. 참여를 통해 진정한 행복을 나누는 거죠."

모든 것이 기증으로 이뤄지는 아름다운가게는 지역민들의 호응과 적극적인 자원봉사 참여로 문을 열어 10시에서 20시까지 역시 활동천사라고 불리는 자원봉사자의 참여로 운영된다. 기업들도 다투어 장소를 기부하거나 트럭을 지원하는 것으로 알려져 있다.

아름다운가게는 버려질 물건을 모아 새 주인을 찾아주고 여기서 발생하는 소득을 가난한 사람에게 기부하는 일석삼조의 시스템이다. 비록 외국의 운영 사례에서도 아이디어를 얻긴 했지만 아름다운가게의 활동 중심에는 박원순식 인간미와 철학이 숨어 있다. 낡고 오래된 것도 가치가 있다, 라는 생각을 퍼뜨리는 것이 아름다운가게의 진짜 목적인지도 모른다.

리스먼의 말대로 인간은 누구나 고독하다. 고독한 인간을 구원할 수 있는 것도 인간이다. 인간은 사회적 동물이기에 서로 돕고 도움 받으며 어울려 사는 존재다. 그리고 아름다운가게는 그런 인간들을 위한 가교역할을 수행하고 있다.

2. 데이비드 리스먼
- 군중의 의미를 정의하다

20세기 벽두인 1909년에 태어나 21세기를 온전히 경험하고 2002년 사망한 데이비드 리스먼David Riesman은 대학교수이자 미국의 사회학자다. 그는 20세기 최고의 사회학 명저로 기록된《고독한 군중》의 저자로서 오랫동안 명성을 유지해왔다.

리스먼의 부친은 의사였다. 덕분에 리스먼은 필라델피아에서 부유한 어린 시절을 보냈다고 한다. 어릴 때부터 총명했던 그는 하버드 대학에 입학하여 화학을 전공했으나 대학원을 진학하면서 법학으로 전공을 바꾸었다. 대학을 졸업한 뒤 변호사로 활동하며 사회학 및 사회과학 분야에서도 명성을 쌓기 시작했다. 특히 현대 미국사회에 대하여 날카로운 비판을 시도한《고독한 군중》으로 일약 베스트셀러 작가에 오르며 이름을 세계에 각인시켰다.

《고독한 군중》이 나올 당시 미국 사회는 문화인류학과 사회심리학이라는 이웃한 두 분야의 결합을 바탕으로 새로운 영역으로 인식을 확장해 나가고 있었다. 이 과정에서 베네딕트Ruth Benedict의《국화와 칼 The Chrysanthemum And the Sword》과 리스먼의 스승이기도 한 에리히 프롬의《자유로부터의 도피Escape from freedom》가 대중으로부터 큰 지지를 받기도 했다. 이들이 대표적으로 내세운 테제는 '인간의 사회적 성격, 또는 국민성'이었다.

리스먼은《고독한 군중》을 통해 1940년대 미국 사회학자들이 도달했던 업적을 바탕으로 대담한 역사단계이론을 펼친다. 그는 미국 사회에서 '사회적 성격'이 겪은 역사적 변화를 주제로 삼으면서도 보편화된 관심을 시종일관 잃지 않으려고 노력했다. 고도로 발전하는 과학기술과 연이은 전쟁 속에서 미국인들이 자신들의 정체성을 고민하던 시기였다. 그것은 자신들을 창조한 신조차 어찌할 수 없는 일이었다. 《고독한 군중》은 자신들이 처한 본질을 바로 보고자 애타게 찾아 헤매 던 독자들에게 단비와 같은 책이었다.

처음 책이 출간될 당시 수천 부에 불과했던 초판은 책이 나오자마자 동이 나서 출판 관계자들을 깜짝 놀라게 했다. 예일대학과 버팔로대 학에서 강의하던 리스먼은 1959년부터 모교인 하버드로 자리를 옮겨 1980년 은퇴할 때까지 이곳에서 학생들을 가르치며 1952년 《고독한 군중》의 2탄 격인 《군중의 모습Faces in the Crowd》, 《미국인 성격 연구에 대한 몇 가지 관찰》, 《개인주의 재고찰》, 《무엇을 위한 풍요인가》, 《대 학교육의 가치와 대중교육》 등의 저작들을 꾸준히 발표하며 미국 사 회를 비판하고 전망했다.

리스먼은 《고독한 군중》에서 인간의 사회적 성격을 세 가지로 구분 했다. 첫째가 전통지향형tradition directed type이다. 전통지향형 인간은 전 통에 의해 통제되는 삶을 지향한다. 공동체에서 맺게 되는 사회적 관 계는 예부터 전해 내려오는 규율이나 형식에 따라 결정된다. 전통에 위배되는 창의성이나 이질적인 행위들은 불필요한 것으로 여겨진다. 그들은 모순에 저항할 줄 모르며 전통에 순종적이다.

둘째는 내적지향형inner directed type 성격자들로 자본이 축적되고 기 술이 발전되면서 생겨나는 사회적 현상이다. 전통과 관습의 힘이 약해 지고 개인이 자신의 삶을 결정하게 되는 부류다. 하지만 이들에게도 모순은 있다. 그들의 결정은 대부분 부모나 스승 등 연장자들이 주입 한 경로를 따라 진행되기 때문이다.

셋째가 타인지향형other directed type 삶을 사는 사람들로 이는 자본주의가 고도화되면서 나타나는 현상이다. 사람들은 타인의 행동에 영향을 받고, 그들의 평가에 민감해진다. 타인지향형 사회 구성원들은 다른 사람들이 무엇에 관심을 두고 어떤 형태로 살아가는지 또는 그들이 자신을 어떻게 생각하는지에 관심을 기울인다. 그들이 타인의 시선을 염두에 두는 이유는 공동체에서 뒤처지거나 제외될지 모른다는 불안감 때문이라고 한다.

3. 《고독한 군중》
- 고독한 자, 그들의 이름은 군중

리스먼이 미국 사회를 분석하며 대상으로 삼은 계층은 중산층이다. 리스먼은 사회학자답게 분석적인 문장과 섬세한 심리적 표현을 통해 산업화된 대중사회의 구조적 메커니즘과 그 속에서 살고 있는 현대인의 운명을 낱낱이 해부한다.

리스먼에 의하면 고도의 산업화된 사회에서 다른 사람에게 지대한 관심을 가지고 그들로부터 격리되지 않기 위해, 인정을 받기 위해 번민하는 타인지향형 현대인들이 바로 이 책의 타이틀이기도 한 '고독한 군중'이다. 군중의 삶은 획일화된 인간, 정치적 무관심, 인간소외를 낳고, 나아가 빈부격차에 따른 복잡 미묘한 욕구불만과 무한경쟁으로 말미암아 개인을 극한의 고독으로 내몬다. 자아상실의 수렁에 빠진 타인지향형 사회는 민주체제에 위기를 가져온다. 물질적으로 아무리 풍족해도 인간은 끝없이 고독한 존재이며 그것이 인간의 운명인 셈이다.

우리들의 성격이나 스스로가 살고 있는 장소, 그것을 둘러싼 우리들의 생각에는 한계가 있을 수밖에 없다. 이 때문에 내가 이 책 속에서 언급해온 많은 내용에 대해서 나 자신도 다소 모호한 느낌을 갖고 있는 게 사실이다. 그렇지만 한 가지 확실하게 말할 수 있는 게 있다. 그것은 곧 자연의 혜택과 인간의 능력에는 무한한 가능성이 있으며, 인간의 능력은 인간 개개인의 경험을 스스로의 힘에 의하여 평가할 수 있는 것만을 소유하고 있다는 점이다. 따라서 나는 어떤 인간이 반드시 적응하게 되거나 혹은 적응에 실패하더라도 상관없으며, 굳이 무규제형이 되지 않아도 좋다. 인간은 태어날 때부터 자유이며 평등한 존재라는 사고방식은 어떤 의미에서는 정당하지만, 또 다른 의미에서는 오해를 야기할 수도 있다. 사실상 인간은 제각기 상이한 존재로서 창조되었기 때문이다.

전통지향형

개인성원의 활동이 성격론적으로 전통에의 절대적 복종에 의해 결정되는 사회에서 개인은 높이 평가되지 않는다. 그러나 어떤 미개사회에서는 현대사회의 어떤 층위보다 개인의 활동이 높게 평가되며 존중되는 경우가 있어왔다. 전통지향에 의존하는 사회에 속하는 개인은 집단의 타 성원과 명확한 기능적 관계를 갖기 때문이다. 그가 살해되지 않는 한 그는 그의 집단에 소속되어 있다. 그는 현대 실업자들처럼 잉여로 남지 않으며, 속해 있다는 자체에 대하여 의식적으로 선택된다는 점에서 그 자신의 생활 목표는 단지 극히 한정된 범위에서만 그의 운명을 마련하는 것처럼 보인다.

전통지향이 지배적인 사회에서는 상대적 안정성은 퍽 드물게 보존되지만 현존하는 이탈자에게 제도화된 역할을 떠맡기는 중요한 과정에 의해서 부분적으로 유지된다. 이런 사회에서 장래의 역사적 단계에 이르러 개혁자 혹은 반역자가 될지도 모르는 인간, 이러한 인간의 사회적 소속 그 자체는 확실하지 않고 의심쩍지만, 이러한 인간이 오히려 수술자나 요술사의 역할을 맡게 되기도 한다. 즉, 그들은 사회적으로 시인도 될 수 있고 사회에 공헌하는 역할로 흡수되기도 하는 것이다. 한편 동시에 그런 역할들은 개인에게 다소 한 시인적인 피난처를 제공해준다. 중세기의 수도단은 이와 같은 방식으로 많은 성격론상의 '이단자'를 흡수하는 역할을 했을 것이다.

내적지향형

내적지향의 범위는 매우 광범위하다. 그러므로 어떤 문제에 있어서는 프로테스탄트 제국과 가톨릭 제국 및 그 양자의 성격유형, 종교개혁의 효과와 르네상스의 효과, 북부 · 서부 유럽의 퓨리탄Puritan적 윤리와 남부 · 동부 유럽의 다소 쾌락주의적 윤리를 구별해서 고찰함이 필요하다. 이러한 구분은 모두 정당하며 어떤 목적에 관해서는 중요한 구분이 된다. 그러나 한편, 적응양식의 발전에 대한 집중적인 이 연구에서는 이렇듯 다른 점을 무시해도 될 것이다. 이것에 의하여 다른 점에서는 전혀 별개의 발달들을 하나로 종합해서 고찰할 수 있다. 그것들이 공통점을 지니고 있기 때문이다. 즉, 개인의 지향을 결정하는 원천은 연장자들에 의하여 생애의 초기에 주입되었고, 또 일반화된, 그러면서도 피할 수 없이 운명 지어진 목표로 향해졌다는 의미에서 '내적'이라 할 수 있다.

전통지향을 지배적 적응양식으로 삼고 있는 사회에서는 대체로 외적인 언동, 즉 행동의 적응을 확보하는 데에 주의를 기울인다는 사실을 깨달을 때 그 이상의 의미를 알 수 있다. 행동은 자세히 규정되어 있는 반면 성격의 개성은 의식이나 에티켓에 객관화되어 있는 규정에 합치시키기 위해서 고도로 발달해야만 할 필요가 없다. 물론 행동상의 이러한 주의와 복종이 어느 정도 필요한 건 사실이지만, 이에 비해 내적 지향이 중요한 사회에서는 그 사회는 물론 행동상의 적응에도 관심을 가지지만 그것만으로 만족하지 않는다. 때에 따라 너무도 신기한 상황이 출현하여 하나의 규범으로 미리 그에 대비할 수가 없다. 따라서 개인의 선택의 문제는 고도증가잠재력의 초기에 엄격한 사회조직을 통해서 선택을 끌어내는 방식을 통해서만 해결이 가능해진다. 따라서 내부지향적인 사회에서 자율적인 인간은 내면화된 뚜렷한 목표가 있고, 변화하는 세계에 대처해 나갈 훈련을 쌓고, 스스로의 목표를 선택하고, 자이로스코프gyroscope의 속도를 조절할 수 있다.

타인지향형

타인지향형은 미국의 대도시 중산층으로부터 두드러지게 나타나기 시작했다. 타인지향을 일으키는 원인이 된다고 생각되는 조건들이 진보된 공업국의 대도시 중심지에 사는 사람들 가운데서 점점 더 많이 나타나고 있다는 사실은 매우 중요한 의미를 지닌다.

타인지향형은 대체로 라이프스타일이 안정되어 있다는 데 주목할 필요가 있다. 그것은 유럽으로부터의 이민, 봉건적 과거와 어느 정도 단절되었다는 점에서 미국 사회 특유의 요소들과 상호 연관되어 있는 듯 보인다. 하지만 더 중요한 사실은 역사적인 맥락이 아니라 급속한 산업화, 자본화, 도시화에 더 큰 이유가 있을 것이다. 어떤 식으로든 사람들은 그들이 속한 집단과 서로 연결되어 있고, 상호 연결성은 타인을 지향하도록 만든다.

그렇다면 타인은 누구일까? 그들은 개인적으로 친한 서클의 일원들일까. 아니면 미디어에 의해 가려진 익명들일까. 또 개인의 우연한 지기知己의 의식에 대한 두려움의 반동일까. 중요한 건 타인이 역사적 선조들이 아니라 상호적 인물들이라는 점이다. 이러한 유형들은 교육과 승진, 취미 등을 통해 인적 네트워크를 형성하고, 그 조직화 속에서 스스로 도덕화되는 경향이 있다. 그것은 승진이나 결론 같은 개인의 영달을 위해 당연하게 해석되며, 좀 더 사회화된 행동의 필요성을 스스로 터득해 나가도록 내부에서 충동질한다. 지역 미디어는 이것을 중계하고 여론을 유도한다.

타인지향형 사람들은 타인들이 어떤 질문을 할지 예측하여 스스로에게 체계적인 답변을 준비한다. 타인에게 무력하게 순응하는 인간도 있으나 동시에 새로운 자율성의 가능성도 열리게 된 것이다. 사회 구성원은 보헤미안적 기질을 지니게 되며, 자율성을 가지려는 노력 자체가 타인에 의해 지시되고 있는 것처럼 보이기 때문에 자율성을 위해 노력하는 것은 때로 연기가 될 수 있다. 섹스에 있어서도 재능과 성적인 생활에 인과관계가 있다고 생각한다. 타인을 향한 관용이나 기부에 있어서도 전통적인 관용이 통용되지 않기 때문에 개인의 목표나 이상이 모호해졌다. 즉, 뚜렷한 목표나 지향점이 분명하지 않은 상태에서 집단적인 논리나 이웃의 경향을 모방할 수 있다.

지향성의 상호 관계

리스먼이 지적한 세 유형은 감성의 통제와 그들이 속한 환경에서 차이가 발생한다. 전통지향형은 자신이나 이웃이 상호 무난히 행동하길 기대하므로 '수치심'이 개인의 행동을 통제하는데 반해, 내부지향형은 부모로부터 대물림된 '자이로스코프'로 볼 수 없는 내부의 동기에 조정을 받아 외적인 평가에 신경을 쓰게 되며, 타인지향형은 다른 집단과의 활발한 접촉으로 인해 타인의 '레이더' 속에 갇히게 된다. 아울러 전통지향형은 친구와 타인의 경계가 명확한 반면, 타인지향형은 그 경계가 모호해져 가고 있다.

지난 여러 세기, 서구 유럽의 경우 내부지향형과 타인지향형이 앞서거니 뒤서거니 균형을 유지해왔다. 현대로 들어서며 타인지향형은 내부지향형 성격 유형과 그들의 궁핍한 사회심리를 보존하는 데 기여했으며 성격구조와 경제구조의 잠재성 사이의 간격은 여전히 사회 문제로 남아 있다. 리스먼은 이와 같은 문제의 해결책으로서 각 성격들이 서로를 인정하는 게 중요하다고 주장했다.

4. 원순 씨 생각
- 인간만이 인간의 희망입니다

박원순은 데이비드 리스먼의 저서를 스무 살 무렵 감옥에서 처음 읽었다. 이후에도 리스먼의 저서는 버려지지 않고 박원순의 서재를 지켜왔다. 박원순은 그만큼《고독한 군중》을 아낀다. 학생들을 대상으로 한 강연에서도, 언론과의 인터뷰에서도, 자신의 젊은 날을 이야기할 때 빼놓지 않고 언급하는 책이 바로《고독한 군중》이다.

약관 스무 살, 판검사의 꿈에 부풀어 있던 시골 촌놈 박원순에게 리스먼의 저서는 과히 충격이었을 것이다. 도서관에서 한가롭게 〈타임〉지를 뒤적이던 박원순에게, 민주화를 외치며 목숨을 걸고 교외로 진주해간 수많은 '군중'에 대한 기억은 감옥에 있는 내내 풀 수 없는 화인火㷏처럼 물음표를 던졌고, 그때 누군가 넣어준《고독한 군중》은 박원순의 의문에 명쾌한 답을 제시했다. 명예를 추구하던 박원순이 그것을 버리고 사람群衆에 관심을 갖게 된 것이다.

군중들이 전통을 따르거나 자신의 내면에 함몰되거나 타인과 교류에 나서는 이유는 그들이 외롭기 때문일 것이다. 즉, 군중은 고독하다. 이것은 일종의 역설이다. 군중이란 '무리'를 뜻하는 단어이기도 한데, 무리란 모여 있는 인간을 뜻한다. 모여 있으되 그들은 외롭다. 외롭기 때문에 그들은 모일 수밖에 없는 운명이며, 그러함에도 각 개인 간에는 수많은 간극이 존재하고 군중 속에서도 인간은 외로울 수밖에 없는 것이다.

이 외로운 군중, 여럿이 있어도 고독할 수밖에 없는 인간에 대하여 박원순이 내린 결론은 간단하다. 그것은 더불어 살기다. 박원순은 인간을 통해 희망을 찾고, 인간만이 자신을, 이웃을, 사회를 구원할 수 있다고 주장한다. 잘나가던 참여연대 사무총장이라는 직함을 과감히 벗어던지고 더불어 살아가는 사회, 사람 냄새나는 사회, 인간이 스스로 고독의 함정에 빠지지 않고 이웃과 함께 하는 사회를 만들어가기 위해 팔을 걷고 나서서 빈터에 일궈낸 아름다운가게, 아름다운재단의 작지만 큰 발걸음도 이에 다름 아니다.

꿈꾸세요,
이루어드립니다

《사우스 마운틴 이야기》
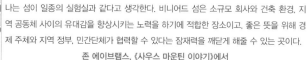
Company We Keep

나는 섬이 일종의 실험실과 같다고 생각한다. 비니어드 섬은 소규모 회사와 건축 환경, 지역 공동체 사이의 유대감을 향상시키는 노력을 하기에 적합한 장소이고, 좋은 뜻을 위해 경제 주체와 지역 정부, 민간단체가 협력할 수 있다는 잠재력을 깨닫게 해줄 수 있는 곳이다.
존 에이브램스, 《사우스 마운틴 이야기》에서

"참여연대와 희망제작소는 유사한 기능이 있어요. 대안을 만들어가는 거니까요. 모니터링하고 비판 감시자로서의 역할, 감시견으로서의 기능이 참여연대의 본질이라고 한다면, 희망제작소는 일종의 포지티브한 파트너십을 만들어서 어떤 모델을 만들어가는, 어떤 정책을 만들어가는 사업입니다. 일종의 아이디어 산업입니다. 그런 면에서 협력업체들이 굉장히 중요하죠."

-《희망을 심다》에서

1. 이제는 '희망제작소'다

　공자는 말년에 제자들 앞에서 이렇게 회고했다.

"나이 열다섯에 학문에 뜻을 두었고, 서른에 뜻이 확고하게 섰으며, 마흔에는 미혹되지 않았고, 쉰에는 하늘의 명을 깨달아 알게 되었으며, 예순에는 남의 말을 듣기만 하면 이치를 깨달아 이해하게 되었고, 일흔이 되어서는 무엇이든 하고 싶은 대로 하여도 법도에 어긋나지 않았다."

> 吾十有五而志于學
> 三十而立
> 四十而不惑
> 五十而知天命
> 六十而耳順
> 七十而從心所欲 不踰矩

　즉, 쉰 살이 되니 하늘의 이치를 알게 되었다는 뜻이다. 하늘의 이치를 안다는 것은 그만큼 인생의 풍전등화를 다 겪고 도의 이치를 깨달아갈 나이가 되었음을 은유적으로 표현한 것이기도 하겠다. 쉰 살이란 청춘의 세계로부터 멀어진 세계인 동시에 노년으로 들어가는 출발점이기도 할 테니까.

　하지만 이런 옛 수사가 박원순에게는 그다지 어울려 보이지 않는다. 나이 쉰이 되던 해, 5년 가까이 잘 이끌어오던 아름다운재단을 떠날 준비를 슬슬 하더니 이듬해 〈희망제작소〉라는 간판을 하나 내걸고 정말로 아름다운재단과 결별 수순을 밟는다. 참여연대를 떠날 때처럼, 이번에도 뒤로 돌아보지 않고 40대를 후반기를 다 바쳤던 조직을 걸어 나왔다. 마치 무언가를 하나 뚝딱 차려놓고 기반이 잡히면 떠나기를 즐기는 낭인들처럼. 어쩌면 지천명이 주는 새로운 과업을 찾아 길을 떠난 것인지도 모르겠다. 변호사로, 시민운동가로, 세상의 숱한 모순과 부조리를 두루 경험하던 차에, 박원순은 이 사회에 필요한 또 하나의 메지시를 발견하지 않았을까.

희망제작소는 그 이름부터가 범상치 않다. 희망은 추상적 수사다. 보이지 않는 희망을 목공예를 하듯 제작하겠다고 나선 것이다. 실제로 박원순의 희망제작소는 사람들에게 희망을 제작해주며 승승장구를 거듭했다. 우선 희망제작소는 시민들의 후원과 참여로 운영되는 독립민간연구소를 지향한다. 2005년 12월, 종로구 수성동 자그마한 사무실에서 연구원 다섯 명으로 출발한 희망제작소는 우리 사회의 크고 작은 의제들에 대해 정책적 대안을 연구하고 실천하는 싱크탱크다. 시작은 작지만 결과가 장대한, 박원순식 출발이었다. 정부나 기업의 출연금 없이 설립된 독립적인 민간연구소로서, 실사구시의 실학정신으로 연구와 실천을 병행하는 21세기 신新실학운동의 산실이기도 하다. 그리고 6년 남짓 희망제작소가 걸어온 길을 보면 그 보폭이 결코 가볍지 않다.

실사구시 정신을 바탕으로 희망제작소는 거대한 담론이나 관념적인 이론이 아닌 구체적인 현실에서 변화를 이끌어내는 조직을 지향한다. 중앙이 아닌 지역에서, 큰 것이 아닌 작은 것에서, 책상이 아닌 현장에서 분석하고 대안을 찾기를 원한다. 특히 희망제작소는 블루오션 지역과 농촌에 주목한다. 지역과 농촌이 살아나면 식량, 환경, 주택, 교통 문제가 크게 개선될 수 있다는 박원순의 창립철학이 작용하기 때문이다. 또한 희망제작소는 실업자와 중소기업자, 중소상공인들, 고교 재학생 등을 대상을 희망프로젝트를 진행하며 퇴직자들이 제2의 인생을 시작할 수 있도록 돕고, 시민의 작은 생각과 행동이 구체적인 일상의 변화를 이끌어낼 수 있음을 실천해 보인다.

희망을 찾지 못하는 국민들에게 할 수 있다는 씨앗을 제시하는 것, 그것이 희망제작소의 역할이다.

2. 존 에이브램스

- 이상한 회사의 이상한 CEO

존 에이브램스John Abrams는 이 책에 나오는 쟁쟁한 이력의 소유자들과 달리 평범한 시골 목수다. 그가 하는 일이란 미국 매사추세츠 주 마서즈 비니어드에 위치한 대안적인 건축회사, 사우스 마운틴South Mountain Company으로 출근하여 직원회의를 하거나 현장으로 나가 집을 짓는 일이다. 그 외에 공동체 발전을 위해 사우스 마운틴과 함께 마서즈 비니어드 섬 서민주택기금을 운영하며 지역 서민 주택 문제를 해결하기 위해 노력하고 있는 것 정도를 프로필에 더 올릴 수 있겠다.

'이상한 회사의 이상한 경영자'란 수식어는 바로 여기에서 출발한다. 너무도 평범해 보이는 그의 일상 속에 너무도 평범하지 않은 일들이 숨어 있기 때문이다. 사우스 마운틴은 1975년 에이브램스가 친구와 함께 설립한 지역 건축회사다. 회사를 차리기 전까지 에이브램스는 신문 배달을 하거나 제재소에서 일용직으로 아르바이트를 했다. 또한 벽돌을 굽거나 히피들을 대상으로 하는 가판을 운영하기도 했다. 그러나 그는 행복하지 않았다. 그러다가 우연히 눈을 돌린 것이 건축이었다. 마침 아는 사람 하나가 집을 짓는다는 소문을 듣고 친구와 함께 무작정 그를 찾아가서는 일용직으로 건축에 참여했다. 일을 하는 동안 에이브램스는 자신이 무척 행복하다는 사실을 발견했다.

'비로소 내가 평생에 걸쳐 해야 할 일을 찾았구나.'

일이 끝나자 에이브램스는 근처 목공소를 찾아갔다.

"이곳에서 일하게 해주세요. 일을 배우고 싶습니다."

그러나 주인은 난색을 표했다.

"우리도 일이 없어서 언제 문을 닫을지 몰라."

"그래도 좋습니다. 돈은 아주 조금만 주셔도 됩니다. 일을 배우는 게 목적이니까요."

주인은 젊은 에이브램스의 열정에 감동한 나머지 그를 채용했다. 그러나 목공소는 오래가지 않았다. 짧은 기간이나마 나무에 대하여 배울 수 있는 걸 최대한 배운 에이브램스는 동업자와 작은 가구점을 열었다. 직접 나무를 재단해서 수공예로 가구를 만드는 사업은 그럭저럭 현상유지가 되었다. 그러나 에이브램스는 거기서 안주하지 않았다.

나무 다루는 일에 자신감이 생기자 친구와 함께 마서즈 비니어드로 건너가 본격적으로 집 짓는 일에 투신하게 된다. '성장'만을 추구하는 기존의 회사들과는 달리 새로운 방식으로 30여 년간 회사를 운영하며 직원 대부분이 회사의 소유주로, 놀이나 다름없는 직장문화를 만들어 온 사우스 마운틴의 작지만 큰 이야기가 시작되는 순간이었다.

3.《사우스 마운틴 이야기》

- 작지만 큰!

《사우스 마운틴 이야기Company We Keep》는 창업주 에이브램스가 지은 일종의 창업전기다. 창업주이자 직원이기도 한 에이브램스는 이 책을 통해 30년에 걸친 사우스 마운틴의 궤적을 진솔하게 보여준다.

사우스 마운틴은 적은 인원으로 시작해 서서히 성장했다. 지금까지 직접 지은 집이 100여 채에 불과하다는 게 이를 대변해준다. 그들에게 건축은 일이 아니라 신념과 교환하는 작품이었다. 초창기엔 일이 더 들어와도, 하나의 일이 끝나지 않으면 그 일을 맡지 않았다. 일을 할 때도 서로 존중하며 팀워크를 이뤘다. 갈등이 생기면 양보와 타협을 통해 문제를 해결했다. 책을 읽어나가다 보면 독자들은 자신도 모르는 사이에 일과 협동, 삶의 가치, 갈등과 해소, 책임과 자유에 대하여 깊게 생각하게 될 것이다.

창업 초기부터 에이브램스가 강조해온 것은 공동체의식이다. 이를 위해 에이브램스는 여덟 가지 기본 원칙을 만들었다. 에이브램스가 이런 생각을 하게 된 배경에는 그의 할아버지가 있다. 러시아 이민자인 할아버지는 건축자재 회사를 차려 큰 성공을 거두었다. 그러나 50년대가 되면서 회사는 휘청거리기 시작했다. 자녀 중에 누구도 아버지의 회사에 관심이 없었다. 직원들은 각자의 지분을 갖고 회사를 빠져 나갔고 그들만의 회사를 차렸다. 할아버지는 회사를 살리기 위해 혼자 고군분투했지만 60년대에 결국 파산하고 말았다.

에이브램스는 할아버지 회사가 쪼개진 원인을 직원들에서 찾았다. 회사를 자기 집처럼 아끼는 마음이 있었다면 그렇게 뿔뿔이 흩어지지 않았을 것이란 생각이었다.

여덟 가지 기본 원칙

새로운 방식으로 회사를 운영하려고 시도하는 과정에서 우리는 여덟 가지 기본 원칙을 갖게 되었다. 이는 우리 회사가 지나온 과거를 살펴보며 자연스레 얻은 것인데, 미리 여덟이라는 숫자를 정해놓았다거나 또 이런 원칙을 토대로 삼아야겠다고 구상했던 것은 아니다. 그저 내가 상상하는 회사를 만들려는 노력 속에서 자연스럽게 터득한 것이다. 이는 벽을 쌓아 올리는 석공의 노력과 비슷하다.

석공은 벽돌 무더기 속에서 기초를 하기에 적당한 것과 중간을 채워 넣기에 적당한 것, 또 맨 꼭대기에 얹을 갓돌로 쓸 만한 것을 골라낼 줄 안다. 내가 우리 회사의 기본 원칙을 발견한 것도, 석공이 자신이 쌓아 올릴 벽의 주춧돌을 찾아낸 것과 같다. 그것들을 찾아냈다기보다 그것들이 스스로 모습을 드러냈다고 해야겠다. 그렇게 하나씩 발견한 원칙들을 조합하여 한데 모으면 건물의 기본 뼈대가 되는 것이다. 시간이 오래 걸릴지는 모르나 견고한 토대가 된다.

에이브램스가 내세운 여덟 가지 원칙은 다음과 같다.

- 민주적인 직장 만들기
- 성장이라는 불문율에 도전하기
- 다양한 가치를 실현하기
- 마서즈 비니어드 섬에 전념하기
- 장인 정신을 지키기

- 지역 주민을 보호하기
- 지역 기업가 정신을 실천하기
- 성당을 짓는 사람처럼 생각하기

민주적인 직장이란 직원이 곧 회사의 소유주이자 소유주가 직원인 회사를 말한다. 에이브램스는 1987년 사우스 마운틴을 개인기업에서 공동기업으로 변경했다. 직원들이 소유권을 공유하고, 책임과 권한, 이윤을 나눠 갖는 시스템을 도입한 것이다. 소유권과 지배권을 공유하는 것이 이 회사의 방침으로 현재 30명의 직원 가운데 절반이 오너의 위치에 있다. 들어온 지 얼마 되지 않는 직원들도 일정 절차를 거치면 오너의 자리에 오를 수 있는 구조다.

경영 또한 오너가 독단적으로 일을 처리하기보다 모든 직원이 모여 회의를 하고 그 결과에 따라 움직인다. 빨리빨리 의사 결정을 해야 하는 현대사회에서 이런 경영 방식은 매우 불합리한 듯 보이지만, 실제로 이 회사 운영에는 아무런 걸림돌도 되지 않는다. 조금 느리지만, 그들은 느린 곳에서 삶의 여유를 찾고자 한다.

성장 불문율 원칙도 재미있다. 대부분의 회사는 이윤을 추구하는데, 이윤 추구를 위해서는 성장이 필연적이다. 성장하지 못하면 살아남지 못한다는 말도 여기서 나왔다. 하지만 사우스 마운틴의 입장은 다르다. 얼마나 성장하느냐가 아니라 어떻게, 적절하게 성장하는가를 중요시 여긴다.

실제로 사우스 마운틴은 여러 번 성장할 기회가 있었다. 비니어드 섬을 떠나 미국 전역으로 영업망을 넓히자는 의견도 있었다. 그러나 대다수의 직원들은 비니어드 섬에서 행복하게 사는 것을 택했다. 엄청난 부와 명예를 얻는 것보다 중요한 건 느리지만 행복하게 사는 것, 그것이 진짜 행복이라는 깨달음 때문이었다.

다양한 가치 실현도 같은 맥락이다. 사우스 마운틴의 오너들은 회사의 이윤 창출보다 더 중요한 것을 다양한 가치의 실현이라고 본다. 집을 짓는 일에서 만족을 얻거나, 좋은 집을 얻어 만족하는 사람, 그 속에서 꽃 피는 공동체의 가치야말로 진정 소중한 것들이다.

에이브램스는 창업 초기부터 지역 공동체에 공을 들였다. '마서즈 비니어드 섬에 전념하기'란 항목은 여기에 기인한다. 사우스 마운틴은 이윤의 많은 부분을 자신들이 몸담은 섬에 투자한다. 회사의 이윤이 지역에서 나왔음을 잊지 않는 나눔 정신의 철학 때문이다. 장인 정신 지키기는 특히 창업자 에이브램스가 강조하는 덕목이다. 신입 사원이 들어오면 제일 먼저 교육받는 것도 장인 정신이다.

사람들이 집을 원하면 집을 지어주는 것도 사우스 마운틴의 장점이다. '지역주민보호하기'란 원칙은 그래서 나왔다. 마서즈 비니어드 섬은 심각한 주택 문제에 처해 있었다. 부동산 가격이 폭등한 때문이었다. 그래서 섬을 떠나는 사람들이 생겨나자 에이브램스는 지역 관공서의 주택정책에 관여하며 함께 머리를 맞대고 주민이 누구나 원하는 집에서 살 수 있는 방안을 모색했다.

미래 스케치

사우스 마운틴에는 회의가 없다. 대신 직원들은 시간이 나면 회사의 미래에 대해 토론한다. 토론에서 나온 주제들은 정리되고 좋은 아이디어는 실천으로 옮겨진다. 에이브램스는 회사의 현재가 아니라 미래를 고민하고 있다고 털어놓는다. 회사가 파산하지 않고 오래 유지되는 그런 미래가 아니라, 환경을 해치지 않으며 어떻게 지역에 뿌리내려 지역과 호흡하는 회사가 되는가 하는 점이다. 이렇게 머리를 맞댄 끝에 그들은 여덟 가지 미래 계획을 만들었다.

- 정치 세력을 통합하기
- 비니어드 연구소 설립하기
- 적절한 주택 공급을 장려하기
- 시골 지역의 특성을 보존하고 개발하기
- 새로운 전통 경제를 지원하기
- 교통 체계를 발전시키기
- 문화적 전통을 유지하기

언뜻 보면 지방자치단체 홈페이지에나 올라와 있을 법한 내용들이다. 이런 일을 행정기관과는 관계없는 일개 지역 건축회사가 추진하고 있다는 점이 놀랍다.

정치가 선진화될수록 지역 주민들이 정치에 적극 관여하는 것은 당연한 일로 여겨진다. 적절한 주택 공급을 장려하고 무작정 개발만 하는 게 아니라 전통을 보존하고 거기에 맞춰 교통 체계를 발전시킨다는 구상은 다 함께 사는 세상을 꿈꾸게 하는 실천적 경영목표들이다. 전체 직원이 회사를 스스로 하나의 공동체로 여기고 자부하는 이유가 여기에 있다. 일과 삶이 분리되지 않은 회사의 구성원들, 자신의 행복과 회사의 성장을 동일시하는 자연스러운 공동체! 모든 사람이 꿈꾸는 쉽게 이룰 수 없는 회사의 답을 사우스 마운틴이 보여주고 있는 것이다.

에이브램스가 특히 공을 들이는 분야는 환경 건축이다. 집을 지을 때 에이브램스는 종종 홍수에 떠내려 온 강의 폐목재를 건져다가 들보나 기둥으로 이용한다. 이런 친환경적인 건축 방식은 시멘트나 벽돌 같은 인위적 재료들과 절묘하게 조합을 이루며 자연과 하나가 된 집을 연출한다. 사우스 마운틴 사람들에게 있어 집은 거주지로서의 집이 아니다. 그들에게 집은 자연 속에 잠시 틈을 빌린 하나의 또 다른 자연이다. 사우스 마운틴의 이런 건축 철학은 개발로 시끄러운 우리 사회에 시사하는 바가 크다. 사우스 마운틴의 경영자가 아닌 목수 에이브램스는 이 모든 것을 오랜 생각과 고민을 통해 이루었다. 먼저, 미래에 대하여 생각을 하고 생각을 현실로 옮기는 것, 그 간단한 진리 속에 대안적 삶, 친환경적인 삶에 대한 다양한 삶의 비전들이 숨어 있는 셈이다.

에이브램스는 책의 곳곳에서 독자들에게 중얼거린다.

꿈꾸세요! 그러면 할 수 있습니다! 그게 무엇이든!

4. 원순 씨 생각

- 꿈꾸세요, 이루어드립니다

"사우스 마운틴은 미국의 작은 건축회사에요. 그런데 이 회사는 직원의 반이 오너고 직원들은 회사에 출근하는 걸 너무 즐거워해요. 어떻게 이런 회사가 있을 수 있을까 굉장히 부러워하면서 읽었어요. 직원과 회사와 지역사람들이 함께 어우러져 미래의 그림을 그리는 회사에요. 30여 년간 그 회사가 어떻게 운영되어 왔고, 직원들 간의 협동이란 것은 무엇이며, 삶의 진정한 가치는 무엇인지에 대해서 이야기하고 있어요."

- 《지식인의 서재》에서

사우스 마운틴이 에이브램스의 꿈이라면 희망제작소는 박원순이 꾸었던 많은 꿈들 가운데 하나였다. 박원순은 언제부터 희망제작소라는 엉뚱한 꿈을 꾸기 시작했을까?

《사우스 마운틴 이야기》는 2005년 5월, 출판사 샨티에서 황근하 번역으로 초판이 나왔다. 이어 같은 출판사에서 2009년 《가슴 뛰는 회사》라는 제목으로 개정판이 나왔다. 좋은 책의 결말이 대부분 그렇듯 선전만 요란한 책들에 가려 쉽게 독자들의 기억에서 잊혀간 책들 중 하나다. 하지만 이 책을 기억하는 사람이 있었으니 바로 박원순이다.

공교롭게도 희망제작소가 닻을 올리던 그 즈음 박원순은 이 책을 읽었다. 그리고 세월이 흐른 뒤에도 잊지 않고 헌사를 아끼지 않았다. 2011년 〈한국일보〉와의 인터뷰5.27에서 박원순은 희망제작소를 만든 이유를 이렇게 설명했다.

"언젠가 실학에 대한 책을 몽땅 읽은 적이 있습니다. 임진왜란 이후 어떤 식으로 사회를 개조하고 혁신할 수 있을지 고민하는 학자들이 있었죠. 이들은 종래의 유교가 관변적, 사변적이고 추상적 논쟁에 기울었던 것을 반성하면서 사회를 실질적으로 변화시킬 방법을 모색했습니다. 희망제작소는 21세기 실학운동을 표방했습니다. 시민 사회적 관점, 공공적 관점을 갖는 연구소이자 실천적 싱크탱크를 지향했지요. 아시다시피 한국은 총론은 강하지만 각론이 약하고 추상적 슬로건이 많습니다. 우리는 미래를 대비한 구체적 콘텐츠를 제시하고 싶었습니다. 이념에도 휘둘리지 않았죠.

희망제작소라는 이름도 여기에서 나왔습니다. 양극화가 심화한 한국 사회에는 상대적 절망이 매우 큰데, 기대는 큰데 현실이 따라가지 못해 생기는 절망입니다. 그럴수록 희망이 필요하다고 보았습니다. 제작이라는 단어에는 낙관성이 들어 있습니다. 하늘이 희망을 던져주는 게 아니라 우리 스스로가 희망을 만들 수 있다고 보았습니다. 그래서 그렇게 이름을 지었습니다. 그냥 연구소라고 하면 밋밋하니까요. 희망제작소는 희망을 제작하는 곳입니다. 예를 들면 '행복설계아카데미'라고 은퇴자 프로그램이 있습니다. 정부는 시장에서 은퇴한 사람을 다시 시장으로 돌려보내려 하지만 우리는 비영리단체 취업을 추진합니다. 행복설계아카데미에서 3개월간 은퇴자를 교육시켜서 비영리단체에 취업할 수 있도록 했습니다. 460여 명이 교육을 받았는데 절반 정도 취업했습니다. 그들이 나서서 사회적 기업도 일곱 개나 만들었지요."

대한민국을 디자인하다

《나는 미처 몰랐네 그대가 나였다는 것을》

나도 인간이라 누가 뭐라 추어주면 어깨가 으쓱할 때가 있어요.
그럴 때 내 마음 지그시 눌러주는 화두 같은 거지요.
세상에 제일 하잘것없는 게 좁쌀 아니에요?
'내가 조 한 알이다' 하면서 내 마음을 추스르는 거지요.
장일순, 《나는 미처 몰랐네 그대가 나였다는 것을》에서

"박원순 변호사를 만나서 그분의 뜻을 충분히 듣고 의견을 나누었습니다.
나는 그분이 누구보다도 서울을 잘 이끌어주실 거라고 믿습니다. 변화에
대한 우리의 열망이 꼭 이루어지길 바랍니다."

1. 새로운 시작을 알리는 출사표

무더위와 폭우가 번갈아가며 한반도를 강타하던 2011년 8월, 서울
시의회는 한바탕 긴장에 휩싸여 있었다. 오세훈 시장의 거취를 결정한
무상급식 주민투표가 코앞으로 다가와 있었기 때문이었다. 8월 24일,

예정대로 투표가 실시되었고 결과는 투표율 25.7퍼센트. 오세훈 시장의 패배였다. 투표율에 정치생명을 걸었던 오세훈 시장은 8월 26일 전격 사퇴하고 자리에서 물러났다.

오세훈 시장과 한나라당은 저소득층 자녀를 대상으로 선별적인 무상급식을 실시하자고 주장하면서 중학생까지 전면 무상급식을 시작해야 한다는 민주당과 팽팽히 맞서고 있었다. 6·2지방선거에서 서울시의회 위원의 3분의 2를 야당이 차지하게 되면서 무상급식 논란에 불이 붙었고, 진보 교육감인 곽노현 교육감이 당선되면서 마침내 수면위로 떠올라 현실화된 문제였다. 그러던 중 2011년 1월 6일, 서울시의회의 반대에도 불구하고 의장 직권으로 무상급식 조례안을 통과시켰고, 이에 서울시가 무상급식 조례안에 대한 공포를 거부함과 동시에 법원에 무효소송을 냈다. 오세훈 서울시장의 사퇴는 이로 인해 촉발된 논쟁의 결과였다.

한쪽에 어둠이 들면 반대쪽엔 빛이 드는 법이다. 오세훈 시장이 사퇴하자 여당과 야당은 즉각 보궐선거에 내보낼 후보자 물색에 나섰다. 한나라당에선 나경원 위원이 후보로 나섰다. 그리고 그에 반하는 진영에서는 대표 주자로 안철수 서울대 교수를 내세웠다. 9월 4일 실시된 여론조사에서 안철수 교수는 압도적인 지지율을 보였다. 많은 사람들이 그만큼 새 인물을 갈망하고 있다는 반증이기도 했다. 그 즈음 또 한명의 강력한, 그리고 새로운 인물이 등장했다. 희망제작소 상임이사인 박원순이었다. 박원순의 등장은 누구도 예상 못한 행보였다. 그 자신, 정치가가 되기보다는 시민운동가, 소셜디자이너의 삶을 택한 사람이었기 때문이다. 그는 과거 여러 차례 시민운동과 정치는 선을 그어야 한다는 입장을 보였고, 실제로 정치판 근처에는 얼씬거리지 않았던 사람이었다. 하지만 그는 태생적인 승부사였다. 박원순은 자신이 움직여야 할 때를 정확히 알고 있는 사람이었다. 변호사와 시민운동가로 다져진 박원순의 꿈은 이제 더 큰 미래를 그리고 있었다.

지지율에서 안철수와 상대 비교가 되지 않았지만 박원순은 뚝심 있게 출마 고집을 밀고 나갔다. 그러나 뜻을 같이하는 두 마리 용이 자리를 다툴 수는 없는 법이었다. 9월 6일 두 사람은 전격적으로 만났다. 이 자리에서 박원순은 과히 승부사다운 기질을 유감없이 발휘한다. 수백 명의 기자들 앞에서 이날 박원순은 지금까지 자신의 이미지와는 전혀 다른 이미지를 연출했다.

그날, 저녁 뉴스에 몰려 앉은 국민들은 안철수 교수의 전격적인 박원순 지지에 놀랐고, 덥수룩한 수염에 뒤축이 낡아 떨어진 구두를 신은 박원순의 모습에 다시금 놀랐다. 이날 박원순이 낡은 구두를 신은 모습은 이름만 대면 알 만한 사진작가의 트위터 사진을 통해 대중에 널리 회자되면서 박원순이 친서민적인 이미지를 구축하는 데 일조한다.

훗날 YTN 인터뷰를 통해 박원순은 그날의 정황을 다음과 같이 밝혔다.

"백두대간 종주 후 바로 산에서 내려와 집에 있던 구두를 신고 나갔는데, 마침 그날 뒤창이 떨어져 그런 모습이 됐습니다. 그걸 본 국민들이 전국에서 구두를 보내준다고 해왔지요."

박원순이 구두가 없어 낡은 구두를 신고 기자회견장에 나가지는 않앉을 것이다. 덥수룩한 수염도 마찬가지, 누가 봐도 의도된 느낌이 다분하다. 박원순에게 안철수 교수와의 만남은 서울시장의 향방을 가를 승부처였다. 박원순은 과거 시민운동을 할 때도 언론을 통해 여론을 움직이는 데 능통한 사람이었다. 경기에 이기는 선수는 자신이 물러서야 할 때와 치고 나가야 할 때를 잘 안다. 박원순은 이날, 백두대간 종주와 덥수룩한 수염, 낡은 구두를 통해 박원순이라는 이름 석 자를 모르는 사람들에게까지 확실히 각인시켰다. 여기에 안철수 교수가 방점을 찍었다.

"박원순 변호사를 만나서 그분의 뜻을 충분히 듣고 의견을 나누었습니다. 나는 그분이 누보다도 서울을 잘 이끌어주실 거라고 믿습니다. 변화에 대한 우리의 열망이 꼭 이루어지길 바랍니다."

그날 두 사람이 나눈 대화는 시장후보 양보에 관한 것이 아니었다. 그들은 평소처럼 새로운 세상, 아름다운 세상을 만드는 법에 대해 담소했다. 딱 차 한 잔 마실 정도의 시간이 흘렀을 뿐이다. 고수들의 대화에 많은 말은 금물이다. 찻잔이 식자 두 사람은 잠시 눈을 맞춘 뒤 각자의 길로 돌아섰다. 서로 많은 말을 나누지는 않았지만, 서로가 서로에게 무슨 말을 하고 싶은지는 굳이 듣지 않아도 알았을 것이다. 안철수 교수의 공개 지지선언 덕분인지 이후 박원순의 행보는 더욱 거침이 없었다.

박원순은 변화를 위해 신발 끈을 다시 조였다. 한 달여의 치열한 유세전이 전개된 뒤 마침내 뚜껑이 열렸다. 2011년 10월 26일 치러진 서울특별시장 보궐선거의 최종 투표율은 과반에 조금 못 미치는 48.6퍼센트였다. 박원순은 전체 투표수 가운데 53.40퍼센트인 215만8천476 표를 획득하며 서울특별시장에 당선되었다. 서울특별시 전체 25개 자치구 가운데 서초, 강남, 송파, 용산을 제외한 나머지 21개 구에서 모두 나경원 한나라당 후보를 앞섰다. 당초 박빙일 거라는 예상과 달리 나경원 한나라당 후보를 7.19퍼센트 앞선 여유 있는 당선이었다. 당선이 확정되자 박원순은 서울광장에 나와 차분하게 마이크를 잡았다.

"저는 깨끗하게 치러지는, 축제 같은 선거를 통해서 시장이 되겠다는 꿈을 꾸었습니다. 그러나 간단하지 않았습니다. 흑색선전과 인신공격이 난무했습니다. 하지만 저는 무너지지 않았습니다. 결국은 진실이 거짓을 이겼습니다. 우리 모두가 이겼습니다."

박원순은 상기된 목소리로 자신의 포부를 이어나갔다.

"여러분, 얼마나 힘드셨습니까? 저는 용산 참사와 같은 비극이 다시는 일어나지 않게 하겠습니다. 우리의 고귀한 땅과 주택을 투기의 대상이 아닌, 삶의 휴식이 될 수 있는 고귀한 곳으로 만들겠습니다. 저는 서울이라고 하는 이 땅에서 굶는 아이들, 어르신들, 가정이 없도록 하겠습니다. 헌법에 보장된 인간적 존엄성, 삶의 질과 인간으로 최소의 가치를 서울에서 실현하도록 최선을 다하겠습니다."

인사가 끝나자 시민들은 열띤 환호로 시민운동가에서 시장으로 변신한 박원순에게 축하 박수를 보냈다. 단상을 내려오며, 박원순은 고개를 들어 차들로 북적이는 세종로를 바라보았다. 서울시라는 거대한 조직은 일전에 몸담았던 조직과는 전혀 다른 곳이었다. 사적인 영역에서 공적인 영역으로 한 발을 떼며 그는 크게 숨을 들이마셨다.

서울시장 출마라는 변수가 있기 두 달여 전, 무작정 떠났던 백두대간 종주가 떠올랐을지도 모른다. 한라산에서 태백의 준령까지, 이 나라 등뼈의 구석구석을 누비며 박원순은 무뎌진 정신의 칼날을 날카롭게 갈았다. 그리고 그 중심에는 무위당 장일순이 있었다. 특히 원주를 지나며 그는 장일순에 사무쳤다. 백주대간 종주 기간 동안 새삼 꺼내 마음에 되새기던 무위당 장일순의 잠언들처럼, 박원순은 새로운 도전을 향해 그렇게 첫 발을 조심스레 내딛었다.

2. 장일순
- 원주가 낳은 위대한 사상가

"사람마다 다르겠지만 강원도 원주 하면 나는 무위당 장일순 선생이 주도했던 한살림운동이 떠오른다. 생명사상에 바탕을 둔 한살림운동은 유기농 농산물 직거래를 통해 환경운동과 생활협동조합운동의 대표적 모델이 되었다. 아무도 생명사상에 관심을 기울이지 않던 때 장일순 선생은 원주의 시민운동가들과 함께 협동조합운동과 한살림운동을 벌이며 원주를 협동조합 도시로 만들었다."
- 〈박원순의 희망탐사55〉, 〈프레시안〉 기획

〈박원순의 희망탐사 55〉 중에서
무위당 장일순의 이름을 아는 사람은 많지 않다. 그러나 그의 작지만 큰 족적은 민초들의 가슴속에 수많은 일화를 남기고 있다. 길거리 군고구마 글씨가 제일 아름답다고 외친 사람, 소매치기에게 뺏긴 지갑을 찾아준 후 소매치기에게 본업을 방해했다며 돈을 쥐어준 사람, 15분이면 닿을 수 있는 거리를 두 시간도 넘게 걸리도록 걸어가며 만나는 사람마다 인사를 나누고 대화를 했던 사람, 사람뿐만 아니라 모든 생명들에게 극진했던 사람, 약관 20대 초반에 아인슈타인과 편지를 주고받으며 세계를 하나의 연립정부로 만드는 것을 목적으로 하는 '원월드One World'운동에 참여하기도 했던 사람…….

2012년판 브리태니커 백과사전은 장일순을 1928년 강원 원주에서 태어나 1994년에 타계한 사회운동가로, 교육자와 생명운동가의 삶을 산 사상가로 기억하고 있다. 그러나 장일순의 인생을 한 마디로 요약하는 것은 쉽지 않다.

표면적으로 그는 원주에 대성학교를 세운 교육자다. 또한 난초 그림을 잘 그려 그가 그린 〈무위란無爲蘭〉은 추사 김정희의 〈불이선란不二禪蘭〉, 대원군 이하응의 〈석파란石坡蘭〉과 견주어 회자되기도 한다. 독실한 천주교 신자이면서도 유학과 노장사상에 조예가 깊어 관련된 책을 펴내기도 했고, 1970년대에는 신용협동조합운동과 한살림운동을 펼치며 반독재·민주화운동에 앞장서기도 했다. 아울러 평생을 인간과 자연의 조화로운 삶을 추구한 생명사상가로서 인간에 대한 깊은 신뢰와 애정을 바탕으로 많은 후학들에게 영적인 에너지를 남긴 이가 장일순이다.

장일순은 어린 시절 할아버지에게 한학을 배우고 일제강점기 강릉에서 활동했던 서예가 박기정에게 서화를 익혔다. 1940년 천주교 원동교회에서 '요한'이라는 세례명을 받았으며 1945년 배재고등학교를 졸업한 후 경성공업전문학교에 입학했으나 국립서울대학교 설립 반대투쟁에 연루되어 제적을 당했다. 1946년 서울대학교 미학과에 입학했다가 전쟁과 함께 입대하여 거제도 포로수용소에서 통역관으로 활동했다.

제대 후, 지역사회 발전을 위해 고민하다가 원주에 인문계 고등학교가 단 한 곳도 없다는 것을 깨닫고 대성학교 설립에 참여했다. 학교 이름을 '대성'이라 한 이유는 도산 안창호 선생이 설립한 바 있는 '대성학교'의 정신을 이어받고자 함이었다. 장일순은 일찍부터 안창호와 조봉암을 흠모해왔으며 장일순의 대성학교는 그들의 정신을 이어받으려 한 노력의 결실이었다.

4·19혁명이 발발하자 사회대중당 후보로 민의원 선거에 출마하면서 정치활동을 시작했다. 그러나 5·16군사쿠데타가 일어나자마자 경찰에 체포되어 3년간 옥고를 치렀다. 장일순의 일생에 최대의 위기가 찾아온 것이다. 하지만 장일순은 감옥에서 많은 책을 읽으며 우주와 자연의 질서에 대해 깊이 사색하기 시작했고, 이 땅에 태어난 자신에게 주어진 사명을 자각했다.

감옥에서 나오자 천주교 원주교구장이었던 지학순, 시인 김지하 등과 함께 낙후된 강원도민의 자립을 위해 농민·노동자들을 위한 교육과 협동조합운동을 주도했다. 또한 박정희 정권의 부정·부패를 폭로하고 사회정의를 촉구하는 시위를 주도하는 등 반독재·민주화투쟁에도 앞장섰다.

1970년대가 기울어갈 무렵부터는 동학사상에 입각한 생명운동으로서 도시와 농촌의 공생을 추구하는 협동운동을 전개하기 시작했다. 장일순의 이러한 노력은 도시화, 물질만능주의로 사라져 가는 두레와 계, 품앗이 등 우리의 전통 풍속들을 다시 재현하여 민족의 정신을 바로 세우자는 생각에서 시작되었다. 장일순은 지학순 주교 등과 함께 원주 원동성당에서 최초로 신협조직을 태동시켰으며, 이후 강원도 탄광지역의 민중을 위한 지역 신협을 활성화시켜 나갔다. 생활협동조합도 마찬가지로 먹을거리를 통해 자연과 함께하는 자연중심의 생활로 돌아가자는 운동이었다.

여러 사람들이 지적했듯 이러한 운동은 단순히 잘살자는 운동이 아니라 인간을 되찾는 참인간운동이었다. 그래선지 강원도 원주에는 전국 어느 지방보다도 조합원 스스로가 운영 주체인 의료생협과 먹거리생협, 육아생협, 교육생협 등이 아직도 활발히 운영되고 있다.

생명과 자연 일치의 한살림운동

그가 남긴 수많은 업적 중에서도 무위당 장일순의 정신을 요약할 수 있는 주체는 바로 한살림운동이다. 한살림은 생명과 자연 일치의 세계관을 바탕으로 도농직거래운동과 지역살림운동을 펼치는 비영리 생활협동조합이다. 조합원들은 미리 약정을 맺은 농민들을 통해 우수한 먹을거리를 구매하고 농민들은 적당한 이윤을 받고 농산물을 생산하는, 서로가 상생할 수 있는 제도다.

2010년 기준 한살림과 생산약정을 맺은 유기농 농토는 650만 평이고, 조합원 수는 25만 가구에 달했다. 1990년대 들어서면서 유기농에 대한 관심이 전국적으로 일어났지만 장일순은 이미 1970, 80년대에 화학농법으로 소비자들을 만족시킬 수 없다는 것을 간파한 셈이었다.

〈한살림선언〉에 의하면 한살림운동의 목적은 다음과 같다.

첫째, 〈한살림〉은 생명에 대한 우주적 각성이다.
둘째, 〈한살림〉은 자연에 대한 생태적 각성이다.
셋째, 〈한살림〉은 사회에 대한 공동체적 각성이다.
넷째, 〈한살림〉은 새로운 인식, 가치, 양식을 지향하는 '생활문화운동'
이다.
다섯째, 〈한살림〉은 생명의 질서를 실현하는 '사회실천활동'이다.
여섯째, 〈한살림〉은 자아실현을 위한 '생활수양운동'이다.
일곱째, 〈한살림〉은 새로운 세상을 창조하는 생명의 '통일활동'이다.

1990년 12월, 평소 사상적으로 함께하던 조영래 변호사가 젊은 나이에 요절했을 때 서예로 이름이 높았던 장일순이 묘지명을 짓게 된다. 그러나 장일순은 '조영래지묘'란 표지석만 적었을 뿐 비문은 공란으로 남겨두었다. 인간 조영래의 업적을 몇 줄 글로 요약할 수 없다는 것이다. 이는 비움으로써 가득 채운 것이었다.

그리고 4년 뒤 그 자신도 병으로 세상과 작별을 고하고 만다. 그가 남긴 유언에는 '장일순의 이름으로 그 무엇도 하지 말라'는 유훈도 들어 있었다. 불필요하게 자신의 업적이나 이름이 높아지는 걸 경계했던 것이다. 석가모니가 죽으며 제자들에게 자신의 우상을 만들지 말라고 유언했던 것처럼, 죽는 순간까지도 남은 사람들에게 큰 가르침을 주고 떠난 것이다. 오늘날 온갖 사람들이 죽기도 전에 제 이름으로 동상이나 비석을 세우는 것과는 참으로 비교되는 삶이다.

원주의료생협의 가치 있는 도전

인구 20만의 작은 도시 원주의 실험이 계속해서 성공을 구가해온 것만은 아니다. 장일순 선생 등 일군의 시민운동가들의 노력으로 수많은 생활협동조합이 생겨났지만 IMF의 된서리를 맞으면서 스물한 개던 협동조합이 열세 개로 줄어드는 아픔을 겪었다. 소비가 죽자 상권이 죽고 대출금이 회수되지 않아 부실조합이 많아지는 악순환이 거듭되었던 탓이었다. 역설적이게도 이는 한살림운동의 근간이 조합원에 있음을 방증하는 사례이기도 하다. 조합원이 부실하면 주체도 함께 무너지는 것이다.

하지만 이들 중에서도 원주의료생활협동조합^{이하 원주의료생협}은 생협의 모범적인 사례로서 지금도 활발히 운영되고 있다. 원주의료생협의 근간은 맑음의원과 맑음한의원이다. 1천200명 시민의 공동출자로 만들어진 이 병원의 주인은 의사가 아니라 주민들이다.

원주의료생협의 특징을 살펴보면 우리 주변에 있는 여타의 병원과는 확실히 다르다는 것을 알 수 있다. 다른 병원의 항생제 처방률이 50퍼센트 내외인 것에 비해 원주의료생협은 10퍼센트에 불과하다. 양방의 경우 하루 환자 수도 50여 명으로 제한되어 있다. 환자가 많으면 오진율이 높아지기 때문이다. 한방도 35명을 넘지 않도록 되어 있다. 또한 원주의료생협은 환자가 찾아오는 병원이 아니라 환자를 찾아가는 병원을 실현한다. 고령자가 걸어서 10분 이내에 도달할 수 있는 위치에 진료소 망을 거미줄처럼 갖추는 것이 원주의료생협의 목표다.

원주의료생협은 일자리 창출에도 기여한다. 20여 명이 일하는 간병사업단이 그것이다. 간병사업단의 주인 역시 간병인들 자신이다. 그들은 각자 지분을 출자하고 간병단의 운영에도 관여한다. 원주의료생협은 좋은 일에도 앞장선다. 재래시장 상인들을 대상으로 건강검진도 해주고 정기적으로 방문간호도 한다. 내가 병원의 주체이고 내가 병원의 환자이기도 하니 분쟁의 여지가 생길 일이 없다. 불필요한 지출도 없고 부정도 없으니 진료비가 비쌀 이유도 없다. 환자와 의사, 소외된 지역 주민 모두가 만족하는 진료 시스템 구축, 그것이 원주의료생협의 오늘이다.

3.《나는 미처 몰랐네 그대가 나였다는 것을》
- 무위당식 수행법

요즘 출세 좋아하는데 어머니 배 속에서 나온 것이 바로 출세이지요. 나,
이거 하나가 있기 위해 태양과 물, 나무와 풀 한 포기까지 이 지구, 아니 우
주 전체에 있어야 돼요. 어느 하나가 빠져도 안 돼요. 그러니 그대나 나나

얼마나 엄청난 존재인 거예요.

《나는 미처 몰랐네 그대가 나였다는 것을》은 무위당 장일순의 말과 글을 모아놓은 일종의 잠언집이다. 2011년 도서출판 도솔에서 초판이 나왔으며 장일순의 가르침을 따르는 원주의 중학교 교사 김익록이 글을 모으고 엮었다.

엮은이 김익록은 까까머리 중학생 시절 처음 무위당 장일순을 만났다. 붓글씨를 배우러 다니던 서예실에 들른 장일순에게 겁도 없이 글한 점을 부탁했던 것인데, 장일순은 거절하지 않고 그 자리에서 붓을 들어 '學不廉^{학불염}'이라는 글자를 써주었다. '學不廉' 석 자는 학불염이교불권^{學不厭而敎不倦}에서 나온 말로 배울 때는 싫증을 내지 않고, 가르칠 때는 게으름을 피우지 않는다는 뜻으로 스승과 제자로서 서로 최선을 다해야 한다는 공자의 가르침이다. 그날의 만남이 인연이 되어 김익록은 어른이 된 뒤에도 꾸준히 장일순의 가르침을 따르며 소박한 교육자가 되어 아이들에게 참 가르침을 펴고 있다. 인연이란 이렇듯 소중한 법이다.

이 책의 발문을 쓰기도 한 목판화가 이철수 또한 장일순과 인연이 깊다. 젊은 날 이철수는 물욕이 없는 사람이어서 돈이 들어오면 들어오는 족족 술만 홀고 마셨다. 보다 못한 장일순이 하루는 이철수를 불러 땅을 사도록 부추겼다. 땅을 사려면 목돈이 있어야 하는데 술 먹는 데 바빴던 이철수에게 목돈이 있을 리 없었다. 장일순은 빚을 내서라도 땅을 사라고 조언했다. 그런데 이철수는 본래 남의 돈을 빌리고는 못 사는 사람이었다. 빚을 지고 땅을 샀으니 열심히 일해서 그 돈을 갚아 나갔다. 그리고 빚을 다 갚고 나니 땅이 고스란히 남았다. 이철수가 판화에 매진할 수 있었던 것도 경제적인 걱정 없이 자급자족할 수 있는 땅이 있었기에 가능했다. 하지만 무리인 줄 알면서도 땅을 사라고 부추겼던 게 마음에 걸렸던지 장일순은 병석에 누웠던 말년에 이철수에게 우편으로 글씨 한 점을 보내온다.

'不取於相불취어상'

장일순이 이철수에게 생의 작별인사로 건넨 글씨는 '불취어상 여여부동不取於相 如如不動'에서 나왔다. 이는 '나'라는 자체도, '해탈'이란 상도 취하려 하지 말고 그저 그냥 그렇게 두라는 《금강경》의 가르침으로, 혹자들은 금강경 5천149자를 요약하는 핵심문장이라고 하기도 한다. 이를 이철수는 '살면서 만나는 눈앞의 온갖 헛된 것에 속아 넘어가지 말라는 뜻'으로 해석했다.

"내가 자네더러 논밭뙈기 사시라고 했지? 그게 큰 재산이신가? 그게 자네 마음에 속된 안도와 위안을 주는 물건이더냐고 묻는 걸세. 그러시다면 그게 바로 불취어상인 게야!"

김의록과 이철수의 사례에서 볼 수 있듯, 장일순은 교육자이자 생명운동가이기 이전에 철학자이자 사상가였다.

1970년대와 1980년대는 암흑의 시대였다. 군사독재가 세상을 울타리 안에 가두던 그 시절이었다. 이 시절 일찍이 옥고를 치른 바 있는 장일순은 직접적인 말보다 그의 특기인 그림과 글씨를 통해 자신의 생각을 펼쳐나갔다. 15분이면 닿을 수 있는 원주천 둑방길을 걸으며 이 사람 저 사람을 만나 생의 고민을 듣고 즉석에서 마음의 고민을 덜어주는 즉문즉설을 폈을 뿐만 아니라, 고민을 털어놓거나 어려움에 놓인 사람을 보면 어떤 이야기에도 막힘없이 옛 성현의 글씨 한 토막을 꺼내 상대의 마음을 위무해주었다. 그림과 글씨는 무위당 장일순의 세상을 향한 애정이자 수행방법이었다.

너를 보고 나는 부끄러웠네

밖에서 사람을 만나 술도 마시고 이야기하다가
집으로 돌아올 때는
꼭 강가로 난 방축 길을 걸어서 돌아옵니다.
혼자 걸어오면서
'이 못난 나를 사랑하는 사람들이 많이 사랑해주시는구나'
하는 생각에 감사하는 마음이 듭니다.
또 '오늘 내가 허튼소리를 많이 했구나.
오만도 아니고 이건 뭐 망언에 지나지 않는 얘기를 했구나'
하고 반성도 합니다.

문득 발밑의 풀들을 보게 되지요.
사람들에게 밟혀서 구멍이 나고 흙이 묻어 있지만

그 풀들은 대지에 뿌리내리고

밤낮으로 의연한 모습으로

해와 달을 맞이한단 말이에요.

그 길가의 모든 잡초들이

내 스승이요, 벗이 되는 순간이죠.

나 자신은 건전하게 대지 위에 뿌리박고 있지 못하면서

그런 얘기들을 했다는 생각에

참으로 부끄러워집니다.

잘 쓴 글씨

추운 겨울날 저잣거리에서

군고구마를 파는 사람이 써 붙인

서툴지만 정성이 가득한

'군고구마'라는 글씨를 보게 되잖아.

그게 진짜야.

그 절박함에 비하면

내 글씨는 장난이지.

못 미쳐.

나를 찌른 칼

자네 그렇게 옳은 말을 하다 보면

누군가 자네를 칼로 찌를지도 몰라.

그럴 때 어떻게 하겠어?

그땐 말이지.

칼을 빼서 자네 옷으로 칼에 묻은 피를 깨끗이 닦은 다음

그 칼을 그 사람에게 공손하게 돌려줘.

그리고 날 찌르느라고 얼마나 힘들었냐고

고생했냐고

그 사람에게 따뜻하게 말해주라고.

거기까지 가야 돼.

조 한 알

나도 인간이라 누가 뭐라 추어주면

어깨가 으쓱할 때가 있어요.

그럴 때 내 마음 지그시 눌러주는 화두 같은 거지요.

세상에 제일 하잘것없는 게 좁쌀 아니에요?

'내가 조 한 알이다' 하면서

내 마음을 추스르는 거지요.

향기

남들이 알아주지 않더라도 맡은 일을 열심히 하다 보면

향기는 절로 퍼져 나가게 되어 있어요.

그래서 찾아다닐 필요가 없어요.

있는 자리에서 최선을 다하되

바라는 것 없이 그 일을 하고 가는 것이지요.

그 길밖에 없어요.

무위

무위無爲라는 게 어떤 거냐.

배고프다고 하면

그 사람이 날 도운 적도 없고

또 그 사람이 날 죽일 놈이라 했다고 하더라도

배가 고픈데 밥 좀 줄 수 있을까 했을 적에

밥을 줄 수 있어야 한다, 그 말이에요.

또 헐벗어서 벌벌 떨고 있으면

그 사람의 등이 뜨시게끔

옷을 입혀주는 것이

무위다 그 말이에요.

저 놈은 옷 줘봤자 뒤로 또 배반할 테니까 옷 줄 수 없어.

그것은 무위가 아니야.

그것은 '유위有爲'지.

우리가 얼핏 생각할 때

건들거리고 노는 것을 생각할지 모르지만

그런 것이 아니라

계산 보지 않는 참마음

그런 것이 무위지요.

〈너를 보고 나는 부끄러웠네〉는 길가의 잡초를 보고 지은 글이다. 길가의 잡초들은 사람의 발길질에 만신창이가 되어도 몸을 추슬러 당당하게 해와 달을 맞이한다. 잡초의 모습을 통해 사람들을 만나 허세를 부리던 자신의 모습을 돌아보는 저자의 경지가 까마득하다.

〈잘 쓴 글씨〉도 마찬가지다. 평소 서예가로 추앙 받는 저자지만 정작 그 자신은 길거리의 군고구마 장수가 삐뚤빼뚤 쓴 '군고구마'란 글씨에서 더 깊은 글의 혼을 느낀다. 거리의 글씨는 먹고살아야 하는 고달픔을 지닌 글씨요, 무위당 자신의 글은 유희의 글이기 때문이다.

〈나를 찌른 칼〉에는 깊고 깊은 관용과 용서의 마음을 담고 있다. 상대가 비록 나를 칼로 찌르더라도 오히려 그 칼을 빼서 피를 닦고 돌려주면서 나를 찌르느라 얼마나 수고했는지 말을 건네라는 가르침을 듣고 보면 아무리 미운 짓을 한 사람이라도 용서 못할 이유가 없다는 생각에 들게 한다.

〈조 한 알〉은 공명심을 다스리는 지혜를 품고 있다. 인간은 칭찬에 약하고 명예에 으쓱해지기 마련인 법, 그때마다 천지에 널린 보잘것없는 조 한 톨을 생각하며 자신을 다스리라는 이야기다.

〈무위〉는 어떠한 경우에도 이득을 계산하지 않는 마음에 대해 이야기한다.

4. 원순 씨 생각

- 시장 자리는 국민을 모시기 위한 자리

2011년 9월 21일, 백범기념관에서 열린 서울시장 출마 기자회견장에 나선 박원순의 목소리는 평소보다 더 우렁찼다. 이날 기자회견의 슬로건은 '2011년 서울, 변화의 시나리오가 시작됩니다'였다. 박원순 변호사는 "지난 10년이 '도시를 위해 사람을 잃어버린 10년'이라면 앞으로의 10년은 '사람을 위해 도시를 변화시키는 10년'이 되어야 한다"고 주장하고, 시장에 당선되면 "서울시민이 원하는 변화를 만들겠다"고 밝혔다.

또한 "오랫동안 가난한 사람과 부자가 더불어 함께 살아가는 공동체, 생태와 녹색이 숨 쉬는 도시, 사람의 냄새가 풍겨오는 거리, 문화와 예술이 삶 속에서 녹아 있는 생활공간, 역사의 향기와 삶의 기억들이 살아나는 고향 같은 서울을 꿈꾸어 왔다"며 지지를 호소했다.

다음은 그날의 출마선언문이다. 그가 디자인한 서울의 내일을 엿볼 수 있을 것이다.

서울시민 여러분 반갑습니다.

저는 오늘 이 자리에서 꿈을 이야기해보려고 합니다.

저는 늘 세상은 꿈꾸는 사람의 것이라고 말해왔습니다.

그리고 스스로 그 꿈을 꾸어왔습니다.

바로 오늘과는 다른 내일, 지금과는 다른 세상을 꿈꾸어 왔습니다.

오늘 서울은 꿈이 필요합니다.

지금과는 전혀 다른 서울을 꿈꿀 수 있는 사람이 필요합니다.

저는 오랫동안 가난한 사람과 부자가 더불어 함께 살아가는 공동체, 생태와 녹색이 숨 쉬는 도시, 사람의 냄새가 풍겨오는 거리, 문화와 예술이 삶속에서 녹아 있는 생활공간, 역사의 향기와 삶의 기억들이 살아나는 고향같은 서울을 꿈꾸어 왔습니다. 요란하게 외치지 않아도 돋보이고, 누가 꾸미지 않아도 아름다운 그런 서울을 꿈꾸어 왔습니다. 화려하지 않아도 기본이 바로 서 있고, 소박하고 검소해도 안전한 도시로서의 서울을 그려왔습니다.

아마도 저 혼자만의 꿈은 아닐 것입니다.

꿈은 혼자서 꾸면 몽상에 지나지 않지만 함께 꾸면 현실이 되는 법입니다.

이제 그 꿈을 함께 꾸고, 함께 실현하는 이 새로운 역사의 물결에 함께하시지 않으시렵니까?

서울시장 예비후보로 등록한 후 서울시내 곳곳에서 경청투어라는 이름으로 시민들을 만나고 있습니다. 그저께 수유시장에서 만난, 손등에 세월이 박힌 어느 아저씨는 "평범하게 사는 것이 이렇게 어려운지 몰랐다"고 하셨습니다. 남대문상가에서 만난 한 아주머니는 "삶이 무너져 내린다"고 말씀하셨습니다.

서울살이에 지친 사람은 늘어만 가고 있습니다. 많은 서울시민들이 서울을 떠나야 할지도 모르는 불안감에 휩싸여 있습니다. 전셋값을 더 올려줘야 한다니, 퇴근길마다 절로 한숨이 나옵니다. 부모 부담 좀 덜어주겠다고 아르바이트를 몇 개씩이나 뛰는 아이들이 가슴에 멍으로 맺힌 것도 오래

전입니다. 오늘은 대학생이 아니라 아르바이트생으로, 내일은 비정규직으로 살아갈 아이들 앞에서 우리는 한없이 부끄럽기만 합니다. 고단한 삶에 아프고 지쳐버린 사람들, 그 사연이 어디 이뿐이겠습니까.

버티고 버티다 결국엔 가게 문을 닫고 절망하는 자영업자와 재래시장 상인들, 아무리 허리띠를 졸라매도 감당할 수 없는 물가에 속이 타들어가는 주부들, 서민을 쫓아낸 것도 모자라 자취방마저 삼켜버린 뉴타운 개발로 고시원으로, 쪽방촌으로 밀려나는 대학생들, OECD 국가에서 행복지수가 가장 낮은 어린이·청소년에 이르기까지 서울은 결국 사람을 잃었습니다. 상처투성이의 도시가 되었습니다. 한마디로 서울의 현실은 '아픔' 그 자체입니다.

저는 그 아픔을 치유하고 보듬는 시장이 되겠습니다. 시장이란 서울살이가 힘든 사람들에게 힘이 되어주는 자리, 거칠고 팍팍한 삶에 지친 사람들에게 용기를 주는 자리입니다. 정직하고 성실한 사람들의 소박한 꿈을 찾아주는 자리입니다. 기꺼이 시민 여러분의 곁으로, 낮은 곳으로 내려가는 시장이 되겠습니다.

서울시장이 되면 저는 다음 여섯 가지를 우선적으로 실천하겠습니다.

첫째, 전시성 토건예산을 삭감하고 그 재원으로 복지·환경·교육 등 시민의 삶을 보듬고 삶의 질을 높이는 데 투자하겠습니다. 둘째, 시의회·교육청과 협의하여 친환경무상급식 정책을 조기에 확정하여 차질 없이 추진하겠습니다. 셋째, 일자리문제 해결을 최우선과제로 삼아 소외된 취약계층과 청년들이 일어설 수 있는 사회복지적 일자리와 창조적 벤처기업의 창업과 경영에 필요한 정책지원에 나서겠습니다. 그 일환으로 사회투자기금과 중간지원기관, 유통지원기구의 설치를 추진할 것입니다. 넷째, 한강 운하는 폐기하고 자연형 한강을 복원하겠습니다. 재생에너지 확대는 물론이고 기상이변으로 인한 재난에 대비하는 안전한 녹색서울을 만들겠습니다. 다섯째, 재건축·재개발의 과속추진을 방지하고 이주시기의 조절과 새로운 임대정책을 도입하는 것은 물론, SH공사의 개혁을 통해 전세난을 최소화하겠습니다.

그러나 저는 무엇을 하겠다는 공약을 일일이 나열하지 않겠습니다. 시민 여러분의 생각을 듣고 그것을 정책화하는 데 더 신경 쓰겠습니다. 그보다 어떻게, 누구와 함께 그것을 실천할지를 고민하겠습니다. 저는 부정보다는 긍정의 힘으로, 갈등과 대립보다는 협력과 조정의 힘으로 시정을 이끌겠습니다. 모두를 아우르겠습니다. 생경한 이념이나 추상적인 담론이 아니라 실증적이고 현실적인 정책을 중시하겠습니다. '21세기 실학'을 꽃피우겠습니다. 저는 현장주의자입니다. 현장에는 문제도 있지만 그 답도 준비되어 있습니다. 늘 현장에서 민생을 챙길 것입니다. 저는 시민이 고객이 아니라 주인이라고 늘 생각해왔습니다. 시정의 단계마다, 분야마다 시민들을 주인으로 모시겠습니다.

언제 어디라도 시민들을 찾아갈 것입니다.

언제 어디라도 시민들을 만날 것입니다

시민이 시장입니다.

원주의료생협의
환자 권리장전

환자는 투병의 주체자이며 의료인은 환자를 치유의 길로 이끄는 안내자
다. 환자는 이윤추구나 지도의 대상이 아니라 존엄한 인간으로 존중받는 가
운데 치료받을 권리가 있다. 이에 우리는 모든 환자의 다음과 같은 권리를 존
중한다.

1. 알 권리

모든 환자는 담당 의료진으로부터 자신의 질병에 관한 현재의 상태, 치료
계획 및 예후에 관한 설명을 들을 권리가 있으며 검사자료를 요구할 권리가
있다.

2. 자기결정권

모든 환자는 치료, 검사, 수술, 입원 등의 치료행위에 대한 설명을 듣고 시
행여부를 선택할 권리가 있다.

3. 개인 신상 비밀을 보호 받을 권리

모든 환자는 진료과정에서 알려진 사생활 및 신체의 비밀을 보장 받을 권리가 있다. 또한 담당 의료진이나 그 외 법적으로 허용되는 사람을 제외하고는 개인의 의무기록 열람을 금함으로써 진료상의 비밀을 보장 받을 권리가 있다.

4. 배울 권리

모든 환자는 질병의 예방, 요양 및 보건, 예방 등에 대해 학습할 권리가 있다.

5. 진료 받을 권리

모든 환자는 어떠한 경우에서도 최선의 치료를 받을 권리가 있다.

또한 비합리적 의료보장제도의 개선과 자신에게 유해한 생활환경, 작업환경을 개선토록 국가와 단체에 요구할 권리가 있다.

6. 참가와 협동

모든 환자는 의료종사자와 함께 힘을 합쳐 이를 지키고 발전시켜 나갈 권리가 있다.

변화의 두려움을
사랑하라

《꾸리찌바 에필로그》

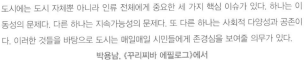

도시에는 도시 자체뿐 아니라 인류 전체에게 중요한 세 가지 핵심 이슈가 있다. 하나는 이동성의 문제다. 다른 하나는 지속가능성의 문제다. 또 다른 하나는 사회적 다양성과 공존이다. 이러한 것들을 바탕으로 도시는 매일매일 시민들에게 존경심을 보여줄 의무가 있다.
박용남, 《꾸리찌바 에필로그》에서

박원순 서울시장의 하루 일과는 어떻게 될까?

그것이 궁금한 사람은 박원순 시장과 SNS를 통해 관계를 맺으면 된다. 서울시장에 당선된 초기만 해도 팔로워는 18만여 명밖에 되지 않았다. 그러나 채 1년이 안 된 지금 그의 팔로워는 50만을 돌파하고 60만을 앞두고 있다. 대한민국 사람 100명 가운데 하나는 박원순과 인터넷 상에서 직접 관계를 맺고 있는 셈이다. 박원순은 자신의 일거수일투족을 매번 SNS로 중계한다.

박원순에게 서울시장이라는 권위는 찾아볼 수 없다. 문제가 생기면 직접 답변도 하고, 누군가 SNS로 급히 제보를 하면 현장으로 출동하기도 한다. 자신을 낮추고 시민과 소통하면서 작은 목소리에도 귀 기울이는 모습이 참으로 인상적이다. 서울시장이기 이전에 일꾼이기를 자처하는 그다.

1. 시장과 공무원이 함께하는
독서모임 '書路함께'

서울시장이 된 첫날, 박원순은 현충원에 들러 자신의 취임을 알리고 노량진 수산시장 상인들을 만난 뒤 지하철로 출근하여 무상급식 조례 안에 사인을 하는 것으로 첫 공식 업무를 시작했다. 무상급식 논란으로 서울시장이 되었는데 첫 업무가 무상급식 실시 안건에 대한 사인이라니, 마치 누가 각본을 짜놓은 것처럼 드라마틱하다. 퇴근길에는 영등포 쪽방촌에 들러 시민들을 위로했다. 박원순 시장의 첫날 행보는 그의 향후 시정을 가늠할 수 있는 잣대였다. 개발을 통해 가시적으로 서울을 업그레이드하는 것에 매달렸던 전임 오세훈 시장과 달리 박원순은 서민들의 살림살이부터 챙긴 것이다.

취임 이듬해인 2012년 2월, 박원순은 일본으로 첫 해외출장을 떠난다. 이날의 출장도 파격적이었다. 박 시장이 일본을 찾은 이유는 서울 시내 52개 유수지의 악취를 줄여 공원화하고 수질을 개선하기 위해 저류조를 설치하는 방안에 아이디어를 더하기 위해서였다. 아울러 일본의 수소발전 시설을 벤치마킹하여 서울의 정수 센터를 친환경으로 바꾸는 방법을 모색하기 위함이었다. 이날 출장을 떠나며 박원순은 공항의 VIP 대기실은 쳐다도 보지 않고 일반인들과 함께 출국심사를 받고 비행기에 탑승했다. 좌석도 비즈니스석을 이용하던 전임 시장들과 달리 일반석을 택했다. 수행인원에도 거품을 빼 실무자들 위주로 멤버를 꾸렸다. 일본에 가서도 VIP 호텔이 아닌 3성급 호텔에서 묵었다. 1천만 서울시의 대표자가 묵기에는 다소 초라해 보이는 곳이었다.

간부들과의 대화도 일방적인 상명하복이 아닌 소통을 지향한다. 대표적인 활동이 서울시 공무원과 일반 시민이 함께 하는 독서모임 '書路서로함께' 활동이다. 書路함께는 2012년 3월 첫 모임을 가진 이래 해외출장 같은 특별한 일이 없는 한 매달 셋째 주 수요일 아침 모임을 갖는다. 첫 모임에서 참석자들은 '도시개발'을 주제로 박 시장이 추천한 《도시개발, 길을 잃다》, 《꾸리찌바 에필로그》, 《서울은 도시가 아니다》 등 총 세 권의 책을 읽고 토론에 임했다.

추천 목록에서 알 수 있듯이 단순한 독서모임이 아니라 서울시의 시정을 발전시키기 위해 대안을 찾는 자리다. 간부들과 박원순 시장은 독서모임을 통해 자연스럽게 토론도 하고 즉석에서 아이디어도 얻는다.

"옛날 조선의 왕들은 아침저녁으로 경연과 석강을 열어 토론식 학습을 꾸준히 했었습니다. 이런 독서모임을 통해 서울시정의 현장과 미래를 성찰해보는 시간이 되길 바랍니다."

박원순 시장의 인사가 끝나자 이건기 주택정챌실장이 말을 받았다.

"저는 《도시개발, 길을 잃다》를 발제했습니다. 이 책은 뉴타운과 재개발 등 지금까지의 도시개발 패러다임이 앞으로는 민관협동개발 방식으로 변해야 한다는 취지에서 쓰인 것 같습니다. 이 책을 읽으며 공공개발자의 필요성에 대한 공감과 함께 우리가, 도시 정책자들이 그

문제에 어떻게 접근해야 할지에 대해 많은 생각을 하게 되었습니다."

윤준병 도시교통본부장은《꾸리찌바 에필로그》를 발제했다.

"저는 이 책을 읽고 화석연료에 의지하지 않고도 지역상권, 지역경제를 살릴 수 있다는 사실을 알게 됐습니다. 우리가 정책을 추진하는데 있어서 조급하기보다 여유를 가져야겠다는 생각을 하게 된 게 책을 읽은 가장 큰 소감입니다."

이 자리에는 공무원과 일반 시민은 물론 책을 쓴 저자들도 종종 초청을 받는다. 첫 모임에는《서울은 도시가 아니다》의 저자 국민대 이경훈 교수가 초청되었다. 이 교수는 이 자리에서 서울 강남의 대표적인 길인 '가로수길'과 '로데오거리'를 상호 비교·분석하면서 로데오거리가 주차를 허용함에 따라 길의 기능을 잃은 반면 인도에 식재된 나무 때문에 주차가 어려운 가로수길은 지금도 많은 시민들의 사랑을 받으며 길의 기능을 톡톡히 해내고 있다고 강조했다.

"서울은 인간을 위한 도시가 아닙니다. 이동경로로서의 길이 아닌 편하게 걸으면서 느끼고 사람을 만날 수 있는 길이 서울에는 얼마나 될까요? 저는 강남의 가로수길 단 한 곳밖에 찾질 못 했습니다."

첫 독서모임의 주제가 도시개발이었다면 한 달 뒤 열린 독서모임의 주제는 협동조합이었다. 박원순 시장은 이날의 토론을 위해《몬드라곤에서 배우자Making Mondragon》,《몬드라곤의 기적》,《협동조합으로 기업하라La cooperazione》, 이렇게 세 권의 책을 추천했다. 이날 모임 역시 발제한 책에 대해 자유 토론을 펼치고 그 속에서 시정을 모색하는 시간으로 진행됐다.

몬드라곤은 '에스파냐의 기적'으로 불리는 곳이다. 성공적인 협동조합 사례로 알려진 에스파냐 바스크 지역의 몬드라곤협동조합복합체는 120개가 넘는 협동조합이 결합되어 있으며 바스크 지역의 경제를 주도하고 있다. 협동조합이지만 자전거 부품에서부터 엘리베이터에 들어가는 부품까지 다양하게 생산하고 있으며 고용 직원만 8만 명이 넘는다. 이날 토론회에서는 몬드라곤에 직접 다녀온 한살림연합의 오세영 과장이 참여하여 몬드라곤의 생생한 체험담을 공유하기도 했다. 이후 독서모임은 '지구를 살리는 빗물', '세계의 복지시스템' 등을 주제로 계속해서 열렸다.

앞에서도 언급했듯 독서모임은 단순한 모임이 아니라 박원순 시장과 서울시 공무원들이 책을 통해 서울시의 정책방향이나 방법을 모색하는 자리다. 일반적이고 사무적인 딱딱한 회의가 아니다. 독서 발제를 통해 자연스럽게 의견을 주고받다 보니 공부도 되고 토론도 자유롭다. 또 책의 저자나 관련 경험자들이 초청되어 전문적인 의견을 더함으로써 공무원들에게 바른 정책 방향을 제시하기도 한다. 독서모임을 통해 좋은 책들이 대중에게 소개되기도 하니 일거양득의 지혜인 셈이다.

2. 박용남
- 도시환경생태 전문가

브라질의 꾸리찌바Curitiba는 리우데자네이루Rio De Janeiro에서 남서쪽으로 약 800킬로미터 떨어진, 대서양 연안에 위치한 파라나 주의 주도다. 이 먼 이국 도시 이름이 우리 귀에 익숙한 이유는 바로 한 권의 책 때문이다.

박용남은 꿈의 도시라 불리는 세계적인 생태도시 꾸리찌바를 국내에 최초로 소개한 사람이다. 그는 2000년 이후 출판사에서 펴낸《꿈의 도시 꾸리찌바: 재미와 장난이 만든 생태도시 이야기》를 통해 남미의 이름 없는 도시 꾸리찌바가 어떻게 지방행정의 바이블, 도시행정의 교과서로 변모했는지를 밝히면서 꾸리찌바를 하나의 전범으로 삼아 산업화의 산물인 현대도시의 미래상을 탁월하게 제시했다.

책이 출간되자 꾸리찌바는 선풍적인 인기를 끌며 방송과 신문을 장식했다. 다큐멘터리도 앞다투어 제작되었다. 중앙선 버스차로를 비롯한 서울의 여러 시스템들이 꾸리찌바의 영향을 받은 것이다. 녹색평론사에서 재판을 찍은《꿈의 도시 꾸리찌바》는 현재도 대중들에게 널리 읽히고 있다.

꾸리찌바 전도사 박용남은 대학원에서 지역경제를 연구하고 이스라엘 정주연구센터에서 '지역 및 환경계획'을 연구한 환경과 도시 전문가다. 대전 지역에서 실험적 공동체인 '한밭레츠'와 '역사경관을 지키는 시민의 모임'을 이끈 시민운동가이기도 하다. 국정연구단과 도시계획상임기획단의 수석연구위원, 교통정책자문관, 대통령 자문 지속가능발전위원회의 전문위원 등을 역임한 바 있다.

현재는 〈지속가능도시연구센터〉 소장 겸 〈녹색평론〉의 편집자문위원으로 활동하면서 국영기관에 정책자문을 하는 한편 외국의 유명한 생태·환경도시, 저탄소도시, 녹색교통도시, 창조도시 등을 국내에 활발히 소개하고 있다. 지은 책으로는 공저로 《꿈의 도시 꾸리찌바》, 《작은 실험들이 도시를 바꾼다》 등이 있고, 번역서로는 《레츠: 인간의 얼굴을 한 돈의 세계》 등이 있다.

3. 《꾸리찌바 에필로그》
- 신화는 계속된다

　2000년 출간된 《꿈의 도시 꾸리찌바》가 우리 사회에 불러일으킨 반향은 상상을 초월한다. 동화에서나 들어보았을 법한 이름도 낯선 지구 반대편 브라질의 도시 꾸리찌바가 지방 자치의 안착과 삶의 질 향상에 대한 국민적 관심이 높아지면서 이상적인 도시의 표본이자 생태·환경도시, 문화도시, 창조도시 등으로 널리 알려지기에 이르렀고, 이는 '꾸리찌바 배우기' 열풍으로 이어졌다. 자치단체장은 물론이고 정치인과 언론인, 심지어 초등학생들까지 꾸리찌바를 방문했고, 중·고등학교 교과서에도 꾸리찌바가 등장했다. 환경, 문화, 사회, 복지 등 도시 행정 전반에 걸쳐 광범위하게 영향을 미쳤으니 꾸리찌바가 우리 사회에 불러온 변화의 바람은 거의 광풍이었다고 해도 과언이 아니다.

　그러나 저자 박용남은 꾸리찌바 배우기의 이면에 문제가 있었음을 강조한다. 깊이 있는 꾸리찌바 배우기가 아닌, 꾸리찌바의 개별적인 프로그램에만 학습의 초점이 맞추어져 있어 꾸리찌바의 도시 관리 철학이나 행정원칙은 제대로 전해지지 않았다는 것이다. 실제로 중앙버스전용차로가 늘어가고 생태의 이름을 단 공원들이 들어서고 있기는 하지만, 토건 중심의 천박한 개발주의는 여전히 우리 사회에 악몽처럼 어두운 그림자를 드리우고 있는 게 사실이다. 불과 4년 전에 용산에서 무고한 생명들이 희생되었고 전국 곳곳에서 '4대강 살리기'나 '골프장 건설'이란 명제 아래 상생과 생명의 소중한 가치들이 포클레인 아래 허물어지고 있으니 말이다. 꾸리찌바 열풍이 휩쓸고 지나간 지금, 저자 박용남이 다시금 《꾸리찌바 에필로그》를 들고 독자들을 찾아온 이유가 여기에 있다.

전작 《꿈의 도시 꾸리찌바》의 에필로그 형식을 취한 이 책에 저자는 세계 각지를 돌아다니며 창조적이고 혁신적인 도시 실험들을 관찰, 연구하고 그것을 한국 사회에 적용하기 위한 고민을 담아냈다. 독자들을 배려하여 에세이 형식을 취하고 있지만 그 내면은 도시와 생태, 환경을 고민하는 연구서다.

박용남은 책의 서문에서 세계가 앞으로 금융 위기, 기후변화 위기, 에너지 위기의 삼중 위기에 직면할 것이라고 힘주어 단언한다. 인간이 만들어낸 이 위기에 대한 능동적 대처를 서두르지 않을 경우 인류는 지금까지 경험하지 못한 극심한 고통에 시달리게 된다는 것이다. 따라서 이 책을 통해 소개되고 있는 열 개의 이야기는 심각한 환경 파괴, 경제중심주의 사회가 만들어낸 인간소외에 대처하기 위한 일종의 대안 찾기다. 자동차 없는 도시 실험을 진행 중인 인구 22만의 중소도시, 독일의 프라이부르크를 첫 장에 소개한 이유가 여기에 있다.

《꾸리찌바 에필로그》에서는 이 밖에도 보고타, 볼로냐, 타마 뉴타운 등 세계의 모범 도시들의 사례를 소개하고, 도시의 변화를 이끈 리더십과 거버넌스 체계를 분석한다. 미국의 포틀랜드는 피크오일 태스크포스 팀을 구성해 걸어 다닐 수 있는 공동체 건설, 효율적 토지 이용, 건설 표준 개선 등 광범위한 대안책을 구상·실천하고 있다. 다시 찾은 꾸리찌바는 혁신적인 폐기물 관리 정책을 펼쳐 쓰레기 제로 사회에 도전하고 있다.

환경에 관심을 갖고 다가오는 미래 사회에 적극 대비하는 도시가 있는 반면에 그렇지 못한 도시도 있다. 두바이가 대표적이다. 저자는 날카롭게 '두바이 신드롬'의 허상을 낱낱이 밝혀내면서 국내 사례인 송도 신도시의 문제점을 지적한다. 소액신용금융의 대표적 사례인 그라민은행Grameen Bank의 현황을 진단하기도 한다.

박용남은 세계 각지에서 취재를 통해 도시 정책에 대한 사례들을 찾아 비교·분석한 것에 그치지 않고 변화를 통해 인류가 친환경적으로 생존할 수 있는 해법을 모색해나간 것이다.

창조적 교통체계를 갖춘 꾸리찌바

과거 브라질은 포르투갈의 지배를 받았다. 그중에서도 꾸리찌바는 유럽의 영향을 가장 많이 받은 도시에 속한다. 평균 고도가 900여 미터로 아열대 지역에 위치해 있고, 총 면적 430.9제곱킬로미터에 인구는 약 200만 명 내외다. 남미의 외진 곳에 위치한 제3세계의 전형적인 도시 가운데 하나지만 국제사회로부터 '지구에서 환경적으로 가장 올바르게 사는 도시', '세계에서 가장 현명한 도시'라는 찬사를 듣고 있는 곳이다. 또한 로마클럽이 선정한 세계 모범도시 12곳 가운데 하나일 뿐만 아니라 UN이 선정한 대표적이 도시 발전 사례로 주목받으며 많은 상을 수상한 곳이기도 하다.

공동체형 문화도시, 친환경적 하천관리 등 여러 측면에서 조명을 받고 있지만 꾸리찌바를 전 세계에 각인시킨 건 창조적인 교통체계다.

꾸리찌바의 도시계획은 1943년 프랑스인 아가쉬Agache에 의해서 시작되었다. '아가쉬계획'으로 명명된 이 계획은 도시를 산업지역, 주거지역, 상업지역, 공공 시민센터와 대학캠퍼스를 위한 예비지역으로 분할하고, 이들 지역을 도심에서 방사선형으로 뻗어나간 도로로 연결되도록 한 것이었다. 이후 유입 인구가 늘고 산업이 발전하면서 새로운 도시계획이 요구되었는데, 이때 등장한 인물이 자이메 레르네르Jaime Lerner 시장이다. 자이레 레르네르 시장은 다섯 개의 주요 간선교통축을 따라 도시가 선형 성장이 가능하도록 토지 이용계획과 교통계획을 통합했다.

1970년대 초반부터 약 30여 년 동안 지속되어온 대중교통 시스템의 발전은 혁명적으로 꾸리찌바를 변화시켰다. 주요 간선교통축을 따라 급행버스 전용도로를 개설하고, 지구간 순환버스를 도입했으며 버스를 색깔로 부호화하고 요충지마다 환승정류장과 버스터미널들을 건설했다. 원통형 정류장과 이중 굴절버스를 도입한 것도 꾸리찌바. 이 모든 걸 지휘하는 곳은 1963년 시청에 의해 설립된 꾸리찌바 도시공사라는 공기업이다.

교통 부분의 혁신은 버스에 국한되지 않는다. 꾸리찌바는 28개 노선의 특수교통통합체제를 갖추고 있고, 약 32개의 특수학교에서 약 3천여 명의 정신 및 육체적 장애인들에게 교통 편의를 제공한다. 또한 노인과 장애인, 병약자 등 교통약자들이 전화를 하면 차량이 직접 달려가는 시스템도 갖추고 있다. 연장 100킬로미터나 되는 자전거도로 또한 잘 가꾸어져 있다. 이 자전거도로는 출퇴근을 위한 도로와 스포츠를 위한 도로로 분리되어 있으며 다른 교통체계들과도 완벽하게 연계된다.

자동차나 자전거도로 이외에도 꾸리찌바는 세계에서 가장 혁신적인 보행자 공간을 자랑한다. 보행자 전용 공간에선 매주 거리미술제를 비롯한 문화행사가 개최되어 관광객들을 끌어들이고 있다.

꾸리찌바의 교통혁명을, 자이메 레르네르는 이 책의 필자 박용남을 만난 자리에서 이렇게 밝혔다.

"우리는 지하철을 건설할 충분한 자원을 가지지 않았고, 지하철 한두 개 노선을 건설하는 데 20여 년이 소요되는 데다 건설한다 해도 노선에 걸쳐 있는 일부 주민만 수혜를 보게 됩니다. 그래서 우리는 버스를 지하철처럼 빠르고 편안한 교통수단으로 만들 수 없는가를 연구하게 되었습니다. 23년 전에 꾸리찌바에 처음 도입되기 시작한 버스전용도로 시스템은 우리가 한 고민의 산물입니다."

차 없는 도시를 향한 실험, 프라이부르크

꾸리찌바가 차량을 도시의 일부로 받아들였다면 반대로 차 없는 도시를 시험하는 곳도 있다. 독일 바덴뷔르템베르크 주에 있는 인구 20만의 작은 도시 프라이부르크Freiburg가 그곳이다.

프라이부르크 중에서도 프랑스와 스위스 접경에 위치한 프라이부르크 교외의 보봉Vauban은 자동차 통행을 전면 금지한 채 모든 주민이 한마음으로 뭉쳐 차 없는 도시 만들기를 고집한다. 보봉에서는 프라이부르크 시내로 이어지는 간선도로를 제외하고는 모두 자동차 통행이 금지된다. 거리 주차는 물론 집 차고, 도로에서 차고를 잇는 진입로 등도 금지되어 있다. 대신 마을에서는 보통 자전거를 이용하고 교외로 나갈 때는 마을에서 빌려주는 차를 이용함으로써 그린도시를 실험해오고 있다.

유럽의 다른 도시들처럼 프라이부르크 역시 제2차 세계대전으로 완전히 파괴되었다. 1948년 시 당국은 다른 여러 도시들처럼 자동차 지향적인 도시재건 계획을 마련했다. 그러나 환경공해가 심해지면서 1970년대 전후 자동차 중심의 도시 설계는 시민들의 강력한 저항에 부딪히게 된다. 이에 시 당국자들은 노면전차 길을 대폭 복원하고 통합적인 자전거 전용 시설 네트워크를 구축해 나갔다. 프라이부르크의 중심인 대성당 광장도 자동차 진입을 금지시킨 뒤 야외시장을 낀 보행자 중심 공간으로 바꾸었다. 1972년 시작된 프라이부르크 최초의 인터모탈 교통계획을 시작으로 프라이부르크는 점차 녹색교통도시로 변화하며 자동차의 운행을 강력 규제해 나갔다.

프라이부르크가 주목받기 시작한 것은 독일이 통일되면서부터다. 1992년 독일 정부는 151개 자치구 가운데 프라이부르크를 환경수도로 선정했다. 자동차를 배제하고 인간 중심의 도시를 만들고자 했던 시 당국자와 시민들의 노력이 작은 결실을 맺는 순간이었다. 프라이부르크는 정부와 시민, 환경단체가 세 각축을 이루면서 발전이 거듭되었다. 시민들은 도시의 미래를 위해 스스로 태양에너지 도입, 자동차 추방, 시멘트와 콘크리트 추방, 쓰레기와 물 소비 최소화의 네 원칙을 내걸었다. 당연히 태양에너지의 활용 방안이 모색되었고 녹색 도시를 위한 다양한 방안들이 마련되었다. 도시를 가로지르는 수로도 대표적인 시설이다. 수로는 도시를 식혀주고 바람을 만든다. 그 결과 매년 관광객들이 프라이부르크를 찾기 시작했고 유럽에서도 손꼽히는 환경도시의 명성을 얻었다.

저자가 프라이부르크를 둘러보고 내린 결론은 다음과 같다.

- 교통정책은 모든 교통수단을 완전히 통합시키고, 자동차 의존적인 스프롤sprawl 현상이 줄어들 수 있도록 토지 이용 정책과 함께 조정되어야만 한다.
- 대중교통 시스템은 범지역적으로 할인요금이 적용되는 1개월짜리와 1년짜리 정기권 등을 통해 시민들에게 매력적이고 신뢰할 수 있는 편리한 서비스를 제공해야 한다.
- 장기간 동안 여러 단계에서 논쟁의 여지가 있는 정책들을 집행할 경우 정치인들은 대중의 지지를 철저히 모아내야만 한다.

- 시의 정책은 지속가능한 도시교통 시스템이 제대로 작동할 수 있도록 대중교통, 보행, 사이클링을 완전히 통합시켜야만 한다.
- 도시계획가와 정부 관리들은 공동체를 구성하는 모든 사람들에게 광범위한 경제, 환경과 사회적 이점을 설명하고, 지속가능한 교통의 편익에 대해 효과적으로 의사소통을 해야만 한다.
- 토지 이용과 교통정책은 고밀도 복합 이용 개발이 가능하도록 계획 단계에서부터 체계적으로 조정되어야만 한다. 그것은 대중교통 서비스가 가능한 근접 지역에 주민과 비즈니스를 밀집시키고, 보행이나 사이클링이 감당하기에 충분한 단거리 통행을 보다 많이 창출해야 한다.
- 시의 정책은 특히 중심도시와 주거지 마을에서 자동차 이용을 철저히 제한해야만 한다. 그리고 자동차 이용이 덜 편리하고, 느리고, 더 비싸게 만들어야 한다.

나눔과 보살핌의 공동체, 한밭레츠

레츠LETS란 1983년 캐나다에서 처음 시작된 것으로, 가난한 사람들이 노동력을 대안화폐 단위로 팔고, 그 대신 필요한 생필품과 서비스를 얻게 한 지역화폐운동을 가리킨다. 우리나라의 경우 지역화폐운동 단체 중 가장 활발한 활동을 펼치는 곳이 대전의 한밭레츠다.

IMF 직후인 1999년, 신용불량자가 되어 은행거래를 못 하는 사람들을 보고 박용남은 외국에서 실험 중인 레츠를 국내에 도입하기로 마음먹었다. 외국의 지역화폐운동에 한국의 품앗이나 두레 기능이 가미된 한국식 레츠 운동이 시작되는 순간이었다.

창립 당시 회원은 70여 명에 불과했으나 점차 지역주민들의 호응을 얻으며 지금은 수십 배로 외형이 커졌고 경남 진주의 상봉레츠, 안산의 고잔머니, 서울 송파의 송파머니 등 전국 지자체 10여 곳에서 한밭레츠를 본뜬 지역화폐운동을 활발히 벌이고 있다.

박용남에 의하면 레츠 운동은 환경과 자연에 대한 관심이기도 하다. 그는 파스퇴르유업에서 생산한 매실요구르트를 별 생각 없이 대전의 한 슈퍼마켓에서 사 마시고 난 뒤 큰 깨달음을 얻었다. 강원도 횡성군 안흥면 소사리에서 생산된 것으로 표기되어 있는 이 매실요구르트 병에는 '원유 79.89퍼센트(국산), 매실시럽 6.8퍼센트(매실 50퍼센트, 대만산)'라는 문구가 적혀 있었다. 이것은 완제품 매실요구르트 하나를 생산하기 위해 횡성까지 국내의 많은 지역에서 원유를 수집해 온다는 것, 매실도 절반만 국내일 뿐 나머지 절반은 대만에서 수입해 온다는 것, 더 나아가 요구르트 병의 원료는 우리가 모르는 국내의 어떤 지역이나 외국에서 수입해 만들어내고 있다는 것을 의미했다. 여기에다 요구르트의 생산지인 횡성에서 다시 소비지인 대전까지 많은 수송에너지를 들여 운반을 해 온다. 그리고 누군가가 마시고 난 뒤 빈 병을 재활용업체에 넘겨주어야만 요구르트의 기나긴 생애는 끝이 난다.

'이런 매실요구르트의 생산, 유통, 소비, 폐기의 전 과정에서 얼마나 많은 지구 자원을 낭비하고 있는 것일까?'

저자의 고민은 바로 이것이었다.

또한 저자는 전국으로 열풍처럼 번지고 있는 지역화폐운동이 민간에 의해 운영되어야 한다는 점을 강조한다. 현재 국내에서 추진 중인 지역통화운동의 또 다른 주요 문제점은 비록 일부이긴 하지만 지방정부가 직접 추진주체가 되는 곳도 많다. 우리는 지금 지역주민의 기초적인 삶이 자율성을 박탈당하고 관청과 시장에 의해서 근본적으로 왜곡되고 소외되는 '생활세계의 식민지화'가 너무 깊숙이 진행된 사회 속에서 살고 있다. 이렇게 관과 주민 사이에 오래전부터 내려온 수직적 위계질서를, 보살피고 나누는 선물 경제에까지 깊이 관여시키는 것은 결코 바람직하지 않다는 지적이다. 이런 운동은 철저하게 생물지역주의와 지역적 자율성을 토대로 해야 한다는 게 그의 주장이다.

대전은 토착민보다 외지인이 많이 이주해 와 사는 도시로 다른 대도시에 비해 지역주민들이 느끼는 정주성이 비교적 낮은 곳이다. 게다가 진보적이고 혁신적인 성향을 가진 사람들의 창조적인 아이디어가 쉽게 수용되기 어려운 사회적 분위기를 지닌, 다소 보수적인 도시이기도 하다. 이런 도시에서 중앙은행이 아닌 지역, 특히 회원들로 구성된 공동체 내에서 주민들이 직접 화폐를 발행해 상품과 서비스를 교환하도록 만든다는 것은 결코 쉬운 일이 아니었다. 그런 탓인지 생각보다는 좀처럼 빨리 회원들이 모아지지 않았고, 이 때문에 당시에 등록소 운영 책임을 맡았던 담당간사가 직접 친지와 이웃들을 대상으로 회원을 모집하는 일에 뛰어들기도 했다. 낯선 사람과 접촉해 협상해야 한다는 어색함, 선뜻 그 가치를 판단하기 힘든 물품이나 용역에 대한 신뢰 부족도 해결할 문제였다. 하지만 시간이 흐르면서 이런 문제들은 자연스럽게 해결되었다.

한밭레츠는 흔히 맨 위에 총회를 두고 대표, 운영위원장, 사무처 등을 두는 형식적인 의결·집행체계를 갖고 있지 않다. 위계 구조가 명확한 조직을 가질 경우 자칫 시스템 자체가 관료화될 위험이 높고, 불필요한 운영 경비도 많이 소요되며, 무엇보다 레츠 정신에 위배된다고 봤기 때문이다. 그래서 편의상 등록소장의 역할을 담당할 운영위원장과 회계감사, 그리고 자문을 구할 수 있는 소수의 운영위원으로 구성된 운영위원회와 시스템 관리자만을 둔 슬림형 조직으로 운영했다. 운영위원회는 시스템 내에서 이뤄지는 주요 사안에 대해 토의와 합의 과정을 거쳐 의사결정을 하는 역할을 담당한다. 초기에 대두됐던 논쟁거리 가운데 몇 가지 예를 소개하면 아래와 같다.

첫째, 현금과 '두루'를 함께 사용할 경우 현금 거래의 비율을 어떻게 할 것인가? 이 문제는 주유소를 운영하는 한 사람의 회원가입을 놓고 대두되었다. 처음 주유소 사장은 석유의 원가가 높다는 점을 들어 5퍼센트만 '두루'로 거래하면 좋겠다는 의사를 등록소에 밝혀 왔다. 이를 놓고 한편에서는 석유가 상대적으로 구매욕이 높은 품목이기 때문에 초기에 거래를 활성화시킬 수 있다는 장점을 들어 '두루' 비율이 낮기는 하지만 회원가입을 허용하자고 했고, 다른 한편에서는 거래 초기부터 그런 예외를 인정하는 선례를 남기는 것은 현금 소비를 줄인다는 당초의 취지에 어긋난다는 견해를 들어 반대 의견을 제시했다. 결국 예외는 두되 가능한 한 70퍼센트 이상의 현금 거래를 요구하는 거래는 제외하자는 결론을 내렸고, 그 결과 주유소 사장의 레츠 가입을 허용하지 않았다.

둘째, 회원들 중 상당수가 직장을 다니고 있기 때문에 거래에 능동적으로 참여할 수 없으니 이들을 거래에 끌어들이기 위해서 현금과 '두루'를 교환할 수 있게 해야 한다는 의견이 제시되었다. 그러나 이 의견도 시스템 내에서 현금이 더 큰 비중으로 다뤄지게 되어 한밭레츠의 설립 취지에 위배될 수 있다고 판단해 거부되었다. 대신 등록소가 재정적으로 안정될 때까지의 현금 수요를 충당하기 위해서 가입비와 수수료로 모아진 등록소 소유의 '두루'는 현금과 교환할 수 있도록 하는 예외 조치를 인정했다.

마지막으로, 대전 인근 지역에서 가입 의사를 밝히는 사람들 역시 생물지역주의를 준수한다는 원칙을 적용해 회원가입을 받지 않았다. '레츠'를 운영하는 한 단위로서 대전이라는 대도시 전체를 포괄한다는 것은 부적절한 것이 사실이다. 회원들 간의 접근성을 높여 거래 과정에서 불필요한 에너지 소비를 줄이고, 소단위로의 자급자족형 경제 시스템을 유도한다는 레츠의 근본적인 취지를 살리려고 이렇게 불가피한 조치를 취했다. 시간이 지나 한밭레츠가 좀 더 견고히 자리 잡고 등록소의 여건이 갖춰지면 구 단위로 분할해 운영하고, 이들을 '레츠 네트' 형식으로 묶어 운영하는 것이 더욱 바람직하다는 것이 운영진의 생각이다.

두바이 신드롬이 남긴 것

두바이Dubai는 제주도의 약 2.5배에 달하는 면적으로 1960년대까지만 해도 중동의 작은 포구에 지나지 않았다. 그러나 70년대부터 막이

오른 유전개발로 사막에서 '기적의 오아시스'를 일궈냄으로써 오늘날 국제사회에 널리 알려져 있는 곳이 되었다. 전국토의 90퍼센트가 사막인 이 도시에 현재 전 세계 타워크레인의 20퍼센트가 밀집되어 대규모 공사가 진행되면서 지구촌 어디에서도 그 유례를 찾아볼 수 없을 만큼의 초고속 성장이 이루어지고 있다.

두바이의 도심 개발을 맡고 있는 세 개의 대형 개발회사 가운데 하나이자, 통치자 셰이크 모하메드가 직접 소유한 것으로 알려져 있는 '나킬Nakheel'사의 홈페이지에 들어가면 두바이의 사막과 바다 양쪽에서 이루어지고 있는 역사의 현장을 볼 수 있다. 이곳의 위성사진을 보면 두바이의 상징으로 바다 앞쪽에 세워지고 있는 해상도시 '팜 주메이라The Palm Jumeirah'를 중심으로 좌우측에 인공섬으로 즐비하게 늘어서 있는 해상도시군이 자리 잡고 있다. 또한 내륙에는 주메이라 빌리지Jumeirah Village를 비롯해 이븐 바투타 몰Ibn Battuta Mall, 로스트 시티The Lost City, 인터내셔널 시티International City 등 하나하나가 모두 경이로운 사업지구로 채워져 있다.

캐나다 경제학자 마티스 웨커네이걸Mathis Wackernagel과 윌리엄 리스William Rees가 개발한 개념인 '생태 발자국'을 계산해보면 우리가 두바이처럼 사는 것이 과연 가능한 일인지 판단해볼 수 있다. '생태 발자국ecological footprint'이란 정해진 1년 안에 한 개인이나 국가가 소비하는 생태적 생산량을 측정한 것이다.

한 국가, 또는 한 도시의 생태 발자국은 그 나라, 또는 그 도시가 사용하는 물질을 공급하기 위해 지속적으로 이뤄지는 생산 활동, 그리고 일반적으로 쓰레기 흡수 활동 과정에 쓰이는 생태적으로 생산 가능한 지역, 곧 땅과 바다의 면적을 말한다. 지속성이 생기려면 인류는 지구의 생산량을 사용하되 그 생산능력이 회복되는 속도보다 느리게 사용해야 하고, 그것을 꾸준히 실행해야 한다. 그 속도보다 빠르게 이용하면 환경은 손상을 입고, 이런 상태가 계속되면 생명을 키워내는 지구의 수용력은 파괴되고 만다. 이것은 생태 발자국이 크면 클수록 지구가 수용 가능하지 않고 지속 불가능하다는 것을 뜻한다. 여기에서 우리는 두바이의 생태 발자국의 크기가 아주 궁금해진다.

두바이는 아랍에미리트연합을 구성하는 일곱 개 토후국 가운데서도 가장 개발사업이 왕성한 도시국가의 하나다. 이들처럼 천지개벽 수준의 개발을 끊임없이 추진하고, 서구 선진국을 능가하는 소비 수준을 유지하는 삶의 방식을 지속시킨다고 가정할 경우 적게는 12개에서 많게는 20개 정도의 지구가 필요할 것으로 보인다. 여기서 말하는 지구는 두바이 앞바다에 현재 셰이크 모하메드가 전 세계 모양을 본떠 조성하고 있는 인공 섬 '더 월드'와는 차원을 달리하는, 살아 숨 쉬는 지구라는 사실을 상식이 있는 사람이라면 누구나 잘 알 것이다. 문제는 이런 사실을 전 세계의 많은 정치가와 자본가들은 냉철하게 인식하지 못하고 있는 듯하다는 것이다.

우리나라의 경우도 예외는 아니다. 어쩌면 모든 국민들이 니코틴 중독자들처럼 '토건 의존증'이 심한 우리나라가 그 무지와 무감각의 정도 면에서는 다른 나라에 비해 월등할지도 모른다. 두바이가 우리의 미래가 될 수 없음은 분명하다. 중세 아랍의 저명한 역사가 이븐 칼

둔Ibn Khaldun이 일찍이 "낙타 고기를 먹는 자, 낙타의 습성을 가진다"고 말했다지 않는가?

4. 원순 씨 생각
- 책 속에 미래가 담겨 있습니다

"인간의 탐욕과 이기심은 지구를 병들게 하는 것은 물론 머지않아 인간 자신마저 파멸로 몰고 갈 것이다. 저자는 현재 인류가 처한 위기 속에서 각 나라와 도시들이 어떤 철학을 갖고 어떤 정책을 펴나가야 할지를 구체적으로 짚어준다. 이 책이 소개하는 창조적 시도들은 우리의 미래를 희망의 길로 안내할 것이다. 정치인, 행정가들은 물론 더 나은 내일을 바라는 모든 이들이 읽어야 할 책이다."

서울시장이 되기 전 《꾸리찌바 에필로그》를 적극 추천한 바 있던 박원순은 시장이 된 뒤 첫 독서모임을 통해 다시금 이 책의 존재를 세간에 알렸다. 그만큼 《꾸리찌바 에필로그》가 박원순의 뇌리에 강렬한 인상을 남겼다는 이야기이기도 하겠다.

박원순은 여타의 인기인들처럼 책을 추천하며 단순히 이름을 팔지 않는다. 자신이 먼저 책을 읽어보고 철저히 검증을 한 뒤 추천을 하는 것으로 유명하다. 바쁜 일정 가운데에도 틈을 내어 독서모임을 주도하고 그것을 정책에 반영하는 것을 보면 박원순 시장의 업무 스타일을 지칭할 때 일종의 독서경영이라 불러도 손색이 없을 듯싶다.

이런 점은 그의 집무실에서도 고스란히 드러난다. 박원순 시장의 집무실은 보통 서민 아파트 평형 수준인 24평약 80제곱미터이다. 집무실의 대부분을 차지하고 있는 것은 당연하게도 책과 직접 관리하는 서류철들이다. 박 시장은 메모광으로도 유명한데, 200여 권 이상의 메모수첩과 노트, 보고서들을 가지고 있는 것으로 알려졌다. 어디를 가든 항상 수첩을 꺼내놓고 적는다. 그가 지금까지 지은 것으로 알려진 30여 권 이상의 책들도 실은 대부분 메모 습관에서 나왔다. 혹자들은 변호사에 시민운동가로 바쁘게 움직이며 언제 책을 썼을까, 의구심을 갖지만 틈틈이 시간이 날 때마다 메모를 하고 그것을 정리해서 출간하는 것에 지나지 않는다. 작은 것도 놓치지 않고, 삶에 임하는 태도가 꼼꼼하고 성실하다는 반증이기도 하다. 이런 열정에도 박원순은 독서할 시간이 없다고 투덜거린다.

이런 일도 있었다. 인터넷 서점 예스24가 독자들에게 박원순 시장에게 추천할 책 50권을 선정하게 한 다음 선정된 책 50권을 박원순에게 전달한 것이 그것이다. 목록 가운데는 김어준의 《닥치고 정치》와 도올의 《중용 인간의 맛》, 마이클 샌델Michael Sandel의 《정의란 무엇인가 Justice : What's the Right Thing to Do?》, 사학자 전우용의 《서울은 깊다》 등 소설, 인문학, 경영서 등 다양한 분야의 책이 포함되어 있었다. 본래 책을 자주 읽는 사람들은 책 선물을 가장 반긴다. 책을 한 보따리 받아든 박원순은 이렇게 글을 남겼다.

"사무실로 배달된 몇 박스의 책은 좋은 서울시정을 바라는 우리 시민들의 간절한 꿈이고 소망이기도 하다. 그 책 무더기를 집으로 옮겨놓은 뒤 나는 큰 부채감을 느끼며 읽고는 있으나 속도가 더디다. (사실) 너무 바쁘다. 하루해가 언제 떠서 언제 지는지 알 수 없다. 아침 조찬 약속에서부터 저녁 만찬 약속까지 하루에 빼곡히 짜인 일정을 따라가다 보면 하루가, 일주일이, 한 달이 언제 지나갔는지 알 수 없는 노릇이다. 이런 사정이니, 제대로 독서할 시간이 없다. 몇 번 시도했다가 손을 놓고 말았다. 그래도 틈나는 대로 독서노트를 써보기로 했다. 예스24의 독자들이 이렇게 성의를 기울여 책을 선정해서 보내주었는데 그 성의와 기대를 저버릴 수 없지 않은가?"

- 예스24

책을 읽는 것도 모자라 독서일기까지 남기겠다는 선언이다.

가까이, 더 가까이

《가까이》

그런 이야기가 있다. 잠자는 사람을 깨울 수는 있어도 잠든 척하는 사람은 깨우지 못한다는. 나는 다행이 잠자는 사람이었다. 그래서 깨어나 진실을 똑바로 볼 수 있었다. 그렇게 다시 숨을 쉴 수 있었다. 그래서 생각하게 됐다. 누군가도 나와 같지 않을까? 그러니 나의 이야기가 누군가의 잠을 깨우는 한 줄기 바람이 되기를.

이효리, 《가까이》에서

"언젠가 제가 간사들 앞에서 '꿈이 과로사'라고 했더니 모두 놀랐지요. 당연한 일이죠. 며칠 후 내 책상에 《과로사 이기는 법》이라는 제목의 책을 갖다놓아 내가 농담한 것을 진짜로 받아들였나 했습니다. 요즘 추태 부리는 노인들이 얼마나 많습니까? 오래 사는 것이 중요한 게 아니라 얼마나 의미 있는 삶을 사느냐가 중요한가를 생각하다 보니 그런 농담을 한 겁니다."

1. 과로사가 소원인 남자

인간이 가장 두려워하는 건 죽음이다. 그러나 여기, 죽는 게 소원이라고 공공연히 말하고 다니는 남자가 있다. 바로 서울시장 박원순이다. 그는 일하다가 죽는 과로사가 꿈이라고 여러 차례 밝힌 바 있다. 단순 과로사가 아니라 명분을 좇다 죽는 죽음이다. 그는 세상에는 수많은 죽음이 있다고 역설한다. 불의의 사고와 불치병, 혹은 천수를 누리는 죽음, 그중에서도 명분이 분명한 일을 하다가 죽는 죽음을 박원순은 가장 아름다운 죽음으로 꼽는다. 넓게는 소크라테스의 죽음도 그런 죽음이었다. 사형 당하기 직전, 그는 목숨을 건질 기회가 얼마든지 있었다. 그러나 그는 '악법도 법'이라는 유명한 말을 남기고 죽음을 받아들인다. 죽어야 할 명분이 있었기 때문이다.

과로사를 운운하는 것은 허언이 아니다. 서울시장이 된 뒤에도 박원순은 여지없이 일 중독자다운 모습을 보여주고 있다. 그는 동에 번쩍 서에 번쩍 한다. 집무실에서 회의를 하는가 하면, 시민의 제보를 받고 어느새 빗물이 출렁거리는 도로로 시정암행을 나가 있기도 한다. 부지런히 SNS에 글도 올리고 책도 읽고 외국을 다녀오기도 한다. 채 취임 1년을 채우지 않았는데 무상급식 결재로부터 시작된 여정은 서울시 대중교통요금 인상, 전두환 경호용시유지 회수, 재건축 문제 축소, 서울시립대 반값등록금 실현, 9호선 요금 인상안 등 굵직굵직한 안건들을 처리하며 숨 가쁘게 전개되고 있다.

특히 박원순이 관심을 가진 분야는 주택문제와 서민 복지다. 아직 구체적인 방안으로 실현되지는 않고 있지만, 조만간 이런 문제에 대하여 박원순식 해법을 시민들에게 내놓을 것으로 보인다. 그리고 그 가능성을 우리는 서울시립대 반값등록금 실현에서 엿볼 수 있다. 박원순 서울시장은 당선 직후인 2011년 11월 17일 서울시립대에서 열린 '서울시립대 학생 사회공헌 선언식' 행사에 참여한 후 학생들과 대화의 시간을 가진 적이 있다. 이 자리에서 박원순 시장은 함께 온 허광태 서울시의회 의장과, 시장·시의회 공조를 통해 반값등록금 예산안을 꼭 통과시키겠다는 의지를 표명해 학생들의 박수갈채를 받았다. 박원순 시장은 학생들의 사회공헌 활동의 중요성을 강조하는 한편, "시립대가 반값등록금을 먼저 시작하는 좋은 선례를 만들어서 반값등록금이 전국으로 확산되어야 한다"고 강조했다. 또 "시립대가 반값등록금 혜택을 받게 되면 그것을 되돌려주어야 한다"며 실업계 출신, 사회적 배려 대상 자녀들을 좀 더 선발하면서 공공성을 높여나가라고 주문했다.

"저는 학생들 중에 기초수급자가 아니더라도 예상치 못한 일이 발생해서 갑자기 경제적으로 위기에 처하는 경우를 자주 봐왔습니다. 갑작스럽게 경제적 어려움을 겪는 학생들에 대해서도 지원정책을 확립해야 합니다. 아울러 대학생들도 사회공헌의 측면에서 취약계층의 아동을 돕거나 지역사회의 어려운 곳에 봉사를 했으며 좋겠습니다."

서울시장이 된 뒤, 박원순은 친근한 서민시장의 이미지를 구축하는 데도 공을 들이고 있다. 박원순은 서울시장의 동정을 보도하는 으레적인 언론보도가 아닌, 사람 냄새 풍기는 이미지로 종종 언론에 오르내린다. 대표적인 예가 트위터를 통한 시정 처리다.

2012년 초봄, 한 트위터리안이 박원순 서울시장에게 트위터로 삼성동 버스정류장 부근의 맨홀 하나가 무너지려고 한다는 민원을 제보한 적이 있다. 제보를 접한 박원순 시장은 즉각 현장에 공무원들을 보내 상황을 알아보도록 했고, 보수가 완료되자 서울시는 해당 트위터리안에게 정비완료 멘션을 보내 네티즌들을 감동시켰다. 혹자들은 공식 업무로 바쁜 시장이 일일이 네티즌들을 상대하는 것에 대하여 불편한 심기를 느낄 수도 있다. 하지만 박원순이 노리는 것은 따로 있다. 바로 낮은 자세의 소통이다. 이러한 그의 가치관은 2012년 직원들과 가진 연례회의 자리에서 행한 대화에서도 잘 드러난다.

"과거에는 시민들의 요구나 시민단체들의 주장들을 받아들이고 정책으로 만드는 데 있어 좋지 않은 관계도 있었을 것입니다. 하지만 (우리가) 정말로 낮은 자세로 소통한다면 그분들의 억센 마음도 녹아버릴 것입니다. 정책으로 그분들의 만족을 높여주면서 겸허하고 겸손하게 소통한다면 좋은 정책이 나오고 칭찬도 받을 수 있지 않을까 생각합니다."

개그맨 김기열과의 트위터 소통도 낮은 자세로 시민과 소통하겠다는 의지의 소산이 아닐까 한다. 〈개그콘서트〉의 간판 개그맨 김기열은 동료 오나미와 야구장에 갔다가 시구자로 나온 박원순 시장을 발견하고 악수를 하기 위해 다가갔다. 그러나 김기열을 몰라본 박원순은 옆에 있는 오나미에게 손을 내밀었다. 김기열은 〈개그콘서트〉의 인기 코너인 '네 가지'를 통해 자신을 오나미의 매니저 취급한 박원순 시장에 대한 서운함을 개그로 표현했다. 이를 본 박원순은 트위터를 통해 즉시 "김기열 씨 미안, 미안. 인기 있는 남자 만들게요"라고 사과했다. 트위터 내용을 접한 네티즌들은 "사람 냄새 나는 시장님입니다", "언제나 낮은 자세로 임하는 시장님 모습에 감동했다"며 박원순 시장에게 박수를 보냈다.

조선시대 왕들의 암행방법도 박원순에겐 벤치마킹 대상이다. 박원순은 종종 위장을 하고 서울 시내 곳곳을 점검하는 것으로 알려져 있다. 2012년 5월, 일본인 관광객으로 위장하고 명동 일대를 암행한 일이 대표적인 예다. 이날 박원순 시장은 일본인 자원봉사자 오므라 히토미 씨와 함께 일본인 부녀 관광객으로 위장, 미스터리 쇼퍼가 되어 남대문 시장과 명동 등 주요 관광지를 누볐다. 박원순 시장은 일본어를 또렷하게 구사하며 패션잡화점과 기념품 가게, 음식점과 옷 가게 등을 들러 가격표시와 외국인에 대한 요금차별 등의 사례를 확인했다. 평범한 캐주얼 복장에 모자를 깊이 눌러쓴 때문인지 일본어로 말을 건네는 박원순을 알아보거나 의심하는 상인은 없었다. 책상에 앉아 아랫사람 보고나 받는 것보다 직접 눈으로 확인하니 정책결정이 더욱 빠르고 정확할 수밖에 없다.

어떤 사람들은 박원순식 시정 운용을 인기영합 활동이라고 비난할 수도 있겠다. 그러나 박원순은 근본적으로 서울을 걱정하는 사람이다. 대통령 출마를 고려하여 대놓고 전시행정을 일삼지도 않는다. 박원순의 활동을 가시적으로 보여주는 지표가 2012년 7월에 발표되었다. 서울시가 박원순 시장 취임 이후 8개월 동안 1조 원 이상의 빚을 줄인 것이다. 서울시가 내놓은 보도 자료에 따르면 시 본청과 시가 재정문제를 총괄 책임지는 산하 투자기관의 채무는 18조7천731억 원²⁰¹²년 6월 말 기준으로, 박원순 시장이 부임한 지난해 10월^{19조9천873억 원}보다 1조2천142억 원 가량이 줄었다. 당초 상반기까지 감축목표액이었던 7천54억 원보다 5천88억 원을 더 줄인 것이다.

서울시는 도시철도공사와 서울메트로 등 지하철공사^{2천944억 원 추가}감축와 SH공사^{5천206억 원 추가감축}의 자구노력이 큰 성과를 냈다고 분석했다. 이에 앞서 박원순 서울시장은 시 채무에 대한 "하루 이자가 21억 원인데 그 돈을 생각하면 잠이 오지 않을 정도"라면서 2014년까지 7조 원을 감축할 것이라고 밝힌 바 있다. 약 2년 안에 3분의 1을 감축한다는 이야기다. 물론 현실은 그렇게 만만하지만은 않다. 이에 서울시는 7조 원 채무 감축 달성을 위해 자구노력 강화, 수익창출 극대화, 국고보조금 확충 등 세 가지 방안을 마련했다. 또한 본청과 산하기관의 기본경비를 10퍼센트 절감하는 운동을 펴기 시작했으며 관용차 규모를 줄이고, 투자·출연기관의 사무용품과 비품 공동구매를 실시키로 했다.

박원순 시장의 모험이 성공할지는 아무도 알 수 없다. 그러나 중요한 것은 성공 여부가 아니다. 지금껏 온갖 개발호재들을 만들어 서울시를 빚더미에 올려놓은 정책자들과 박원순이 다르다는 것이다. 바로 서울시의 채무 문제를 심각하게 받아들이고, 그것을 줄이기 위해 자구노력을 시작했다는 것이다.

박원순의 노력으로 인해 서울시 공무원들의 인식이 바뀌고 서울시민들의 인식도 바뀌었다. 인식이 전환되면 결과도 좋아지는 예를 우리는 자주 보아왔다. 어쩌면 박원순 시장이 노리는 점도 그 점일 것이다.

박원순 혼자의 힘으로, 혹은 공무원들의 힘으로는 바꿀 수 없는 게 서울시다. 1천만 시민이 함께 주인의식을 가지고 참여할 때 비로소 서울은 묵은 먼지를 털어낼 수 있다.

박원순 시장의 소통 스킨십은 근래에도 언론에 오르내린 바 있다. 한국의 대표적인 여성 댄스그룹 리더였던 가수 이효리와의 스킨십이 그것이다. 여름휴가를 앞둔 7월 27일, 박원순 시장은 자신의 페이스북을 통해 8월 1일부터 7일까지의 휴가 기간 동안 이른바 '독서 피서'를 즐기겠다고 밝혔다. 독서 목록에는 안철수 교수의 《안철수의 생각》을 비롯해 만화가 최규석의 《습지생태보고서》, 빈민 가족의 삶을 다룬 《사당동 더하기 25》, 시오노 나나미塩野七生의 《십자군 이야기十字軍物語》 시리즈, 삼성경제연구소에서 펴낸 《더 체인지》, 그리고 이효리가 쓴 《가까이》가 포함되어 있었다. 이 소식을 접한 이효리는 자신의 트위터를 통해 "박원순 시장님 휴가 도서 목록에 제 책이 살포시 들어 있네요 ㅎ 브끄 브끄"라며 소감을 올렸다. 박원순 시장은 다시 트위터를 통해 "좋은 책 써주셔서 고맙습니다 이효리 작가님 ^^* 독후감 제출할게여"라고 화답하며 훈훈한(?) 분위기를 연출했다.

2. 이효리
- 할 말은 하고 사는 씩씩한 가수

제가 아주 대단한 일을 하고 있다는 생각은 들지 않아요. 그렇게 말씀드리고 싶지도 않구요. 저는 제 입장에서 할 수 있는 일을 하는 거고, 이렇게 하는 것 자체가 즐거워요. 여러분들에게도 책의 전부를 강요하고 싶지는 않아요. 각자 자기의 현실과 사정이 있으니까요. 자기가 할 수 있는 선에서 적당하게, 변화를 실천해보시라고 말씀드리고 싶어요.

1990년대 엄청난 인기를 누렸던 여성 아이돌 그룹 '핑클'의 멤버로 활동, 2003년 솔로로 전향하여 네 장의 앨범을 발표, 현재 가수, MC, 모델 등 다양한 분야에서 활동하고 있는 만능 엔터테이너. 여기까지가 대중에 널리 알려진 이효리의 프로필이다. 하지만 그녀의 진면목을 알 수 있는 프로필은 따로 있다. 바로 '동물보호 활동가'라는 직함이 그것이다.

서울 중앙시장에서 이발소를 운영하던 가난한 집안의 막내딸로 태어난 이효리는 어릴 때부터 개와 고양이 같은 애완동물을 좋아했던 것으로 알려져 있다. 이 책 《가까이》는 이효리와 유기견 순심이의 만남을 통해 쓰였다. 한쪽 눈이 멀고 자궁에 병까지 생긴 순심이를 입양해 적극 보살피면서 이효리는 지금까지 느껴보지 못했던 충만한 교감과 위로를 느끼게 된다. 바로 그녀의 《가까이》는 그 마음을 세상과 나누기 위한 기록이다.

동물에 원래 관심이 많았는데, 워낙 바쁘게 살다 보니 돌아볼 겨를이 없었어요. 쉬면서 보니까 유기견 문제가 정말 심각하더라고요. 보고만 있으면 안 되겠다 싶어 시작하게 되었고, 유기견을 보호하면서 혼자 계신 할머니 문제라든지 소년소녀 가장 문제 등으로 관심이 확대된 것 같아요.

《가까이》는 이효리와 그녀가 기르는 애완동물들과의 동거일기다. 유기견 순심이는 지난해 우연한 기회에 이효리의 가족이 되었다. 순심이 외에도 이효리는 네 마리 고양이, 미미, 순이, 삼식이, 사랑이와 알콩달콩 살고 있다. 이 작지만 의미 있는 동거일기 속에서 우리는 톱스타이기 전에 우리와 같은 한 사람으로서의 이효리의 솔직한 모습을 엿볼 수 있다.

이효리는 동물과 가까이 하며 많은 부분이 바뀌었다고 말한다. 동물은 사람보다 더 약한 존재이기에 보호 받을 권리가 있다는 생각이 그것이다. 이효리는 실제로 채식을 실천하고 동물보호 활동에도 열성적이다. 그리고 그녀는 우리에게 이야기한다. 동물과 주위를 돌아보며 살아가는 현재의 삶이 얼마나 행복한 삶인지를.

이효리는 씩씩한 가수다. 직접 애완동물을 기를 뿐만 아니라 평소 지인들과 유기견 보호소를 찾아 자원봉사 활동도 하고, 동물보호 단체에 매달 후원금도 보내기도 한다. 그리고 동물보호에 적극적으로 목소리를 내고 있다.

서울에서 모피쇼가 열린다는 소식을 접하자, 지난 2011년 5월, 자신의 트위터를 통해 "혁신창의도시를 지향하는 서울시장님, 5월 16일자로 미국 웨스트헐리우드에선 모피판매금지법이 통과되었다고 해요. 그런데 서울시는 정말 모피쇼가 열리도록 방관하실 건가요?"라는 글을 올리며 반대의 입장을 보였다. 오세훈 시장 시절이었다. 또한 반려견 순심이와 함께 촬영한 달력을 2011년 12월부터 유기견 입양 캠페인 일환으로 판매, 그 수익금 전액인 1억2천만 원을 한국동물복지협회에 기부하기도 했다. 지난해 봄에는 한 에쿠스 주인이 동물을 매달고 학대했다는 이른바 '에쿠스사건'이 보도되자 "같은 인간임이 부끄럽고 미안하다. 다음엔 말 못 하고 힘없는 개로 태어나지 말아라"는 메시지를 트위터에 올려 에쿠스 주인과 입씨름을 하기도 했다.

서울시장 선거를 앞두었던 지난해 10월 24일에도 이효리는 자신의 트위터에 "젊은이들이여, 세상에 대해 아무 불만이 없으셨습니까. 있으셨다면 투표해주세요, 이제 세상은 달라져야 합니다"라는 글로 투표를 독려하기도 했다. 이어 그녀는 "더 이상 부정과 부패, 기만과 위선을 묵과할 수는 없습니다. 그대의 한 표가 세상의 어둠을 몰아내는 촛불이 됩니다. 청춘만사성, 투표만복래"라며 자신의 생각을 가감 없이 전달했다. 이효리의 투표 독려는 일반인들에게 영향을 끼칠 수 있는 공인으로서 투표를 앞두고 자기주장을 펴는 게 정당한 행동인가 하는 논란을 일으켰지만 특정 후보를 지지한 것이 아니었으므로 크게 문제되지는 않았다.

이렇듯 논란과 불이익을 감수하면서도 이효리가 자신의 생각을 표현하는 데 적극적인 이유는 단 하나다. 세상에, 할 말을 하며 살고 싶기 때문이다. 그리고 그 한마디가 세상을 바꿀 수 있다고, 변화시킬 수 있다고 확신하기 때문이다.

연예인 생활에도 불구하고 동물보호 활동가를 자처한 이유도 같은 맥락이다. 그녀는 세상을 향해 손을 내밀 때마다 자신 역시 조금씩 변해간다는 것을 알게 되었다. 그리고 이런저런 세상일로 상처받을 때마다 스스로 치유하는 법도 알게 되었다. 버려진 유기견을 데려다 기르며 동물들을 향한 진정한 사랑의 소중함을 알게 되었고, 명품보다는 에코제품을, 육식보다는 채식을, 나 혼자 사는 삶보다는 더불어 사는 삶의 기쁨을 발견한 것이다.

《가까이》를 통해 이효리가 하고 싶은 말은 바로 그것인지도 모른다. 이제는 우리 모두 다 같이 바뀌어야 한다고. 아니, 우리는 바뀔 수 있다고. 책을 읽게 될 독자들에게 조용히 외치고 있는 것이다. 이제는 우리가 나설 때라고!

이효리는 예스24와의 인터뷰에서 이렇게 밝혔다.

"이전에는 패션쇼나 명품 쇼 같은 일정이 많았는데 많이 바뀌었죠. 나눔이나 기부행사, 바자회 일정이 많아졌어요. CF도 들어오면 무조건 찍었는데, 가리게 되더라고요. CF를 거부한다는 것 자체가 우리나라에서 연예계 활동하면서 쉬운 일은 아니었는데, 저는 아이들이 게임에 빠진 게 싫거든요. 그러다 보니 게임 CF는 거절하게 되고, 동물성 음식 CF도 거절하게 되고요. 그런 업무적인 일 외에는 아침에 길고양이들 밥 주고, 공원에 애들 밥 주는 소소한 일상들이 생겼고요.

저도 처음에는 바꿀 수 없다고 생각했어요. 사람 성격 같은 건 바뀌지 않는다고들 하잖아요. 그런데 마음을 먹으니까 바뀌어요. 물론 한두 가지만 바꿔서는 안 되고요. 전부 바꾼다고 각오해야 하고, 바꾸고 나서도 노력이 많이 필요해요. 그냥 '아, 다르게 살고 싶어' 생각만으로는 안 돼요. 저 같은 경우 차를 팔고 걸어 다니고, 평소 보는 TV 채널까지 바꾸었어요.

오락이나 패션채널 위주로 보다가 뉴스나 다큐멘터리에 관심을 두게 되었죠. 먹는 것도 육식에서 채식으로, 가죽이나 퍼는 입지 않으려고 노력하고요. 심지어 만나는 친구들까지 바꾸었어요. 예전에 술 먹고 놀던 친구들과 여전히 잘 지내지만, 그들보다 같이 봉사활동 하는 친구들, 책을 같이 읽는 친구들, 보고 배울 수 있는 친구들과 더 자주 만나게 되고요. 이렇게 하나씩 바꾸다 보니까 자연스럽게 이전과 다른 삶을 살게 되었어요. 이런 노력 없이 바뀌는 건 어려운 것 같아요."

이효리는 말한다.
이 세상 가장 약한 존재들을 지켜야 우리도 행복할 수 있다고.

왜 그럴까?
스스로에게 물으니 단순한 대답이 돌아온다.
좋아하니까, 사랑하니까.
미안해도, 내가 완벽하지 않아도
마음이 접어지지 않으니 놓을 수가 없다.
그러니 실수투성이에 후회하는 일이 생겨도
고치면서 갈 수밖에.
내가 원해서 들어선 길.
좀 더디도, 좀 헤매도,
앞으로 걸어 나가야지.

3. 《가까이》

- 세상과 나누는 작은 사랑의 시작

《가까이》는 아직도 이효리의 기억 속에 남아 있는 개, 메리로부터 시작된다. 메리를 이야기하기 위해서는 필히 이효리의 어린 시절을 이 이기하지 않을 수 없다. 이효리는 2012년 4월 SBS〈힐링캠프〉에 출연 해 화려한 모습과는 정반대였던 어린 시절에 대해 털어놓았다. 그녀의 부모는 이효리가 두 살 때 시골생활을 접고 무작정 상경, 시장바닥에 서 이발소를 열었다. 여섯 식구가 화장실도 없는 여덟 평 이발소에서 먹고 자며 생활했다. 온 가족이 '내 집 마련'이라는 목표 아래 덜 먹고 안 쓰며 짠돌이처럼 살던 시절, 아버지의 이발소로 무작정 걸어 들어 왔던 개 한 마리가 바로 메리였다. 배가 고팠던지 메리는 나눠 주는 빵 을 모두 핥아 먹었고, 그날부터 이발소 식구가 되었다.

4남매 중 막내였던 이효리는 혼자 보내는 시간이 많았다. 부모님은 돈을 버느라고 바빴고 또래 친구들은 유치원을 다녔다. 자연스레 메리 는 이효리의 가장 친한 벗이 되었다. 목욕도 시키고, 산책도 가고, 놀 이터에 가서 뒹굴며 놀기도 했다. 메리는 충성심도 강해서 한번은 동 네 불량배들에게 맞아 외진 방공호에 버려진 오빠를 용케 냄새로 찾아 내어 사람들을 놀라게 하기도 했다. 그러나 메리와의 인연은 결코 해 피엔딩으로 끝나지 않았다. 메리가 쥐포를 먹이려던 동네 아이를 물 었고, 그 일이 빌미가 되어 메리는 보신탕집으로 보내졌던 것이다. 원 래는 고모 집으로 보내려 했으나 고모를 보고 컹컹대며 반항하자 더는

기를 수 없다고 다들 포기해버린 것이었다.

이후에도 동물들과의 인연은 간헐적으로 계속되었다. 메리를 보내고 난 뒤 그 허전함 속에서 이따금씩 버려진 개나 고양이를 주워 왔던 것이다. 그러나 반려동물에 대하여 영영 마음을 닫아버리는 끔찍한 사건을 겪고 만다.

이효리가 중학생이던 어느 해 겨울이었다. 평소처럼 길을 걷다가 삐쩍 마른 노란 새끼고양이 한 마리를 발견하고 집으로 데려왔다. 고양이가 워낙 몸을 덜덜 떠는지라 어린 효리는 별 생각 없이 고양이를 이불 속에 넣어두었다. 그러나 학교에서 돌아온 언니가 그 사실을 알지 못한 채 좁은 방으로 들어섰고, 고양이를 밟고 말았다. 작은 생명이 사라져 가던 그 소리는 영영 이효리의 귓가를 떠나지 않았다. 그날 이후, 어린 중학생 소녀는 동물과 더는 인연을 만들지 않겠다고 다짐한다.

스무 살이 되면서 이효리는 가수로 데뷔했고, 전 국민의 사랑을 받는 스타로 거듭났다. 바쁜 스케줄 속에서 이효리는 위로 받을 수 있는 상대가 필요했고, 주변의 권유로 닥스훈트 한 마리를 입양했다. 그러나 빠삐용이라는 이름으로 기억에 남은 그 개는 몇 년 뒤 집을 나가 돌아오지 않았다. 이후 실의에 빠져 있다가 이효리는 코코와 미미라는 앙증맞은 고양이를 입양했다. 그러나 본래 몸이 좋지 않았던 미미는 채 여섯 달도 채우지 못하고 죽고 말았다. 이후 코코를 진료했던 병원으로부터 다시 유기견 한 마리를 추천받아 집으로 데리고 오게 된다. 오늘날까지 이효리의 곁을 지키고 있는 순이였다. 미미와 순이는 처음에는 으르렁댔지만 이내 좋은 친구가 되었다.

삼식이를 만나게 된 배경은 보다 극적이다. 어느 겨울, 건물 뒤편에서 들리는 고양이 울음소리에 따라가 보니 작은 고양이 한 마리가 쥐잡이끈끈이액에 발이 붙어 울부짖고 있었다. 삼식이는 집으로 오자마자 폴딱 효리의 가슴에 안기며 환심을 샀다. 이효리는 녀석이 수컷인 줄 알고 삼식이라는 투박한 이름을 지어주었는데, 하루는 배가 불러서 살펴보니 임신을 한 상태였다. 삼식이는 비바람이 몰아치던 여름 밤, 자그마치 네 마리의 새끼를 낳아 이효리를 기쁘게(?) 해주었다. 새끼를 받던 이효리도, 네 마리나 새끼를 낳은 삼식이도 지쳐 모두 잠이 들고 말았다. 그런데 열 시간 가까이 고양이 곁을 지키느라 지쳐 잠이 든 사이 그만 삼식이가 두 마리 새끼를 더 낳았다. 새끼가 나오면 태막도 찢고 탯줄도 끊어주어야 했다. 하지만 이효리는 잠을 자고 있었고, 정신을 차렸을 때는 이미 두 마리의 새끼는 차갑게 식은 후였다. 삼식이가 힘들어 낳은 네 마리 고양이는 이후 좋은 부모에게 입양되어 행복하게 살고 있다고 한다.

이효리가 이 책의 메인 히로인인 순심이를 만난 건 지난해 안성 유기견보호소에서였다. 우연히 그곳을 찾은 이효리는 유독 짖지도 않고 혼자 분리되어 있는 개 한 마리를 목격했다. 왜 개가 혼자 분리되어 있는지 관계자에게 물었다. 다른 개들이 자꾸 순심이를 공격해서라는 답변이 돌아왔다. 그 이야기 때문이었을까? 집에 돌아와서도 자꾸 순심이가 눈에 밟혔다. 이효리는 며칠 후 잡지사에서 유기견과 함께 찍는 화보촬영을 제안하자 순심이를 추천했다. 그러나 그것도 마음처럼 되지 않았다. 촬영 전날 건강검진을 해보니 순심이의 몸 상태가 말이 아니었던 것이다. 자궁축농증으로 고름이 나오고 있었고, 한쪽 눈도 시력을 잃은 상태였다. 순심이를 수술시키며 이효리는 갈등했다. 이미 네 마리의 고양이를 기르고 있기에 정성껏 잘 기를 수 있을지 자신이 서지 않았던 것이다. 그러나 다른 개들에게 공격당하는 순심이를 그대로 방치할 수 없었다. 결국 입양을 결심했다. 순심이 이야기이기도 한 이 책은 그렇게 태어났다.

실패의 순간들

이효리에게 언제나 승승장구의 시간만 있었던 것은 아니다. 나락으로 끝없이 떨어져 본 적도 있다. 두 번에 걸친 표절시비가 그것이었다. 잘나가던 이효리는 야심차게 준비했던 2집 정규 앨범을 내면서 표절시비에 휘말리고 말았다. 가수 본인의 잘못이 아니었지만, 직접적인 질타와 비난은 오로지 당사자의 몫이었다. 이효리는 모든 스케줄을 포기하고 집 안으로, 호텔로 떠돌았다. 겨우겨우 이겨냈는가 싶었지만 그런 일은 또다시 반복됐다. 정성껏 준비한 4집 앨범도 비슷한 일로 물거품이 되고 말았다. 정신과 치료도 받고 음악에 기대도 보고, 산에도 올라가 보았다. 그리고 그렇게 힘이 들 때 그의 곁을 지켜준 것은 조건 없이 사랑을 주기만 하는 애완동물들이었다.

동물들은 그렇다.

개들은 특히나 더.

주인이 부유한지 예쁜지 따위 상관하지 않는다.

한번 마음을 주면 한결같다.

무조건적인 사랑.

나는 그걸 순심이를 보며 순간순간 느낀다.

연예인으로, 스타로 살아온 지난 십삼 년,

내가 받은 사랑에 감사하지만

언제 그 마음이 변할지 몰라 불안했다.

직업상 어쩔 수 없는 것이라 치부해 왔으면서도

순간순간 가슴 한편이 추웠던 것이 사실이다.

그런 내게 순심이가 보여주는 절대적인 애정이 내게 얼마나 위안이 되는지,

내 가슴을 얼마나 따뜻하게 하는지 모른다.

더 많은 사람들과 행복하고 싶습니다

이효리가 동물보호에 관심을 갖게 된 것은, 평소 애완견과 고양이를 길러오던 성정도 영향을 끼쳤지만 2010년 10월에 방송을 탄 〈MBC 스페셜-도시의 개〉라는 다큐프로그램이 직접적인 계기가 되었다. 무심코 텔레비전을 켰던 이효리는 탤런트 김정은의 내레이션으로 "유기견 보호소에는 언제나 집 잃은 개들이 넘칩니다. 한때 주인의 사랑을 받았던 개들, 지금은 대부분 이 세상이 없습니다"라는 문장을 듣게 된다. 주인에게 버려진 유기견들을 수의사가 주사로 안락사시키는 장면에서였다.

이효리는 무엇으로 머리를 얻어맞은 것처럼 멍한 상태가 되었고, 그날 이후 가수이기 이전에 인간 이효리로 돌아가 불쌍한 동물들을 위해

무엇인가 역할을 해야겠다는 결심을 하게 된다.

어떻게 활동을 시작해야 할지 고민하던 이효리는 인터넷을 통해 동물보호 시민단체인 카라KARA를 알게 되었다. 카라의 대표이자 영화감독이기도 한 임순례 감독에게 전화를 걸었다. 그리고 자신이 할 수 있는 일이 무엇인지 조언을 구했다. 그게 시작이었다. 이후 이효리는 카라의 일원이 되어 동물구조에 열성적으로 힘을 쏟는다.

험담하기 좋아하는 사람들은, 연예인으로서 이미지를 좋게 하기 위해, 혹은 가식적으로 봉사활동을 한다고 수군거리기도 했지만 이효리는 아랑곳하지 않는다. 그녀는 자신의 일에 확신이 있었고, 누가 알아주지 않아도 진실이 들어 있다면 그만이라고 생각한다.

그는 대답 대신, 책을 통해 이렇게 중얼거린다.

나는 지금에서야 진짜 아이콘이 되고 싶다.

앞으로 활동을 재개하면 또 화려한 모습으로 대중 앞에 서겠고

그런 모습으로 내 이름이 오르내리겠지만

그런 겉모습이 아니라 내가 살아가는 모습,

내 마음에 기반한

꽤 괜찮은 지표가 되고 싶어졌다.

지금의 삶이 행복하기 때문이다.

더 많은 사람들과 행복하고 싶기 때문이다.

4. 원순 씨 생각

- 역사의 부름 앞에 서서

"오늘 여러분들을 찾고 보니, 예나 지금이나 본질적으로 주거의 질이 나아지지 않아 가슴이 아픕니다. 화장실, 계량기 정비 등 필요한 일들을 한 것은 좋으나 근본적인 문제는 여전히 해결되지 않고 있습니다. 여러분들이 일을 해야 하는데, 건설경기가 침체되어 있어 노숙인, 쪽방촌 주민 등이 많이 찾던 일용직이 점점 줄어드는데 도시농업, 공예 등 다른 대안을 만드는 것이 필요합니다. 또 골목상권의 재생, 마을공동체사업의 활성화를 통해 일자리를 만들어야 하며 서울시가 가진 착한기업 등 사회적기업의 생산품을 살 수 있는 구매력에 대해서도 점검하겠습니다."

서울시장 취임 첫날 영등포 쪽방촌을 찾았던 박원순은 취임 100일째 되던 날, 다시금 쪽방촌을 찾아 이와 같이 밝혔다. 전국에 폭염 특보가 내려진 7월 27일에도 박원순 시장은 서울 종로구 돈의동 쪽방촌을 방문해서 거주자들로부터 어려움을 직접 귀로 듣고 정책 대안을 고민했다. 고민만 하는 게 아니라 우선 할 수 있는 조치들도 과감히 취한다. 지난겨울, 서울역 파출소 지하보도 일부를 활용하여 전기온돌을 깔고 응급구호와 상담 공간, 화장실 등을 설치한 게 대표적인 예다. 이런 일련의 움직임들은 박원순 시장의 업무 눈높이가 어디를 지향하고 있는지 느끼게 해준다. 그는 최고의 도시, 최고의 삶으로의 향상보다, 우선 눈앞의 어려운 자를 구호하는 일에 더 관심이 있는 듯하다. 그래

276

서 일부 여론이 박원순의 행동을 언론플레이로 몰아갔지만 박원순은 끄덕도 하지 않는다.

박원순은 실패를 두려워하지 않는 사람이다. 등기소장을 그만두고 고시공부를 시작했을 때도, 검사를 그만두었을 때도, 변호사를 그만두었을 때도, 또한 참여연대를 설립하고 그 자리를 물려주고 떠날 때도, 아름다운가게를 꾸렸을 때도, 희망제작소를 차렸을 때도, 서울시장 도전을 앞두었을 때도, 그의 앞에는 늘 실패의 그림자가 드리워져 있었다. 변호사를 그만둔다고 했을 때 모두들 그를 말렸고, 인사동 주변에 헌옷가게를 펼쳤을 때는 괜한 짓을 한다고 그를 비웃었다. 서울시장에 나섰을 때도 과연 한나라당 후보를 이길 수 있을지, 심지어 진보주의자들까지도 왜 안철수가 아닌 박원순이냐, 고 회의적인 반응을 보이기도 했다. 그러나 결과적으로 그는 이겼다.

서울시장 박원순의
주요 공약들

1. 무상급식 전면 실시

서울시장 임기가 끝나는 2014년까지 서울시 초등학생, 중학생 무상급식 전면 실시.

2. 공공임대주택 8만 호

주택문제의 신속한 해결을 위해 공공임대주택 8만 호를 공급하고 부동산 투기를 조장하는 재개발, 재건축 과속개발을 방지하며 시기 조정.

3. 양화대교 공사 조정

예산 낭비의 대표적인 예인 양화대교 공사 재조정.

4. 한강르네상스 전면 재검토

오세훈 전 서울시장이 추진하던 한강르네상스 사업의 전면 재검토.

5. 한강 수중보 철거

한강의 생태계를 살리기 위해 수중보 철거. 한강을 진정한 생태 하천으로 복원.

6. 서울시 채무 7조 원 감축

서울시 채무 중 7조 원 감축.

7. 시민생활 최저수준 기준 확립

시민생활 최저선 기준을 만들고, 취약한 곳을 적극적으로 지원.

책 읽는 대한민국 소셜디자이너

"너무 요란한 수레에는 많은 게 실리지 않는다. 이럴수록 내가 스스로 걸레가 되어야 하지 않
겠는가. 자기가 더러워질 수도 있겠지만, 깨끗한 걸레로 세상의 더러운 것을 닦으면 되지 않겠
는가."

- 〈오마이뉴스〉, 2006년 9월 16일

시민운동가로 활동할 당시 박원순은 '변호사'나 '상임이사' 대신 '소
셜디자이너Social Designer'라는 명함을 들고 다녔다. 소셜디자이너라는
익숙하지 않은 명칭을 가리켜 박원순은 '세상을 닦는 걸레'라는 우회
적인 명칭으로 설명한 바 있다. 걸레만큼, 겉으로 보기엔 더럽지만 세
상에서 가장 깨끗한 일을 하는, 없어서는 안 될 존재가 되고 싶다는 소
망이라는 의미일 것이다.

몇 해 전부터 소셜social이라는 단어가 인터넷 세상의 화두로 떠올랐
다. 소셜은 '사회의', '사회적인', '사교상의'의 뜻을 지닌 낱말로 소셜커
머스나 소셜경매, 소셜미디어, 소셜디자인 같은 단어로 진화했다. 인
터넷의 발달과 함께 자연스레 활성화되고 있는 이러한 소셜마케팅의
이면에는 상업적인 전략보다 우선하는 휴머니즘 정신이 깔려 있다. 휴
머니즘의 근간을 이루는 정신은 바로 '나눔정신'이다.

소셜커머스의 경우 많은 사람이 동시에 제품을 구입하여 물건의 단가를 낮춤으로써 돈이 부족한 사람도 상품 혜택을 입을 수 있고 판매자의 입장에서는 박리다매를 통해 일정수입을 보장받을 수 있는 구조를 갖고 있다.

최근 인터넷상에서 화제가 된 바 있는 '기적의 책꽂이'운동도 대표적인 소셜운동이다. 기적의 책꽂이는 일종의 책 정거장이다. 개개인이 안 보는 책을 모아 책꽂이 정거장으로 전달하면 자원봉사자들이 책을 취합하여 필요로 하는 기관에 전달하는 것이다.

박원순의 인생을 되짚어보면 넓은 의미에서 '사회를 위한 사회적 운동'이었음을 짐작할 수 있다. 그는 자신의 안위보다 사회의 이익을 중요시했으며 사회 속에서 고립된 개인을 위로하는 일에도 앞장서 왔다. 대한민국 성희롱 사건에 한 획을 그은 우 조교 사건이나 부천서 성고문 사건 등에 적극 관여한 일이 대표적이다. 〈참여연대〉나 〈아름다운가게〉, 〈희망제작소〉도 대표적인 소셜미디어운동이었다.

참여연대는 재능을 겸비한 사회 각계각층의 인사들이 시민사회 개혁을 위해 재능을 나누었으며 수많은 자원봉사자들이 헌신적으로 참여해서 조직을 지탱했다.

아름다운가게도 마찬가지였다. 참여연대가 정치적인 특성을 띠고 있다면 아름다운가게는 시민의식개혁운동이었다. 못 쓰는 물건을 버리지 않고 모았다가 필요로 하는 사람에게 전달하는 구조는 오늘날 활성화되고 있는 소셜디자인의 원조라 해도 과언이 아니다.

희망제작소는 본격적인 박원순표 소셜디자인운동의 한 사례로 불릴 수 있다. 사람들과 아이디어를 공유하며 그들의 꿈을 디자인해주고 사업이 성공하도록 도와주는 희망제작소의 아이디어맨들 대부분 또한 자발적인 자원봉사자들이다. 이름만 바뀌었을 뿐, 박원순식 나눔의 미학이 계속되고 있는 셈이다.

소셜디자이너로서의 박원순, 그가 가진 가장 좋은 가위는 바로 책이다. 재단사의 잘 드는 가위처럼, 박원순은 책을 통해 한국시민사회의 디자인에 매달려왔다. 서울시장이 된 뒤에도 독서경영을 모토로 내걸며 매달 한 번, 독서모임을 통해 시정을 조율하는 것도 같은 맥락이다. 어떤 인사는 책이 없었다면 박원순도 없었다고 말한다. 서울대 입학과 동시에 좁은 감옥에 갇혀 미래가 저당 잡혔을 때도 박원순은 감옥 안에 여기저기 돌아다니는 책을 읽으며 그 시간을 소중히 활용했다. 길고 긴 재수의 시절에도, 사법고시 준비 기간에도, 그는 곁에 책을 끼고 살았다. 외국으로 건너가 발전된 시민사회를 염탐할 때도 그는 도서관을 제 집처럼 들락거리며 엄청난 양의 책들을 복사해 왔다.

박원순은 일의 실패나 성공보다 일의 의도가 중요하다고 믿는 사람처럼 보인다. 지금 이 순간, 자신이 하는 일이 옳다면 그것이 곧 모두를 위한 길이라고 믿는다. 박원순이 최고로 치는 경영 덕목은 소통이다. 그는 군맹평상群盲評象과도 거리가 먼 사람이다. 물러나고 시작할 타이밍을 정확히 아는 사람이기도 하다. 박원순 시장은 보궐선거로 당선되었다. 오세훈 전 시장의 남은 임기를 채우면 시장 자리에서 물러나야 한다. 따라서 박원순 시장의 임기는 2014년 6월에 마감된다. 그이후에 박원순이 어떤 선택을 할지 지켜보는 것도 흥미로운 일이 될것이다.

중요한 사실은 그가, 지금껏 그래왔던 것처럼 또 다른 어떤 선택 앞으로 망설임 없이 전진하리란 사실이다.

책 노동자 박원순이 깁은 책들

《국가보안법연구》1, 2, 3 역사비평사/ 1990~1992

인권변호사로 활동하던 박원순이 역사문제연구소를 설립한 뒤 본격적으로 연구에 매진해 세상에 내놓은 총 세 권의 국가보안법 연구서다. 제1권은 국가보안법의 변천사에 대하여, 그리고 제2권은 국가보안법의 적용사에 대하여, 그리고 제3권은 국가보안법 폐지론에 대하여 풍부한 판례, 국회기록, 언론기사, 토론회 자료 등을 기초로 논의를 전개하고 있다.

박원순은 국가보안법이 인류가 발전시켜온 제반 법률적 원리에 어긋날 뿐만 아니라 세계에 유래 없는 사상의 탄압법인 동시에 시대착오적인 독재의 유물이라 규정하며 이의 폐지를 주장한다.

《역사를 바로 세워야 민족이 산다》 한겨레신문사/ 1996

권력의 남용과 인권 유린으로 점철된 한국현대사를 되돌아보면서 진정한 역사바로세우기를 법적 측면에서 고찰한 책이다. 일본의 전쟁범죄를 연구한 《아직도 심판은 끝나지 않았다》와 쌍을 이룬다. 해방과 4·19혁명과 5·18광주민주화운동 등 현대사의 중요한 고비 고비에서 결국은 좌절하고만 과거 청산 문제를 재조명했다.

《아직도 심판은 끝나지 않았다: 일본의 전쟁범죄 연구》 한겨레신문사/ 1996
한국현대사의 과거청산을 연구한 《역사를 바로 세워야 민족이 산다》와 쌍을 이루는 책이다. 제2차 세계대전을 일으켜 수많은 양민을 학살한 일본의 전쟁범죄를 구체적으로 조명했다.

《NGO 시민의 힘이 세상을 바꾼다: 박원순 변호사의 미국 시민운동 기행》 예담/ 1999
〈참여연대〉시절 변호사 박원순이 미국시민사회와 시민운동단체를 둘러본 경험을 펴낸 책이다.

《내 목은 매우 짧으니 조심해서 자르게: 세기의 재판 이야기》 한겨레신문사/ 1999
소크라테스의 재판, 예수의 재판, 중세 마녀의 재판, 드레퓌스의 재판 등 인류의 양심을 시험했던 열 개의 재판 이야기를 통해 신념과 타협, 정의와 불의, 생과 사의 인간드라마를 보여준다. 당대의 법정에서는 죄인으로 몰려 처형당했으나 '역사의 법정'에서 부활해 성인이나 영웅으로 추대 받는 '역전의 드라마'가 있음을 밝힌다. 박원순이 90년대 초 영국 유학 시절 수집한 자료가 바탕이 되었다.

《악법은 법이 아니다: 박원순 변호사의 개혁구상》 프레스21/ 2000
〈참여연대〉사무처장직을 맡았던 박원순이 지난 시기 우리 사회 각 분야에서 벌어지는 사회 현상을 바라보며 어떻게 우리가 변화해가야 하는지, 그 방향을 제시한 책이다.

《박원순 변호사의 일본시민사회기행: 가와리모노를 찾아서》 아르케/ 2001

〈참여연대〉 사무처장 시절 미국 시민사회 기행에 이어 내놓은 책이다. 2000년 9월부터 11월까지 세 달 동안 일본 남쪽 규슈의 가고시마에서부터 북쪽 홋카이도까지, 도쿄·오사카의 대도시에서 야마가타의 시골 마을까지 일본시민사회 여행을 다녀오면서 매일매일 보고 느낀 것을 일기 형식의 기행문으로 묶었다.

《성공하는 사람들의 아름다운 습관 …나눔》 중앙M&B/ 2002

나눔을 주제로 쓴 박원순의 에세이 모음집이다. 누구나 '부자 아빠'가 되기를 바라는 요즘, 우리에게 진정한 성공의 의미를 묻는 책이다.

박원순은 성공의 한 기준은 분명 남과 더불어 살아가려는 마음이라고 말한다. 내가 가진 것을 남과 나누며 살아가려는 마음, 그 마음을 지닌 사람만이 진정 인생에서 성공하는 사람이라는 것이다.

《한국의 시민운동 프로크루스테스의 침대》 당대/ 2002

〈참여연대〉 시절 박원순이 그동안 외부 세미나에서 발표한 발제문을 비롯해 언론매체와 〈참여연대〉 내부 매체에 발표한 기고문을 모아 엮은 것으로, 한 시민단체의 상근간사가 자신의 활동경험에 기반해 시민운동의 역할, 과제, 전망 등 한국시민운동의 여러 가지 모습을 충실히 보여주고 있다.

《역사가 이들을 무죄로 하리라: 한국인권변론사》 두레/ 2003

우리나라 최초로 정리된 '한국 인권변론의 역사'책이다. 책은 일제강점기부터 최근의 공익변호사까지 그 인물들과 사건을 살펴봄으로써 어두웠던 한국 현대사를 돌아보고 있다. 더불어 한승헌, 조영래 변호사 등 인권변호의 대표적 인물들의 생애도 실려 있다.

《세상은 꿈꾸는 사람들의 것이다》 나남/ 2004

1995년부터 2002년까지 〈참여연대〉의 사무처장으로 활동하면서 있었던 일들을 생생하게 정리한 책이다. 2002년 이화여대에서 'NGO-Management'라는 주제로 강연한 것을 활자화했다.

1990년대 이후 새로운 시민운동의 형태를 창출했던 박원순의 〈참여연대〉의 성공신화를 생생하게 보여주고 있다.

《독일사회를 인터뷰하다: 박원순 변호사의 독일 시민사회 기행》 논형/ 2005

《독일사회를 인터뷰하다》는 한국 시민운동의 한복판에서 고민하던 박원순이 2004년 5월부터 3개월 동안 독일을 종횡무진 누비고 다니며 인터뷰한 생생한 기록을 담은 책이다.

독일은 한때 나치의 악정으로 후유증을 겪었지만 지금은 가장 앞선 민주주의의 나라다. 경제의 선진이고 풍요로운 문화의 나라로서 빠른 시간에 근대화를 이루는 과정에서 그들이 겪은 수많은 시행착오와 고통은 우리에게 많은 것을 가르쳐준다.

이 책에서 박원순은 풀뿌리 운동의 진수를 보여주는 할머니 운동가에서 바이

체커 전 대통령에 이르기까지 자신의 자리에서 묵묵히 활동하고 있는 시민운동가들을 만나서 그들의 삶과 활동의 현장을 살펴본다.

《야만시대의 기록》1,2,3 역사비평사/ 2006

《야만시대의 기록》3부작은 군사정권의 서슬이 시퍼렇던 1980년대부터 인권변호사의 길을 걸어온 박원순이 《국가보안법 연구》 3부작에 이어 10년 가까이 치열한 역사적 고증과 추적을 통해 이루어낸 역사의 기록이다. 이 책에는 시대를 꿰뚫는 박원순의 깊은 통찰력과 인권 존중의 신념, 그리고 참혹한 역사의 진실들이 고스란히 담겨 있다.

일제강점기부터 노무현 정권까지의 각종 신문자료와 잡지, 단행본, 논문, 단체 자료집, 법원 판결문, 외국 정책자료 및 인권단체 보고서 등을 총망라하여 자료들을 모았고, 그를 토대로 국내외의 다양한 고문 사례들을 통사적으로 정리해냈다. 특히 1권에서는 고문에 대한 사회학적·역사적 의미와 특징들, 고문의 역사적 성격과 구조, 다양한 고문 기법과 관련 이론 등을 깊이 있게 고찰하며 고문에 대한 일반인들의 총체적 이해를 돕고 있다. 그밖에 한국에서 자행된 고문의 양상들, 고문피해자들의 고통과 가해자들의 현실, 고문에 관한 법제와 고문 방지를 위한 국제협약 및 인권단체의 활동, 최근에 일어난 국제 고문사례 등등을 상세하게 정리했다.

《프리윌: 스스로 움직이게 만드는 힘》 중앙북스/ 2007

프리 윌Free will이란, 자발적인 힘, 자유의지를 뜻한다. 쉽게 말해 삶의 중심을 자신에게 두고 순수의지를 통해 무엇인가 긍정적인 결과를 성취해내는 마음의 힘이다. 인생을 살아가거나 어떤 조직에 속해 일을 해나갈 때 가장 큰 동기부여가 되는 것은 돈이나 물질적인 만족, 인간주의적인 관심이 아니라 '무엇인가를 스스로 하고자 하는 마음', '스스로 움직이게 만드는 힘'인 것이다. 무엇보다도 본인의 자발적 의지가 더 큰 힘을 발휘한다는 이야기다.

박원순은 이 책에서 조직의 성공은 핵심인재의 여부에 있는 것이 아니라 자발적 참여세력의 여부에 달려 있다고 말한다. 조직을 성공시키고 싶다면 자발적 참여세력을 늘리고, 자발적 참여세력을 늘리기 위해서 프리 윌을 끌어낼 수 있는 여러 방법들을 실천해야 한다는 것이다. 결국 외적 동기부여 못지않게 내적 동기부여가 강하게 나타날 때 숨 막히는 경쟁 사회에서 긍정적으로 성장할 수 있다는 것이다. 뿐만 아니라 자신의 일을 즐김으로써 앞으로 개인이 느끼는 성취감과 행복감, 인생을 살아가는 즐거움도 높아진다.

《마을에서 희망을 만나다: 행복을 일구는 사람들 이야기》 검둥소/ 2009

이 책은 박원순이 2006년 4월부터 3년 동안 지속했던 지역 탐사의 결과물로, 개발 열풍으로 파괴되고 소외된 곳에서 정치, 경제, 사회, 문화, 예술이 살아 숨 쉬는 공동체를 만들기 위해 희망의 끈을 놓지 않고 변화를 주도하는 사람들 이야기를 담고 있다. "진리는 현장에 있다"는 신념을 표방하면서 이 시대의 문제를 푸는 대안과 해결 방법을 추상적 이론보다는 현장에서 찾고 있다.

전국 방방곡곡 현장에서 일하고 살아가는 사람들의 목소리에 귀를 기울이고자 수첩을 들고 노트북과 카메라를 둘러메고 길을 나선 박원순이 만난 사람들과 그들의 경험과 사례들이 실려 있다.

《희망을 심다: 박원순이 당신께 드리는 희망과 나눔》 알마/ 2009

내가 사는 시대, 다른 이들은 어떤 삶을 살고 있을까? 어떻게 그런 삶에 이르 렀을까? 당신은 이런 질문을 생각해본 적이 있는가? 이 책은 전문 인터뷰어로 활동하고 있는 지승호가 사회운동가 박원순을 인터뷰한 내용을 담고 있는 책 이다.

'동시대인의 소통' 시리즈의 두 번째 책으로, 공지영에 이어 성공한 사회운동 가 박원순이 말하는 박원순을 살펴볼 수 있다.

《아름다운 세상의 조건: 나눔과 희망의 전도사 박원순 에세이》 한겨레출판/ 2010

《아름다운 세상의 조건》은 희망의 이야기들이다. 박원순이 여기저기 쓴 원고 들이나 인터뷰들을 모은 것이다. 박원순은 〈참여연대〉, 〈아름다운재단〉, 〈아 름다운가게〉, 〈희망제작소〉에 몸담으면서 희망을 씨앗을 발견했다고 한다. 함께 나누고 살아가는 사람들, 작은 것에도 관심을 보이고 작은 실천이라도 해보고자 노력하는 사람들, 기꺼이 한 단체의 회원이 되어 꼬박꼬박 회비를 내주는 사람들, 자기 한 몸과 재산을 바쳐 희생과 헌신으로 우리 사회의 등불 을 켠 사람들, 이런 우리 사회의 등불과도 같은 사람들의 이야기가 책 한 권에 담겨 있다.

《마을이 학교다》 검둥소/ 2010

《마을이 학교다》는 《마을에서 희망을 만나다》에 이어 박원순이 2006년 4월부 터 4년 동안 지속했던 지역 탐사의 두 번째 결과물이다.

'박원순의 희망 찾기 1' 《마을에서 희망을 만나다》가 지역 경제, 친환경 농업,

마을 문화, 지역사회의 교육 · 건강 · 복지 등 다양한 주제를 다룬 것이라면 '박원순의 희망 찾기 2'《마을이 학교다》는 그중 "교육" 사례만을 모은 것이다. 그들의 경험과 사례를 통해 함께 돌보고 배우는 교육공동체로서 마을을 건강하게 지속시킬 수 있는 가능성을 선사한다. 이러한 사례를 통해 우리가 확인할 수 있는 것은 교사, 학생, 학부모가 교육 주체로서 우뚝 서야 하며, 마을 주민과 지역사회가 이들과 함께해야 한다는 사실이다.

《원순 씨를 빌려 드립니다》 21세기북스/ 2010

《원순 씨를 빌려 드립니다》는 사회적 기업을 성공적으로 만들고 자생력을 갖춘 당당한 기업의 하나로 만든 박원순의 CEO로서의 면모를 살펴볼 수 있는 책이다. 기업가, 직장인, 대학생 등 모든 세대와 계층의 사람들에게 박원순은 이 책이 새로운 발상을 꿈꾸고 오늘보다 나은 내일을 위한 터닝포인트 역할을 해줄 것이라 기대한다. 바로 현장에서, 업무환경 속에서, 일상 속에서 다양하게 위력을 발휘할 박원순표 상상력이다.

《마을 회사: 공동체를 살리는 대안 경제》 검둥소/ 2011

2006년 3월 〈희망제작소〉를 창립한 박원순은 "진리는 현장에 있다"는 신념을 발표하고, 이 시대의 문제를 푸는 대안과 해결 방법을 현장에서 찾고자 했다. 2006년 4월부터 5년 동안 지역 탐사를 했고, 그 경험과 기록을 《마을에서 희망을 만나다》와 《마을이 학교다》로 펴냈다. 그리고 마을 공동체의 경제 회생에 앞장서는 사람들 이야기인 《마을 회사》가 바로 그 세 번째 결과물이다. 이 책에서 다룬 소기업들은 수익성뿐만 아니라 사회적 가치를 함께 고려한다는 공통점을 지닌다. 향토 자산을 소중히 여기고 보호함으로써 그것이 지역사회의 자산으로 계승될 수 있도록 하고, 1차 생산자들은 소비자들의 건강과 자연을 함께 생각한다. 1차 생산물을 가공함으로써 활로를 찾는 사람들은 1차 생산자와 공생할 수 있는 길을 찾는다. 유통업과 협동조합으로 희망을 꿈꾸는 사람들은 생산자와 소비자가 서로를 신뢰하고 상생할 수 있도록 가교역할을 한다. 공동체 의식과 기업가 정신이 결합하여 마을 공동체의 경제 회생에 기여하는 사람들 이야기를 이 책에서 만날 수 있다.

《세상을 바꾸는 천 개의 직업: 박원순의 대한민국 희망 프로젝트》 문학동네/ 2011

박원순 서울시장이 〈희망제작소〉 시절, 전 세계 구석구석을 종횡무진하며 만난 즐겁게 밥벌이를 하는 사람들, 다가올 미래를 선도할 유망 직업들, 세상을 바꾸고 있는 소셜비즈니스를 한데 모아 구직자들에게 소개하는 혁명적인 일자리 프로젝트다.

이 책은 주눅 든 청춘들에게 희망과 도전정신을 불어넣고, 은퇴자나 주부 등 일자리를 얻기 힘들다고 지레 포기한 이들에게 전하는 희망 메시지다. 아무 스펙도, 자격증도 없을지라도 열정과 아이디어를 자산으로 거침없이 시도해 볼 만한 희망직업들 1천여 개를 제시한다.

《박원순의 아름다운 가치사전: 대한민국이 주목하는 박원순의 인생가치 25》 위즈덤하우스/ 2011

박원순이 전하는 스물다섯 가지의 인생 가치, 즉 '정의', '창의', '열정'과 같이 너무나 익숙해서 대수롭게도 여겨지지 않는 상식적인 가치들을 그만의 생각

으로 책에 담았다. 책이 소개하는 스물다섯 가지 아름다운 가치는 박원순의

오랜 독서 습관과 그가 만난 아름다운 사람들에게서 받은 영감으로 선정된

것이다.

이 시대의 대표적인 실천적 지성인 박원순은 이러한 가치를 실제로 사회에

구현하기 위한 수백 가지 가치 있는 일자리도 함께 상상했다. 그의 꿈은 그의

이 모든 아이디어를 모두가 공짜로 마음껏 벤치마킹하는 것이다.

《지역재단이란 무엇인가: 지역사회 희망발전소》 아르케/ 2011

지역주민들이 한푼 두푼 돈을 내서 기금을 만들고, 그 기금으로 지역사회의

다양한 문제를 해결해 나가는 지역의 풀뿌리단체들을 지원하고, 그럼으로써

그 지역주민들의 삶의 질이 더 나아지고 지역의 문제들이 풀려나가는 그런

선순환 구조를 만들어가는 지역의 엔진, 그것이 바로 지역재단이다.

이 책은 박원순 서울시장이 시민운동가, 소셜디자이너로서 우리 사회에 던지

는 마지막 희망 제안이다. 지역재단이 도대체 무엇인지, 어떤 역할을 수행할

것인지, 우리 사회에 어떤 의미를 가질 것인지 전반적으로 소개하고 있다. 자

본주의 4.0시대, 또 다른 길을 찾는 우리에게 이 작은 아이디어가 큰 변화를

만들어나갈 수 있을 것이다.

《올리버는 어떻게 세상을 요리할까: 소셜디자이너 박원순의 영국 사회혁신 리포트》

이매진/ 2011

박원순의 영국 시민사회 기행문이다. 영국 사회혁신의 심장부에서 가장 큰

활약을 하고 있는 것은 단연 시민사회와 지역사회다. 박원순이 가장 먼저 찾

아간 '영 파운데이션' 같은 단체가 바로 영국 시민사회의 현주소를 잘 보여주는 곳이다. 박원순은 이런 큰 단체의 지원을 받아 꾸준히 생겨나고 있는 사회적 기업과 지역사회의 실천에도 주목한다.

영국 생수산업 4위에 오른 친환경 생수 기업 벨루, 시각 장애인으로만 구성된 비누 회사 클래러티 등 일반 기업 못지않게 큰 규모의 사회적 기업도 있지만, 대부분의 사회적 기업은 주로 지역사회에 기반을 두고 자기가 사는 지역의 문제를 직접 해결하는 형태의 활동을 하고 있다. 동네 주민들이 함께 예술 활동을 하며 노인 세대와 어린이들이 어울릴 기회를 만들어주는 매직 미, 노숙인 자립의 기회를 마련하는 트리니티, 시민들 스스로 자기 동네의 도로나 시설에 생긴 문제를 공공기관에 신고해 수리하는 픽스 마이 스트리트 같은 단체는 지역사회 기반의 사회적 기업들이다. 그리고 이런 수많은 소박한 상상력이 모여 영국 사회를 바꾸는 힘이 되고 있다.

* 연대순/ 예스24, 원순닷컴 참조

변화를 사랑한다는 것은 살아 있다는 증거다.

바그너